Alex Pohl

FOREVER, IDA • Wir oder ihr

ALEX POHL

FOREVER, IDA

WIR ODER IHR

Bei diesem Buch wurden die durch das verwendete Material und die Produktion entstandenen CO_2-Emissionen ausgeglichen, indem der cbj Verlag ein Projekt zur Aufforstung in Brasilien unterstützt. Weitere Informationen zu dem Projekt unter: www.ClimatePartner.com/14044-1912-1001

Penguin Random House Verlagsgruppe
FSC® N001967

1. Auflage
Erstmals als cbt Taschenbuch Oktober 2021

Dieses Werk wurde vermittelt durch die
AVA international GmbH Autoren- und Verlagsagentur, München.
www.ava-international.de
Umschlaggestaltung: © Kathrin Schüler, unter Verwendung
mehrerer Motive von © Shutterstock / Kelvin Degree
he • Herstellung: BO
Lektorat: Regine Teufel
Satz: KompetenzCenter, Mönchengladbach
Druck: CPI books GmbH, Leck
ISBN 978-3-570-31350-3
Printed in the Czech Republic

www.cbj-verlag.de

»Mir ist schon seit einer ganzen Weile klar, dass die wenigsten Menschen das sind, was sie auf den ersten Blick zu sein scheinen.«

– Adi zu Liz

»Wir hätten rennen sollen, als wir noch die Chance dazu hatten.«

– Kris

\+

Kontakte

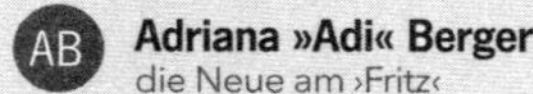

AB **Adriana »Adi« Berger**
die Neue am ›Fritz‹

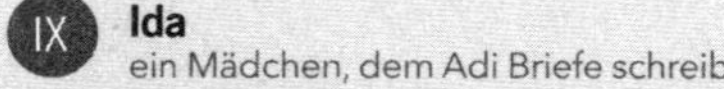

IX **Ida**
ein Mädchen, dem Adi Briefe schreibt

KK **Krzysztof »Kris« Kilar**
Einserschüler und Nerd

LK **Lisbeth »Lizzie« Kellermann**
Waise, mit Kris befreundet

BK **Ben Klausner**
Vorzeigesportler, mit Ahmet befreundet

JS **Julia Stoltze**
Klassenbeste, Bens Freundin

A **Ahmet Ercan**
Bens bester Freund, Graffiti-Künstler

ML **Mark und Leon**
Kumpel von Ben

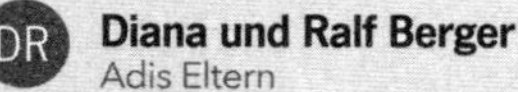

DR **Diana und Ralf Berger**
Adis Eltern

SW **Stefan Wenzel**
Betreiber des Jugendclubs ›B-Punkt‹

VB **Doktor Volker Bachmann**
Direktor des ›Fritz‹

FN **Frau Nowak**
Deutschlehrerin

FM **Frau Meyfarth**
Kunstlehrerin

HP **Herr Pfeiffer**
Sportlehrer

1

Samstag,
12. September
23:45 Uhr

»Er huscht aus dem Gebüsch auf den Fußweg, geht neben dem Auto in die Hocke.

Niemand zu hören, niemand zu sehen. Die Straße menschenleer, wie ausgestorben. Er duckt sich tiefer in den Schatten neben dem Wagen. Die Bogenlampen entlang des Fußwegs werfen dunstige Lichtkreise in die Nacht. Der Mond hat sich versteckt hinter einer dichten Wolkendecke. In keinem der Häuser regt sich etwas, abgesehen vom fernen Funkeln der nahezu identischen Laternen über den Hauseingängen. Er fragt sich, wie die Leute es hinbekommen, hier nicht ständig versehentlich das falsche Haus zu betreten.

Entlang der Straße stehen einfallslos schmucke, aber kostspielige Häuschen, davor die entsprechenden Autos. Die meisten davon Familienlimousinen, ein paar von diesen angeblichen Geländewagen, hier und da sogar ein Sportflitzer, der lautstark von der Midlife-Crisis seines Besitzers kündet. Das hier ist nicht die Gegend, in der man nach dreiundzwanzig Uhr noch irgendjemanden auf der Straße antrifft. Eher die Gegend, in der alle um diese Uhrzeit schön brav vor der Glotze hocken und sich irgendeinen Scheiß reinziehen, jeden Abend dasselbe Programm. Die Gegend, in der man vor allem eins haben will: seine Ruhe. Besonders nach Einbruch der Dunkelheit.

Aber damit wird es gleich vorbei sein.

Er richtet sich auf und geht ans Werk. Er kann jederzeit blitzschnell wieder in den Schatten verschwinden, falls sich doch einer von den Spießern überraschend aus seinem Häuschen trauen sollte, aber eigentlich glaubt er das nicht. Das bisschen Licht reicht gerade so für das, was er vorhat, und es ist nicht so hell, dass man ihn erkennen könnte. In Gegenden wie diesen kommen gern mal Videokameras zum Einsatz, das weiß er. Die Bewohner der Häuser fühlen sich dadurch sicherer.

Ein Grinsen schleicht sich auf seine Lippen, als er den Schraubendreher unter seiner Jacke hervorzieht, ein uraltes Ding mit einem Holzgriff, lang wie ein Tranchiermesser, die Klinge so breit wie sein Daumennagel. Ein grobes Werkzeug, genau das Richtige für das, was er vorhat. Ein weiterer Blick in beide Richtungen die Straße entlang, nur zur Absicherung. Dann setzt er die Klinge des Schraubendrehers an der Tür auf der Beifahrerseite an.

Genießt noch einen Moment lang die erregende Freude der Erwartung dessen, was gleich passieren wird.

Dann drückt er zu.

Langsam erhöht er den Druck, bis er ein leises Knacken hört, als der Lack unter dem Stahl des Schraubendrehers bricht. Mit einer leichten Drehbewegung bohrt er die Klinge tiefer hinein, dann zieht er das Werkzeug an der Außenseite des Wagens entlang, in einer einzelnen, fast perfekt geraden Linie. Ein schrilles, metallisches Kreischen ertönt, als sich das rostige Werkzeug tief in den Lack des Fahrzeugs gräbt – es kommt ihm ohrenbetäubend laut vor in der Stille der Nacht.

Er hockt sich ab, verharrt wieder in den Schatten, doch niemand außer ihm scheint das Geräusch gehört zu haben. Der Mond hat sich nach wie vor versteckt, als ginge ihn das alles gar nichts an. Er grinst und spürt, wie das Adrenalin durch seine Adern pumpt, spürt das Wummern seines Herzschlags bis in seinen Kopf, das Prickeln auf seiner Kopfhaut, aber er hat keine Zeit, dieses Wahnsinnsgefühl zu genießen. Er muss weitermachen.

Jetzt muss alles schnell gehen.

Hastig steht er wieder auf und treibt den Schraubendreher noch einige weitere Male in die Seite des Wagens, hinterlässt klaffende Wunden im spröden Lack, macht auch vor den Kotflügeln nicht Halt. Um die zu lackieren, wird man sie ausbauen müssen, was den Besitzer eine zusätzliche Stange Geld kosten dürfte. Jemanden, der in dieser Straße wohnt und einen solchen Wagen fährt, dürften die paar Hundert Euro mehr nicht jucken, aber er macht es aus Prinzip. Schadensmaximierung, denkt er grinsend. Sein Gesicht ist zu einer Maske der Anspannung verzerrt, trotz der Kühle der Nacht kitzeln ihn Schweißperlen auf seiner Stirn.

Gleich ist es geschafft.

Schließlich setzt er den Schraubendreher am Rand des vorderen linken Scheinwerfers an und hebelt die Verkleidung aus der Einfassung. Das Geräusch berstenden Plastiks ist zu hören, als die Verankerung bricht, noch mal ein paar Hundert Euro. Er grinst zufrieden.

Noch immer regt sich nichts in der Straße.

Höchste Zeit, von hier zu verschwinden, doch er kann einfach nicht aufhören. Noch nicht. Er geht um den Wagen herum und jagt den Schraubendreher bis zum Heft in die Felge des rechten Vorderreifens. Als er ihn wieder rausreißt, entströmt die Luft mit einem lauten Zischen aus dem Reifen. Fasziniert sieht er zu, wie der Wagen ein Stück in die Knie sackt wie ein großes Tier, das sich zur Ruhe legt.

Nachdem er mit den restlichen drei Reifen dasselbe gemacht hat, steht er auf und betrachtet sein Werk der Zerstörung. Er starrt darauf, lächelt verträumt, kann kaum glauben, dass er das alles ganz allein gemacht haben soll. Und doch ist es wahr.

Es kostet ihn einige Überwindung, aber schließlich wendet er sich ab und verschwindet wieder zwischen den Büschen, gerade als das Licht in einem der Häuser auf der Straße angeht. Als ein schlaftrunkener Mann kurz darauf auf die Straße stürzt und fassungslos auf sein verwüstetes Auto starrt, ist er längst wieder in der Nacht verschwunden.

Wie ein Schatten.

2

Liebe Ida,
es ist eine Menge passiert seit meinem letzten Brief. Zum Beispiel: Liz besteht immer noch darauf, mich ständig Supergirl zu nennen, was natürlich völlig lächerlich ist, und ich hatte in den letzten Tagen vor den Ferien ganz schön Mühe, all den Selfie-Verrückten an der Schule aus dem Weg zu gehen, die ständig Fotos mit mir machen wollten, als hätte ich die Welt vor einem Superschurken gerettet oder so was. Gar nicht so leicht, denen allen aus dem Weg zu gehen, ohne arrogant rüberzukommen. Ich hoffe, dass sie das vor lauter Urlaubsfotos vergessen haben werden, wenn am Montag die Schule wieder anfängt.

Andererseits bin ich auch ein bisschen stolz auf unsere Truppe: Lizzie, Kris, Ben und mich und – ja, auch Julia gehört wohl irgendwie dazu. Immerhin ist es uns gemeinsam gelungen, einen Mord aufzuklären, den die Polizei bereits als Unfall zu den Akten gelegt hatte, und das wäre wohl nicht passiert, wenn ich mich nicht in diese Sache eingemischt hätte. Aber natürlich würde ich das nie öffentlich zugeben, und ich möchte nicht ins Rampenlicht – oder auf irgendwelchen Instagram-Profilen der Schüler vom Fritz auftauchen. Und ein Supergirl bin ich schon mal gar nicht, aber das ist eben typisch Lizzie. Immer ein bisschen verrückter als alle anderen.

Vielleicht ist meine Fotoscheu ja völlig übertrieben, aber ... na ja, ich habe eben immer noch so meine Probleme damit, wenn Bilder von mir im Internet auftauchen. Besonders nach dieser Whatsapp-Nachricht.

Hast du mich vermisst, Baby?

Verdammt creepy.

Wie hat der Kerl überhaupt meine neue Nummer rausbekommen? Oder ist er das gar nicht, macht da nur irgendwer einen üblen Scherz? Verdammt, jemand könnte die Nachricht auch einfach an die falsche Nummer geschickt haben, ein Zahlendreher oder so was – bloß, wer tippt heute noch Nummern von Hand ein? Natürlich habe ich die Nachricht sofort gelöscht, also werde ich wohl nie herausbekommen, was nun dahintersteckt. Aber klar, das muss es gewesen sein.

Eine Verwechslung, nichts weiter.

Zumindest hab ich es während der Ferien einigermaßen hinbekommen, mir das einzureden. Und da seitdem keine weiteren Nachrichten gekommen sind, glaube ich inzwischen wirklich daran. Übrigens waren wir wieder in Griechenland dieses Jahr, und es war toll wie immer, aber zu viel, um es hier zu schreiben. Und ich bin mir auch nicht sicher, ob dich so was überhaupt interessiert. Vermutlich würdest du es spießig finden, und vielleicht hast du damit ja auch recht. Aber wer weiß, vielleicht war das ja unser letzter gemeinsamer Sommerurlaub, und – spießig oder nicht – ich hätte glatt noch zwei Wochen länger bleiben können.

Aber nein, am Montag heißt es: Zurück ans Fritz, und ich werde endlich alle wiedersehen, worauf ich mich auch schon irre freue. Auch Ben. O Mann, ich habe keine Ahnung, wie wir uns begegnen werden, irgendwie herrscht da immer noch die große Unschlüssigkeit meinerseits. Ben hat ja praktisch eine Hundertachtzig-Grad-Wende hingelegt. Er hat Sportlehrer Pfeiffer gesteckt, wohin er sich seine Fußballmannschaft und den Traum von Bens großer Profikarriere schieben soll, und ich kann mir gut vorstellen, was daraufhin bei Ben zu Hause los war – vermutlich sind er und sein Vater in diesen Sommerferien nicht gemeinsam in Urlaub gefahren. Aber letztlich wird selbst sein Vater vor allem froh darüber sein, dass sein Sohn aus der ganzen Sache mit Ahmet einigermaßen heil herausgekommen ist. Aber Ben ist auch keiner, der sich so leicht von seinem Vater unterkriegen lässt, glaub ich.

Und dann gab es ja da noch das kurze Kapitel »Ben und Adi«. Wie das weitergeht? Ob es überhaupt weitergeht? Keine Ahnung. Und Julia. Was zwischen ihr und Ben im Moment abgeht, ist echt schwer abzuschätzen. Keiner scheint was Konkretes zu wissen, und irgendwie redet auch keiner darüber, was ausgesprochen merkwürdig ist.

Vermutlich ist es einfach das Beste, wenn ich mich da jetzt nicht auch noch aufdränge, bevor die Fronten geklärt sind. Wir haben es immerhin schon einmal verbockt, und ich habe wenig Lust darauf, das zu wiederholen. Also gehen wir es langsam an. Ein Schritt nach dem anderen.

Ansonsten geht es mir gut.

Ich bin richtig froh, zurück in Sonderberg zu sein – und das überrascht mich selbst wohl am meisten. Ich hatte gedacht, dass ich meine alten Freunde und meine alte Schule mehr vermissen würde, trotz allem, was passiert ist, doch tatsächlich denke ich kaum noch an sie. Bis jetzt hat sich kein Einziger von ihnen bei mir oder meinen Eltern gemeldet, also beruht das wohl auf Gegenseitigkeit.

Stattdessen habe ich nun hier neue Freunde gefunden, sozusagen in Rekordzeit, und ich glaube, diesmal könnte es funktionieren, wenn ich nur alles richtig mache. Also drück mir die Daumen, ja?

Ich umarme dich ganz fest und für immer,
deine Adi

P.S.: Nächste Woche ist übrigens Lizzies Geburtstag. Sie hat mich zu ihrer Feier eingeladen, wie findest du das? Ich habe sogar schon eine Idee, was ich ihr schenken könnte. Es wird sie umhauen.

3

ADI

Samstag,
12. September
15:30 Uhr

Ich überfliege noch einmal den Brief an Ida, den ich gerade fertig geschrieben habe, und muss lächeln, als ich das mit Ben und mir lese. Klar, irgendwie ist es schon ein bisschen kindisch, dass ich ihm noch immer so hinterherlaufe. Dass ich hoffe, dass aus unserer Freundschaft vielleicht mehr werden könnte, aber warum eigentlich nicht? Da war etwas zwischen uns, damals auf der Brücke. Nur für einen Moment, aber …

Gehen wir es langsam an.

Ein Schritt nach dem anderen.

Genau.

Ich falte das Briefpapier zusammen und stecke es in den Umschlag, klebe ihn zu und schreibe Idas Adresse vorndrauf, dazu meine eigene – neue! – links oben in die Ecke, dann lege ich ihn in die Schublade meines Schreibtischs.

Mein Blick wandert durch mein Zimmer, das mir immer noch ein bisschen neu ist, und bleibt schließlich am Fenster hängen.

Ich schaue hinaus in den Garten, auf das Licht, das glitzernd durch die Blätter des Apfelbaumes vor meinem Fenster bricht. Lausche dem flüsternden Rascheln seiner Blätter, dem sanften Tak-tak-tak des Rasensprengers, dessen Tröpfchen manchmal einen kleinen Regenbogen in die Luft zaubern. Irgendwie riecht es fast schon ein bisschen nach Herbst.

In diesem Moment summt mein Handy. Als ich das Display entsperre und die kurze Nachricht lese, ist meine gute Laune wie weggeblasen. Ich verliere jedes Gefühl in meinen Fingerspitzen, mein Herz beginnt zu rasen, ohne dass ich das Geringste dagegen tun kann, während ich auf die WhatsApp-Nachricht starre. Fünf Worte leuchten mir entgegen, gesendet von einer unbekannten Nummer. Und diesmal weiß ich, dass es keine Verwechslung ist.

Hattest du schöne Ferien, Baby?

6 Tage später

Gesprächsmitschnitt für die Reportage »Ist unsere Jugend noch zu retten?« mit Mark B., Schüler am Friedrich-Wilhelm-Gymnasium Sonderberg

MB: »Klar, nach der Aktion im Club haben alle Adi plötzlich mit ganz anderen Augen gesehen. War ja schon eine starke Sache, was Adi da gebracht hat, wobei natürlich Ben den hauptsächlichen Teil beigetragen hat. Also wie er den Typen außer Gefecht gesetzt hat … das war schon verdammt cool. Aber trotzdem. Für ein Mädchen war das ganz schön mutig von Adi.«

»Du meinst, wie sie Julia und Ben aus dem Club gerettet hat?«
»Na klar. Danach war sie praktisch so was wie eine Berühmtheit an der Schule. Supergirl und so. So haben sie manche genannt. Supergirl, wie in den Comics, klar? Auch wenn Adi natürlich nicht *so* heiß aussieht. Jedenfalls wollte plötzlich jeder mit ihr befreundet sein. Ich meine, für eine Weile war sie praktisch so was wie ein Instagram-Star, obwohl sie da nicht mal ein Profil hat. Ist doch verrückt, oder?«

»Und wie hat Adi auf diese plötzliche Popularität reagiert?«
»Hm, manchmal richtig seltsam. Ich glaube, sie fand es anfangs

schon gut, dass sich die Leute für sie interessiert haben, aber irgendwann muss ihr das wohl zu viel geworden sein. Vor allem, dass jeder ständig Selfies mit ihr machen wollte. Da hat sie manchmal ganz schön merkwürdig reagiert, als wäre ihr das irgendwie unangenehm. Daher haben das die Leute nach den Ferien auch aufgegeben, und sie hat eben weiterhin hauptsächlich mit ihren beiden Freaks abgehangen.«

»Du meinst Lisbeth und Kris?«
»Ja. Selbst, als dann diese Sache mit Kris rauskam, und Mann, das war schon mal eine ganz schön krasse Nummer.«

»Verstehe. Aber ich würde gern noch mal auf Adriana zurückkommen. Sie war also plötzlich bei allen Schülern sehr beliebt – und das, obwohl sie erst ein paar Wochen an der Schule war?«
»Klar, wobei … Vielleicht nicht bei *allen*. Ich kann mir vorstellen, dass zum Beispiel Julia nicht wirklich begeistert davon war, dass sie plötzlich nur noch die Nummer zwei an der Schule sein sollte und … na ja, bei Ben vielleicht auch. Ich hab nämlich gehört, dass da was gelaufen sein soll zwischen Ben und Adi, schon vor den Ferien. Aber das haben Sie nicht von mir, klar?«

»Du glaubst, Julia war deshalb sauer auf Adi? Wegen dieser Gerüchte?«
»Hm, nee. Das war ja das Seltsame – Adi gegenüber war sie immer voll nett, hat einen auf beste Freundin gemacht. Ich meine, immerhin hat sie es auch Adi zu verdanken, dass sie heil aus dem Keller des Jugendclubs rausgekommen ist, oder? Kann aber auch sein, dass es

Julia einfach nicht mehr so wichtig war, ständig im Mittelpunkt zu stehen. Es hat sich so einiges geändert, seit Adi an unsere Schule gekommen ist, und das war vielleicht eins von den Dingen.«

5

ADI

**Freitag,
18. September
16:00 Uhr**

Vor dem Haus von Lizzies Tante steige ich vom Rad und lehne es an den leicht windschiefen Zaun. Ich bin hier, um Lizzies Geburtstag zu feiern, aber die ganze Fahrt über waren meine Gedanken mit etwas anderem beschäftigt, und ich ärgere mich selbst darüber. Ich ziehe mein Handy aus der Tasche und lese noch einmal die Whatsapp-Nachricht. Diese habe ich nicht gelöscht.

Hattest du schöne Ferien, Baby?

Natürlich habe ich auch darauf nicht geantwortet. Dann war Funkstille. Seit über einer Woche keine neue Nachricht von ihm. Wenn es nun doch irgendein Typ schickt, der die Nummer seiner Freundin falsch abgespeichert hat? Nein, das ist Blödsinn und ich weiß es. Aber trotzdem hoffe ich, dass er nun vielleicht aufgeben wird. Dass er meine Nummer hat, bedeutet nicht, dass er weiß, wo wir jetzt wohnen. Er kann es nicht wissen.

Ich nicke, wie um mir selbst Mut zu machen, dann lösche ich die verdammte Nachricht doch. Verschwunden, als ob es sie nie gegeben hätte. Das tut gut. Ich stecke das Handy wieder weg.

Dann trete ich durch das kleine Gartentor wie in eine andere

Welt. Eine, die vielleicht ein bisschen verzaubert ist, so wirkt es jedenfalls, und sofort bessert sich meine Laune. Während ich den kleinen Kiesweg auf die Haustür zugehe, höre ich schon das gedämpfte Wummern der Bässe aus dem Inneren des Hauses und muss grinsen. In jeder anderen Wohngegend von Sonderberg wäre das schwer vorstellbar, aber Janis, die eigentlich Jeanette heißt und die Tante von Liz ist, wohnt ziemlich abgeschieden am Rande der Stadt und hat selbst überhaupt nichts gegen laute Musik – oder laute Teenager. Von dem, was ich bisher erfahren habe, muss sie wohl ziemlich cool sein. Ein bisschen wie eine etwas ältere Version von Lizzie selbst.

Ich stehe in dem leicht verwilderten Vorgarten und klingle. Das muss ich eine ganze Weile tun, vermutlich, weil die Musik da drin so laut ist, dass man das Klingeln nicht gleich hört. Dann werden die Bässe ein bisschen leiser gedreht und plötzlich fliegt die Tür auf und Liz steht vor mir.

Als sie mich sieht, beginnt sie zu kreischen, springt mich an und umarmt mich, als wolle sie mich ausquetschen wie eine Zahnpastatube, in der nur noch ein Rest ist. Ich erwidere die Umarmung anfangs etwas steif, hauptsächlich, weil ich so viel fröhlichen Enthusiasmus von Liz gar nicht gewöhnt bin.

»Du bist gekommen«, sagt sie und lässt mich nach einer Weile los, hält mich aber an den Händen und betrachtet mich, als wäre ich das Schönste, das sie je gesehen hat, so was wie ein exotischer Edelstein oder das neueste iPhone. Und das Seltsamste: Sie grinst dabei über das ganze Gesicht. Ein offenes Lächeln und nicht das übliche sarkastische Grinsen. Auch das habe ich noch nicht wirklich bei ihr gesehen.

Okay, denke ich, und hier haben wir die durch und durch

fröhliche Liz. Wer hätte gedacht, dass auch die existiert, irgendwo in diesem blass-geschminkten Goth-Mädchen? Wahrscheinlich ist auch ihr stürmischer Überfall daran schuld, dass ich erst jetzt bemerke, dass sie heute komplett auf die weiße Theaterschminke verzichtet hat. Stattdessen zeigt sie der Welt heute sozusagen mal ihr wahres – und wie ich finde ausgesprochen hübsches – Gesicht.

»Ich freue mich echt wie verrückt, dass du hier bist, Süße!«, sagt sie leise und macht mir mit einer Grimasse vor, dass sie das mit dem Verrücktsein offenbar ernst meint. Ich kenne sonst niemanden, der so albern sein kann, wenn auch nur wenige an der Schule diese Seite von ihr kennen. Für die meisten Schüler ist sie eben nur das reichlich seltsame Mädchen in den schwarzen Klamotten, das die ganze Zeit auf dem Schulklo rumhängt und einen furchtbaren Musikgeschmack hat.

Eine Weile stehen wir uns nur grinsend gegenüber und halten uns an den Händen wie kleine Mädchen.

»Hey, das hätte ich ja fast vergessen«, sage ich, greife in den Rucksack, den ich zu meinen Füßen abgestellt hatte, und überreiche ihr mein Geschenk. Als ich die beiden Sachen verpackt habe, fand ich das schwarze Geschenkpapier witzig, ich hatte es extra bestellt, ebenso das schwarze »Geschenkband«, das eigentlich ein Trauerflor ist. Offenbar ist Lizzies reichlich makabre Seite ansteckend, aber jetzt kommt mir das Ganze schon fast ein bisschen blöd oder geschmacklos vor – immerhin soll das hier ein Geburtstag sein und keine Beerdigung.

Aber dieser Gedanke verschwindet sofort, als sie wie ein kleines Mädchen losquietscht: »O wow, meine Lieblingsfarbe! Wie konntest du das nur erraten?« Sehr komisch, Liz.

Vorsichtig packt sie die Geschenke aus, gleich hier, auf der Schwelle der Haustür, vor der ich immer noch stehe, als wäre ich lediglich der Paketbote und kein Partygast. Aber dafür entschädigt mich ihre Begeisterung, als sie meine Geschenke kurz darauf staunend betrachtet. »Oh, wow«, sagt sie immer wieder und »Danke, Adi! Das ist voll lieb von dir«, bevor sie mir noch einmal ausgiebig um den Hals fällt.

Ich habe ihr die neueste CD von *Watain* geschenkt, ihrer Lieblingsband, auch wenn den Höllenlärm, der sich auf der CD befindet, nur wenige als Musik bezeichnen würden. Dazu einen Sweater von *Recolution* – wenn das mal keine seltsame Kombination ist! Ich trage diese Marke selbst gern, und ausgerechnet von Julia Stoltze habe ich erfahren, dass die Klamotten Fair Trade sind und ausschließlich aus recycelten Stoffen bestehen, die Farben sind alle ökologisch abbaubar. Umso besser. Auch so eine Vorliebe, die ich offenbar schon länger mit Julia Stoltze teile, ohne mir dessen bewusst gewesen zu sein.

»Wow, ist der schön!«, flüstert Liz, während sie den Sweater ehrfürchtig hierhin und dorthin dreht, als wäre er mit Diamanten besetzt, die jetzt in der Sonne glitzern, dabei ist es bloß ein einfacher schwarzer Pullover. »Ich zieh ihn gleich mal an.«

Während sie das tut, halte ich die Geschenkverpackungen. Es war gar nicht so einfach, den Pulli in Schwarz zu bekommen; aber als ich Liz betrachte, sehe ich, dass sich der Aufwand gelohnt hat. Man mag von der Farbe halten, was man will, aber ihr steht sie wirklich gut.

»Alles Gute zum Geburtstag, Liz«, sage ich, und sie umarmt mich noch einmal, drückt mich ganz fest an sich und flüstert: »Danke, Süße! Vielen Dank!«

Diesmal rieche ich den Alkohol in ihrem Atem.

Irgendwann ist dieser Augenblick vorbei und sie löst sich wieder von mir, dann packt sie meine Hand und zerrt mich lachend ins Haus hinein, auf die wummernden Bässe zu. Rockmusik, irgendetwas aus den Siebzigern vermutlich. Na klar, was auch sonst, mit Chartmusik können weder Liz noch Tante Janis viel anfangen. Aber wenigstens ist es nicht *Watain*.

Die Inneneinrichtung des Hauses ist praktisch eine übergangslose Fortsetzung des Gartens – ein bisschen wild und alles bunt zusammengewürfelt und ausgesprochen gemütlich. Aber von dort kommen die Bässe nicht her, sondern aus dem Garten dahinter, in den mich Lizzie hastig durch offene Türen mit wehenden Stoffvorhängen weiterzieht.

Jemand hat den Rasen offenbar erst vor Kurzem gemäht, aber ringsum wuchert es auch hier in allen Farben und Formen. Ich erkenne Sonnenblumen und eine schiefe Wand aus Bambus, die gut drei Meter hoch ist und Dschungelfeeling verbreitet. Meine Eltern würden in einem solchen Garten vermutlich die Krise kriegen und sofort ein Räumkommando mit Kettensägen und Macheten herbestellen, um den Wildwuchs zu zähmen. Ich finde es großartig.

Ich sehe bunte Sonnenschirme aufleuchten und Girlanden, die völlig chaotisch kreuz und quer durch die Luft gespannt sind. Mein Grinsen wird breiter, so etwas habe ich schon länger nicht mehr gesehen, ebenso wie die unzähligen Blumenblüten, die praktisch jeden Quadratzentimeter der Tische bedecken – auch von diesen gleicht natürlich keiner im Entferntesten seinem Nachbarn. Da gibt es ein Gestell aus angerostetem Gusseisen, das früher mal zu einer Nähmaschine gehört hat, und ein wuchtiges Ungetüm, das vielleicht vor einhundert Jahren mal in einem Schlafzimmer gestanden haben könnte und von dem die ehemals weiße Farbe schon an etlichen Stellen abgeblättert ist. Darauf stehen massenweise Schüsseln mit Obst und Gemüse, mir steigt der Duft gegrillter Paprika in die Nase. Ich stelle fest, dass ich ganz schön Hunger habe, immerhin bin ich den ganzen Weg hierher geradelt.

»Adi ist da!«, brüllt Liz über die Musik in die Runde. Alle Köpfe drehen sich in unsere Richtung, unbekannte Gesichter lächeln mir zu. *Danke für diesen unvergesslich peinlichen Moment, Liz,* denke ich, aber als ich sehe, wie sie strahlt, kann ich Liz nicht mal böse sein. Sie freut sich wirklich sehr, mich zu sehen. Und jetzt, wo ich mich hier umsehe, verstehe ich auch ein bisschen, wieso. Ich sehe kaum bekannte Gesichter aus der Schule, eigentlich gar niemanden vom Fritz, außer mir und Kris, der etwas abseits in einem Gartenstuhl hängt und mal wieder in das Display seiner Kamera vertieft ist. Aber was hatte ich denn erwartet? Wir reden hier von Liz, merkwürdig genug, dass sie überhaupt eine Feier schmeißt. Wobei »Liz« und »etwas merkwürdig« ja auch wirklich ausgezeichnet zueinanderpassen.

Die meisten anderen Gäste sehen deutlich zu alt aus, um noch ans Fritz oder irgendeine andere Schule zu gehen. Aber sie winken mir fröhlich zu oder rufen eine Begrüßung, als Liz mich der Runde vorstellt. Erst da begreife ich, dass es sich wohl um Bekannte oder Freunde von Tante Janis handeln muss. Kris erhebt sich aus seinem Gartenstuhl und schlurft auf uns zu, um Hi zu sagen, wobei sein Blick wie üblich zwischen meinem Gesicht und den Spitzen seiner Schuhe hin- und herzuckt. Kris eben. Als er mir die Hand hinstreckt, umarme ich ihn, was er reichlich steif erwidert. Aber unangenehm scheint es ihm trotzdem nicht zu sein.

Plötzlich ertönt ein weiteres Kreischen, und Kris löst sich sofort aus der Umarmung, als habe ihn jemand bei etwas Verbotenem ertappt. Dann sieht er mich mit einem schiefen Grinsen an, ich glaube fast, er ist ein bisschen rot geworden. Sieh mal an.

Arme packen mich von hinten und ich werde herumgewirbelt, dann landet mein Blick im strahlenden Gesicht einer hübschen Frau von schätzungsweise Anfang dreißig. Brünett, endlos lange Haare und einen Kranz aus Gänseblümchen auf dem Kopf. Grüne, irgendwie erstaunt wirkende Katzenaugen, die komplett mit Eyeliner umrandet sind. Dazu eine Art Zigeunerbluse und Jeans, die ihre langen Beine betonen. Das muss demnach Tante Janis sein.

»Das ist sie, oder?«, fragt sie Liz und lässt dabei ihre Augen keinen Moment von mir. »Oh, sie ist sooo hübsch! Ein richtiger Diamant, Liz! Lass dich drücken, Mädchen!«

Was sie dann auch tut. Ich rieche ihr blumiges, sehr weibliches Parfum, gemischt mit dem starken Geruch von Alkohol und etwas anderem, süßlichen. Was vermutlich die auffallend großen Pupillen erklärt, aus denen sie mich vorhin angeschaut hat. Genau wie Liz scheint sie mich gar nicht wieder loslassen zu wollen.

»Hey«, sagt Liz lachend. »Jetzt lass sie doch erst mal ankommen!«

Also lässt Tante Janis mich dann doch wieder los, hält mich aber an den Händen und schaut mich an, scheint den Anblick richtiggehend in sich aufzusaugen, bevor sie schließlich sagt: »Hi, Adi. Ich bin Janis. Willkommen auf der Feier! Getränke und Snacks stehen auf den Tischen, es gibt einen Grill, und wenn du sonst noch etwas brauchst, rufst du einfach nach mir, okay? Ich bin immer irgendwo in der Nähe.«

Ich nicke.

»Gut, Liebes«, sagt sie. »Dann hab ganz viel Spaß, ja?«

Nachdem sie noch mal fest meine Hände gedrückt hat, dreht sie sich um und geht mit leicht schwankenden Schritten ins Haus, wo schon ein paar der anderen Gäste auf sie warten, versammelt um einen Glaskolben von gigantischen Ausmaßen.

»Tja«, sagt Liz. »Jetzt kennst du Janis. Hast du Hunger, Supergirl?«

»Und wie! Aber hör endlich auf, mich so zu nennen.«

»Okay, Supergirl.«

Während wir zum Grill hinübergehen, kommt ein Typ auf uns zu. Ich erkenne ihn, er ist derjenige von Tante Janis' Freunden, der mich mit seinem Auto zu dieser Party im Jugendclub gefahren hat. Eine Party, bei der so einige Dinge ins Rollen gekommen sind, wenn man mal drüber nachdenkt. Das alles scheint inzwischen schon eine Ewigkeit her zu sein, so vieles hat sich in der Zwischenzeit geändert.

»Marco«, sagt Liz. »Du erinnerst dich an Adi? Ihr kennt euch ja.«

»Hi!«, sage ich, und er nickt mir abwesend zu, als habe er keinen blassen Schimmer mehr davon, dass er mich mal auf eine halsbrecherische Spritztour in seinem protzigen Amischlitten mitgenommen hat. Vielleicht hat er auch schlicht kein Interesse, sich mit mir zu unterhalten. Stattdessen scheint er sich viel mehr für Kris zu interessieren, der Liz und mich auf unserem Weg zu den Getränken begleitet.

»Ey, Kris, haste mal 'ne Sekunde?«, fragt er in seine Richtung.

»Äh ... ja«, sagt dieser vorsichtig. »Klar. Warum denn?«

»Du hast Plan von Computern und so was, sagt Lisbeth?« Kein Mensch an der Schule nennt sie Lisbeth, was eigentlich schade ist, denn ich finde, das ist ein viel schönerer Name als Lizzie. Speziell, wenn man die Herkunft ihres Spitznamens bedenkt.

»Na ja«, sagt Kris ausweichend. »Also ein bisschen vielleicht ...«

»Cool, Mann«, unterbricht ihn Marco. »Komm doch mal mit, ich hab da ein Problem mit meinem Handy, Mann. Ich hab den scheiß Entsperrcode im Suff geändert, auf 'nem Gig, und ihn dann vergessen, und jetzt ... na ja, jetzt komm ich nicht rein in das verdammte Ding.«

»Ihr entschuldigt uns«, sagt Liz kopfschüttelnd, verdreht die Augen und zieht mich zum Grill weiter. Jungsgespräche. Wobei es auf mich so wirkt, als wäre Kris ebenfalls lieber bei uns geblieben, aber Marco hat ihn schon voll in Beschlag genommen.

6

KRIS

Freitag,
18. September
16:30 Uhr

Marco, der wohl so was wie der aktuelle Freund von Liz' Tante ist, erklärt mir gerade zum zehnten Mal, was ich doch für ein krasser Hacker bin und wie sehr ich ihm aus der Klemme helfen würde. Offenbar denkt er, dass ich ihm die dumme Geschichte glaube, dass er den Sperrcode seines Handys versehentlich selbst verstellt hat. Dann müsste ich aber auch glauben, dass er sich ein niedliches Katzenfoto als Hintergrundbild eingerichtet hat und sechzig Prozent seiner Telefonkontakte unter Namen wie »Mausi«, »Schatz« und »Hasi« abgespeichert hat, was aber überhaupt nicht zu ihm passt, dann schon eher irgendwelche halbnackten Frauen auf Harleys mit Totenkopflackierung auf dem Tank.

Dummerweise hat er jedoch etwas für mich im Kofferraum seines Wagens, das er mir später geben will, also kann ich ihm jetzt schlecht meine Hilfe verweigern. Etwas, das ich brauche, um mich um meine Probleme zu kümmern, also ist es wohl okay, wenn ich mich jetzt auch mal um seine kümmere. Zumal es leichter ist, so ein Handy zu knacken, als viele glauben. Mit etwas Hilfe aus dem Internet, wenn man weiß, wo man danach suchen muss. Aber Typen wie Marco sind eben selbst dafür zu dämlich und im Moment ist mir dieser Umstand äußerst nützlich. Für den Typ bin ich wohl so was wie ein Genie, auch wenn ich mir ziemlich sicher bin, gerade eine Straftat zu begehen.

Marco ist Gitarrist in einer Rock-Coverband und viel unterwegs, was er nicht müde wird, jedem zu erzählen, der nicht schnell genug das Weite sucht. Als er es mir erzählte, hat er mir dabei verschwörerisch zugezwinkert. Ich habe keine Ahnung, was genau dieses Zwinkern bedeuten sollte. Vielleicht, dass er noch ein paar andere Freundinnen außer Tante Janis nebenher hat, während er mit seiner Band auf Tour ist. Auch dafür wäre er vermutlich genau der Typ, aber was juckt das mich? Vielleicht soll es auch ein Hinweis auf den Konsum von Gras oder anderen Drogen sein, und er glaubt, dass ihn das in meinen Augen cooler erscheinen lässt.

Was für ein Idiot.

Inzwischen verfluche ich mich für die Dummheit, mich mit diesem Typen überhaupt eingelassen zu haben; aber mir war einfach niemand anderer eingefallen, der einem so was besorgen kann, wie ich es brauche. Zum gefühlt hundertsten Mal erklärt er mir gerade, dass er einfach ständig seinen Sperrcode vergisst, angeblich hat er einfach »überhaupt kein Zahlengedächtnis«.

Ja, schon klar.

Dabei ist das Handy eine ziemlich alte Möhre und daher nicht wirklich schwer zu knacken, man findet die Anleitung wirklich überall im Netz. Ich denke mal, wenn er das nächste Mal auf Tour geht, wird er sich vielleicht ein besseres Gerät besorgen, das er einem der besoffenen Gäste an den Biertischen aus der Tasche zieht. Aber dann werde ich hoffentlich ganz woanders sein, wenn er wieder »seinen Sperrcode vergessen« hat.

Andererseits ist man ja auch irgendwie selbst schuld, wenn man heutzutage nicht auf sein Handy achtet, bei all den persönlichen Daten, die da drauf sind.

Jedenfalls hoffe ich, dass er mir endlich das aushändigt, was er mir versprochen hat, nachdem ich das Ding schließlich geknackt habe und es ihm zurückgebe. Ich will wenigstens noch ein paar Minuten auf dieser Feier mit jemand anderem verbringen als mit diesem Blödmann, aber das geht natürlich komplett nach hinten los.

Nachdem er für ein paar Minuten überglücklich und völlig wahllos auf irgendwelchen Apps herumgetippt hat, mache ich Anstalten aufzustehen, um mich zu Liz und Adi am Grill zu gesellen, die dort einen Riesenspaß zu haben scheinen.

Aber nein.

»Ey, warte mal, Großer«, sagt er und hält mich am Arm fest. »Wie hast'n du das gemacht? Das mit dem Sperrbildschirm, meine ich?«

O nein. »Äh, das ist ziemlich kompliziert«, lüge ich. Andererseits ist es wohl keine allzu krasse Lüge, wenn man das Technikverständnis dieses Typen bedenkt. Für den ist es vermutlich schon *ziemlich kompliziert,* überhaupt ein Smartphone zu bedienen, geschweige denn ein gerootetes. Aber das ist hoffentlich schon bald nicht mehr mein Problem.

Ich versuche also, ihm in möglichst einfachen Worten zu erklären, wie man das Teil mittels Jailbreak rooten kann, aber mir wird ziemlich schnell klar, dass er kein einziges Wort davon kapiert. Wenn das so weitergeht, sitze ich noch um Mitternacht hier herum und versuche, es ihm zu erklären. Tolle Feier.

Ich schaue sehnsüchtig zu Adi und Liz hinüber und ertappe mich bei dem Gedanken, was für krass hübsche Beine Adi in diesen Jeansshorts hat und wie schön es war, vorhin von ihr umarmt zu werden – wenn ich auch nicht damit gerechnet hatte und ich mich bestimmt wieder ganz schön blamiert habe, weil mich solche überraschende Körpernähe immer erstarren lässt, ich gehe dann richtig in Kälteschock, in unserer Familie umarmt man sich nämlich nicht. Und Liz hat recht, ihre neue Frisur ist der Hammer, damit sieht sie echt umwerfend aus.

»Ey, stehst du auf die, Mann?«, sagt Marco grinsend. Dummerweise hat er kurz von seinem geklauten Spielzeug aufgesehen und meinen Blick bemerkt. Mist. »Soll ich mal ein gutes Wort für dich bei ihr einlegen, Großer?«, fragt er und kichert.

Klar doch, das wäre dann wohl der Gipfel der Peinlichkeit.

Ich tue cool, schüttle den Kopf und sehe woandershin, während er, immer noch kichernd über seine eigene dumme Bemerkung, wieder völlig planlos auf dem Handy herumtippt.

Mir ist natürlich klar, dass Adi in mir nie etwas anderes sehen wird als Liz' Kumpel, der eben irgendwie dazugehört, eine Art Anhängsel, ein notwendiges Übel. Ich bin nun mal nicht der Typ, bei dem Mädchen reihenweise in Ohnmacht fallen. Das funktioniert nur bei Idioten wie dem, der gerade neben mir zu fluchen anfängt, weil er es zum x-ten Mal geschafft hat, das Handy aus Versehen herunterzufahren. Ja, Mädels stehen eben auf echte Siegertypen.

»Wegen der anderen Sache …«, versuche ich ihn an *seinen*

Teil der Abmachung zu erinnern, der immer noch im Kofferraum seines riesigen Straßenkreuzers liegt und hoffentlich nicht nur ein dämliches Plastikspielzeug ist. Zuzutrauen wäre es ihm.

»Ja, gleich, Großer«, sagt er. »Lass mich nur noch mal versuchen, das Scheißding hier selbst zu knacken, dann geb ich's echt auf, Mann.« Dann beginnt er wieder, wahllos auf dem Display herumzutippen.

Als ich den Blick wieder zum Grill hebe, sind die Mädchen von dort verschwunden, dann sehe ich Liz plötzlich aus der Menge auftauchen. Sie bewegt sich gerade in Richtung Laptop, der mit der Stereoanlage verbunden ist, die sie zusammen mit ihrer Tante in den Garten geschleppt hatte. Dazu gehören riesige Boxen. Sie stammen wohl ursprünglich von einer Beschallungsanlage, Marco hat sie aus dem Bestand seiner Band beigesteuert, wie er behauptet. Liz' Tante, die man nie ohne etwas zu trinken in der Hand sieht, hat seit dem frühen Nachmittag einen leicht schwankenden Gang, und vorhin, als sie Adi begrüßt hat, ist sie ihr um den Hals gefallen, als wäre Adi ihre seit Jahrzehnten verschollene Schwester. Das war richtig peinlich, und ich hoffe für Liz, dass es Adi nicht aufgefallen ist.

In diesem Moment sehe ich Liz hinter dem Laptop hervorgrinsen und weiß, das kann nichts Gutes bedeuten. Schon erklingen die ersten Akkorde von diesem uralten kitschigen Song. Mir wird schlecht.

»Ey, Alter, mach die Scheiße aus!«, brüllt Marco sofort neben mir los und springt lachend auf, um Liz hinterherzurennen, die quietschend vor ihm Reißaus nimmt, als wären sie beide plötzlich wieder zehn oder so. Das Handy liegt vergessen auf dem Sitz des Gartenstuhls und ist mal wieder runtergefahren. Endlich kann ich mich verdrücken und mich irgendwo eine Weile vor diesem Vollidioten verstecken. Dann werde ich ihn eben später noch mal dran erinnern, dass er mir noch etwas geben wollte.

Der Song ist *Super Girl* von Reamonn, irgend so eine Schnulze aus den Neunzigern, glaube ich. Das zielt natürlich komplett in Adis Richtung, denn mit ihr haben wir seit der Sache im Jugendclub eine richtige Superheldin an der Schule.

Als sie kurz darauf von Liz auf die freie Fläche in der Mitte des Gartens gezogen wird, macht sie ein Gesicht, als würde sie am liebsten vor Scham im Boden versinken, was ich gut nachvollziehen kann und mal wieder sehr sympathisch finde, abgesehen von ihren Wahnsinns-Beinen.

Die Leute rasten völlig aus. Und dann fangen sie auch noch an, im Takt zu klatschen, während sich Liz und Adi einen abtanzen.

Vollidioten eben.

7

LIZ

Freitag,
18. September
18:00 Uhr

Keine Ahnung, ob das am Alkohol liegt, aber es kann eigentlich nicht sein, weil ich nur ein, zwei Bier getrunken habe. Aber zugegeben, im Moment fliege ich fast davon wie einer von diesen Heliumballons, die man auf dem Rummel bekommen kann. Vielleicht liegt das auch an Tante Janis' superscharfem Chili. Sie kocht gern indisch, weil sie mal ein Jahr dort gelebt hat, und wenn sie etwas als scharf bezeichnet, kann man damit echt Metall zersetzen.

Marco hat mir ein kleines Päckchen geschenkt. Zur Feier des Tages, meinte er mit einem verschwörerischen Augenzwinkern. Er hat sich dabei ganz nah zu mir rübergebeugt und mir zugeflüstert, dass Tante Janis davon besser nichts erfahren sollte. Natürlich nicht, was denkt der denn? Die würde glatt ausrasten. Was eigentlich absoluter Schwachsinn ist, da sie sich selbst fast jeden Tag einen oder zwei Joints genehmigt. Nur zur Entspannung, wie sie immer sagt, zum Runterkommen. Ich werde das Gras natürlich nicht selbst rauchen, aber ich kenne da so ein paar Typen, die es mir bestimmt gern abkaufen werden, und Geld kann schließlich jeder gebrauchen.

Ich muss kichern, weil ich mich gerade frage, ob und wie man Kris wohl dazu bringen könnte, mal einen Joint zu rauchen – oder auch nur an einem alkoholischen Getränk zu nippen. Angeblich soll das Zeug ja die Hemmschwelle senken, vielleicht kommt er dann ja mal raus aus seinem Schneckenhaus.

Adi kommt mir entgegen. Sie strahlt mich an und sagt: »Na, du bist aber auch schon gut dabei, was?«

»Keine Ahnung, was du meinst«, sage ich und strahle zurück. Zumindest ist es das, was dabei rauskommen sollte. In Wirklichkeit hört es sich wohl eher an wie: »Keinahnungwassumeinss.« Okay, vielleicht waren es auch drei Bier, aber immerhin ist heute ja mein Geburtstag. Tante Janis sagt, es ist keine richtige Party gewesen, wenn man sich am nächsten Tag noch dran erinnern kann. Ich finde, mit dem Leben ist es irgendwie genauso.

»Was meintest du eigentlich vorhin?«, will Adi wissen.

»Hä?«, lautet meine ausgesprochen eloquente Erwiderung.

»Na, das mit dem zu Kopf steigen lassen«, sagt sie.

»Ach, das«, sage ich. »Nicht so wichtig. Mir ist eben nur aufgefallen, dass du seit der Sache mit dem Jugendclub eben ganz schön beliebt bist am Fritz.«

»Und? Ist das denn schlimm?«

»Nein, natürlich nicht. Ich meinte nur …«

»Keine Angst, ich halte mich schon nicht für den Mittelpunkt der Welt«, sagt sie. Lächelnd, aber mit einem entschiedenen Unterton in der Stimme, der mich meine Worte von vorhin schon fast bereuen lässt. Dann grinst sie. »Und falls doch, ist es komplett deine Schuld, Liz. Supergirl, was für ein kitschiger alter Song. Aber cool war es irgendwie schon. Und du kannst ziemlich gut tanzen.«

»Klar war das cool«, sage ich und atme innerlich auf. »War ja auch meine Idee.«

»Und mir gefällt der Song echt gut«, sage ich extralaut, weil Marco gerade vorbeigeht und mir einen seiner patentiert lässigen Blicke zuwirft, was mich aus irgendeinem Grund wieder zum Lachen bringt. Offenbar ist seine Audienz bei Kris für heute beendet. Der arme Kerl musste offenbar dafür herhalten, Marco die Grundfunktionen seines eigenen Handys zu erklären. Typisch. Marco ist ein ziemlich guter Gitarrist, aber von technischen Sachen, die nicht mindestens fünfzig Jahre alt sind, hat er nicht den geringsten Plan. Im Vorbeigehen prostet er mir grinsend zu. Mir fällt auf, dass er auch schon einen ziemlich penetranten Fischblick draufhat und Riesenpupillen. Ich hoffe, dass Adi das nicht mitbekommen hat, die muss uns ja glatt für einen Haufen Drogensüchtiger halten.

Adi lächelt mich derweil immer noch an, weil sie auf eine Antwort wartet. »Ach ja, das«, sage ich leichthin. »Na ja, mir ist eben auch aufgefallen, dass du in letzter Zeit ziemlich oft mit Julia Stoltze herumhängst. Seid ihr jetzt beste Freundinnen oder wie?« Ich grinse in der Hoffnung, dass es aussieht, als hätte ich nur einen dämlichen Scherz gemacht. Und als wäre mir das alles eigentlich ziemlich egal. Und nicht so, als hätte ich Angst, auch Adi an meine ehemals beste Freundin zu verlieren.

»Eifersüchtig?«, fragt sie. Autsch, sie trifft den Nagel ziemlich genau auf den Kopf. Verdammt, ich sollte echt die Klappe halten, wenn ich was geladen habe.

»Ganz sicher nicht«, behaupte ich und hoffe, dass mein Lachen nicht vollkommen künstlich klingt. »Ich finde nur, du solltest wissen, was passieren kann, wenn man zu nah an dieser ganz speziellen Sonne fliegt.« Dieser Vergleich ist vielleicht etwas übertrieben, und vielleicht ist es auch etwas unfair, Adi jetzt mit der Nase auf diese alte Geschichte zu stoßen. Aber sie ist nun mal passiert, und ich finde, ich schulde Adi wenigstens eine Warnung. Ich mag sie nämlich. Sehr sogar. Und ich bin mir sicher, dass die Julia Stoltze, wie wir sie heute kennen, nur einen Menschen wirklich mag – sich selbst.

»Um welche Sonne soll ich denn kreisen?«, fragt Adi mit gerunzelter Stirn, dann breitet sie die Arme aus und beginnt, lachend im Kreis um mich herumzulaufen. »Um Julia? Etwa so? Wie Ikarus?«

Sie wirbelt herum wie ein Kreisel.

»Nein, was ich meine, ist … Es gab da schon mal ein Mädchen, Helene. Sie und Julia waren damals die allerbesten Freundinnen, verstehst du? Man hat die beiden nie getrennt gesehen, ständig haben die zusammen getuschelt und gekichert, sogar Ben hat für sie damals in der Schule plötzlich nur noch die zweite Geige gespielt. Bis Helene es dann irgendwann bei Julia verkackt hat, von einem Tag auf den anderen.«

»Verkackt?«, fragt Adi, bleibt vor mir stehen, lässt die Arme sinken und mustert mich skeptisch.

»So richtig weiß bis heute keiner, was genau da passiert ist. Nur, dass Helene einen heftigen Streit mit Julia hatte. In der Schule. Der war im ganzen Treppenhaus zu hören. Und dann ist sie davongerannt und hat geweint. Helene natürlich, nicht Julia.«

»Und?«, fragt Adi reichlich unbeeindruckt. »Was ist dann passiert?«

»Helene ist jedenfalls nicht mehr am Fritz«, sage ich und

schaue Adi ernst an. »Nach dem Streit haben wir sie bis zu den Ferien nicht mehr gesehen, und keiner hat was Genaueres erfahren, außer vielleicht Ben, und falls der was gewusst hat, hat er genauso dichtgehalten wie Julia. Dann kamen die Ferien, und als das Schuljahr wieder losging, hieß es, Helenes Eltern hätten sich scheiden lassen, und dass sie jetzt in einer anderen Stadt wohnt. Das war das Ende der Geschichte. Ist aber schon seltsam, findest du nicht?«

Adi ist blass geworden, und da fällt mir ein, dass sie ja auch mitten im Schuljahr zu uns ans Fritz gekommen ist. Angeblich, weil ihre Mutter einen neuen Job bekommen hat, aber … O Mann, vielleicht bin ich da gerade in ein Riesenfettnäpfchen getreten. Warum kann ich auch nicht meine Klappe halten?

»Entschuldige!«, sage ich schnell. »Ich wollte dir keine Angst machen oder so. Du solltest eben bloß ein bisschen aufpassen bei Julia, okay? Sie ist nicht immer so nett, wie sie auf den ersten Blick scheint, das kannst du mir glauben.«

»Danke für den Tipp«, sagt Adi, und jetzt hat sich etwas seltsam Hartes in ihre Züge geschlichen. Verdammt. »Aber weißt du was? Mir ist schon seit einer ganzen Weile klar, dass die wenigsten Menschen das sind, was sie auf den ersten Blick zu sein scheinen. Damit müssen wir wohl alle einfach mal klarkommen.«

Mit diesen Worten dreht sie sich um und lässt mich einfach stehen. Okay, das hab ich wohl verdient.

8

ADI
Freitag, 18. September 22:00 Uhr

An diesem Abend liege ich noch lange wach und lasse mir die Ereignisse des Tages durch den Kopf gehen, in umgekehrter chronologischer Reihenfolge. Dabei versuche ich, nichts auszulassen. Auch so eine Technik, die sie uns damals in der Therapie beigebracht haben. Angeblich soll das helfen, allmählich die Kontrolle über das eigene Leben zurückzugewinnen.

Es war ein schöner Abend und ein schöner Nachmittag, der vielleicht noch etwas schöner hätte sein können, wenn Tante Janis gegen Ende ein bisschen weniger betrunken gewesen wäre. Und Liz mich ein bisschen weniger eindringlich vor der ach so gefährlichen Julia Stoltze gewarnt hätte.

Ich habe Julia damals im Club erlebt. Als sie vor Angst fast den Verstand verloren hat, und wer hätte das nicht in ihrer Situation. Aber es tut mir leid, Liz, ich mag dich wirklich sehr, aber alles, was ich da gesehen habe, war ein weinendes, völlig verängstigtes Mädchen, das nichts wollte, als diesen Tag zu überleben.

Genau wie wir anderen, nehme ich an. Genau wie ich.

Was ich da nicht gesehen habe, war jemand, der andere von der Schule mobbt, und was das betrifft, habe ich ja durchaus so meine Erfahrungen.

9

Es war einmal ein Mädchen, das lebte in einem fernen Land, oder vielleicht war es auch nur eine Großstadt irgendwo in Deutschland. Das Mädchen war heftig in einen Jungen namens Michael verschossen, der zwei Klassenstufen über ihr die gleiche Schule besuchte. Da sie das nur ihren allerbesten Freundinnen unter strengster Geheimhaltung anvertraut hatte, wusste es natürlich bald die ganze Schule.

Vermutlich wusste es sogar Michael.

Eines Tages bekam das Mädchen eine WhatsApp-Nachricht geschickt, und zwar von Michael, dem Jungen, den sie insgeheim anhimmelte. Er schrieb dem Mädchen, dass er gehört hätte, dass sie ein bisschen auf ihn stehen würde, und – Wunder über Wunder, und was freute sich das Mädchen da – er stünde auch ein bisschen auf sie, aber vorerst, so fand er, sollten sie das vielleicht noch niemandem erzählen. Wo es doch nur so wimmelte von Klatschmäulern an der Schule. Nicht, bis er sich wirklich sicher sein würde, was er für sie empfand.

Anfangs konnte sie ihr Glück kaum fassen und ging tagelang wie auf Wolken. Wenn sie Michael in der Schule begegnete, schien er sie anzulächeln, zumindest war sie davon überzeugt. Aber sie verhielt sich ganz unauffällig, wie er sich das in seinen Nachrichten gewünscht hatte.

Wegen der vielen Klatschmäuler.

Darüber, dass man sie nicht zusammen in der Öffentlichkeit sehen durfte, war sie manchmal zwar ein bisschen traurig, aber später, so hoffte sie, würde sich das alles ändern und sie beide würden glücklich werden.

Und wenn sie nicht gestorben sind …

In der Zwischenzeit schrieben sie sich heimlich weiter, und manchmal wollte Michael, dass sie bestimmte Dinge tat und es ihm erzählte. Sehr private Dinge, von denen sie nie jemandem sonst wirklich erzählt hätte, aber das Mädchen dachte sich nichts dabei. Dass sie beide in der Schule weiterhin so taten, als würden sie sich überhaupt nicht kennen, verlieh der Sache einen zusätzlichen Kitzel.

Zumindest redete sich das Mädchen das ein.

Irgendwann verlangte Michael von ihr, dass sie ihm einen kleinen Liebesbeweis schicken sollte. Ein Foto, aufgenommen vor dem Spiegel in ihrem Badezimmer. Ein Foto, auf dem sie nichts als ein Badetuch um ihre Hüften trug. Natürlich lehnte das Mädchen das rundheraus ab. Michael entschuldigte sich, sie verzieh ihm, und für eine Weile sprach es keiner der beiden wieder an.

Aber irgendwann schrieb er ihr, dass er glaube, dass sie ihn nicht wirklich liebe. Nicht ohne einen kleinen Beweis. Und dass er sich wohl von ihr trennen müsse, wenn sie ihm nicht vertrauen könnte. Dass sie aber ein Paar werden würden, sobald sie ihm das Foto geschickt hätte. Dass er nur etwas brauchte, um sicher zu sein. Sicher, dass sie ihn auch wirklich liebte. Und dann würden sie zusammen sein, auch offiziell in der Schule. Händchen halten … und das alles.

Also machte sie das Foto schließlich doch für ihn.
Für Michael.

10

LIZZIE

Freitag, 18. September 23:30 Uhr

Während ich mich vom Badezimmer zurück ins Schlafzimmer schleppe, versuche ich angestrengt, das Zittern meiner Hände einigermaßen unter Kontrolle zu bringen. Die letzte Viertelstunde habe ich damit verbracht, das Klo zu putzen und mich dabei zu fragen, wie es möglich ist, dass etwas, das so schön begonnen hat wie meine Geburtstagsfeier, derart schnell so völlig außer Kontrolle geraten konnte.

Mein einziger Trost ist, dass Adi und Kris zu diesem Zeitpunkt schon gegangen waren und sich dieses Elend nicht mitanschauen mussten.

Im Haus ist es jetzt dunkel und still, nur ein paar Girlanden flattern draußen im Garten noch im Wind. Ich werde sie morgen früh gleich als Erstes wegräumen. Ich muss leise sein, um Tante Janis nicht zu wecken, die jetzt endlich wieder schläft – nach unserem letzten gemeinsamen Ausflug ins Badezimmer. Immerhin müssten wir jetzt beide wieder ziemlich nüchtern sein.

Ich bin es jedenfalls.

So nüchtern, dass ich glatt Auto fahren könnte, wenn ich einen Führerschein hätte. Viel zu nüchtern eigentlich für das, was heute Abend passiert ist und an das ich mich daher umso besser erinnern können werde. Als ich endlich wieder in meinem Zimmer bin, werfe ich mich aufs Bett und starre an die Decke.

Ich versuche nicht mal einzuschlafen. Es wäre ohnehin aussichtslos.

Gerade hasse ich die ganze Welt, mich eingeschlossen, und selbst bei Tante Janis bin ich mir im Moment nicht so sicher. Natürlich hat sie sofort für mich Partei ergriffen und das einzig Richtige getan. Und wie bei Tante Janis üblich, mit ordentlich Geschrei und Drohgebärden. Sie ist echt eine Liebe, und es dauert lange, bis sie wütend wird. Aber wenn sie erst mal richtig ausrastet, wächst kein Gras mehr dort, wo sie hinlangt. Ich frage mich bloß, wieso sie dann immer wieder an Typen wie Marco gerät. Irgendwelche schmierigen Möchtegern-Rebellen, die einen auf Rocker machen, aber in Wirklichkeit nichts als gemeine Arschlöcher sind, die sie nur ausnutzen.

Warum lässt sie das mit sich machen, braucht sie das vielleicht irgendwie? Sie hat es doch eigentlich gar nicht nötig, solche Idioten um Aufmerksamkeit anzubetteln. Janis ist die schönste Frau, die ich kenne, höchstens die Nowak spielt noch in dieser Liga mit. Aber es geht natürlich nicht bloß ums Aussehen, höchstens bei einem Traumpaar wie Julia und Ben, und wir wissen ja inzwischen alle, wie gut *das* funktioniert hat. Aber Tante Janis ist außerdem intelligent und ziemlich cool für jemanden ihres Alters, und sie war ein Jahr in Indien. Ich glaube kaum, dass irgendwer sonst in ganz Sonderberg mal den Duft der großen, weiten Welt geschnuppert hat.

Vielleicht sind Kerle wie Marco auch einfach ein Spiegel dessen, wie Tante Janis sich selbst sieht? Eine gescheiterte Existenz, eine Trinkerin, die außerdem jeden Tag Gras raucht, ausgegrenzt und bestenfalls belächelt wegen ihren geflickten Klamotten und dem Hippie-Lifestyle?

Durchaus möglich, denn auch darin steckt wohl ein bisschen Wahrheit. Schätzungsweise braucht wohl jedes Dorf seine Hexe. Und natürlich Typen, die schon am nächsten Scheiterhaufen basteln. Und jetzt ratet, wer das Erbe dieser Dorf-Hexe in Sonderberg antreten darf?

Scheiße.

Vielleicht ist *doch* alles meine Schuld. Vielleicht trinkt und kifft meine schöne Hippietante sich deshalb bei jeder Gelegenheit um den Verstand? Weil ich das Kind bin, das sie eigentlich nie haben wollte und für das sie absolut nichts kann. Weil ich der Grund dafür bin, dass sie nie eine eigene Familie haben kann – eine, in der es mich nicht gibt und nie gegeben hat. Eine, in der ich die Tochter ihrer Schwester bin, die sie ab und zu besucht und mit der sie sich gut versteht – und nicht ihre eigene, die sie den ganzen Tag am Hals hat.

Ich drehe mich zur Seite, und mein Blick fällt auf das gerahmte Foto, das dort steht. Fast so, als wolle mir das Schicksal damit eine Antwort auf meine Fragen geben.

Oder mich auslachen.

Ich spüre, wie mir die Hitze in die Wangen schießt, und dann beginnt alles im Zimmer zu verschwimmen. Aber diesmal ist es nicht der Alkohol, diesmal sind es nur meine Tränen. Und dann ist plötzlich die Wut wieder da.

»Es ist nicht meine Schuld, verdammt!«, schluchze ich und kann nicht verhindern, dass meine Stimme dabei bebt und zittert wie die von einem kleinen Kind, das heult, weil es sich das Knie aufgeschlagen hat.

Noch mehr Hass, noch mehr Wut. Ich will irgendwas kaputtschlagen. Vielleicht ja nur mich selbst.

Stattdessen erwische ich nur das verdammte Bild auf meinem Nachttisch. Es fällt um, das Glas zerspringt beim Aufprall. »Scheiße!«, rufe ich leise, schnappe mir das verdammte Ding, reiße die Schublade an meinem Nachtschrank auf und feuere es hinein.

Es ist nicht meine Schuld.

»Sondern eure«, zische ich dem Bild hinterher, bevor ich die Schublade voller Wut zuschiebe. Mir egal, wenn Tante Janis jetzt davon wieder aufwacht. Alles egal.

»Es ist eure Schuld!«, presse ich nochmals hervor, während ich meine zu Fäusten verkrampften Hände an die Seiten presse und durch den Tränenschleier hindurch zur Decke hinaufstarre. »Warum habt ihr mich bloß allein gelassen? Ihr verdammten …«

Weiter komme ich nicht, denn dann schießen mir wieder die Tränen in die Augen, eine richtige Sturzflut ist das jetzt. Hastig werfe ich mich auf den Bauch und presse mein Gesicht ins Kissen, bevor der Heulkrampf richtig einsetzt.

Heulkoma nenne ich das.

Absolutes Ausgeliefertsein, wie bei einem Epileptiker, nur eben mit mehr Salzwasser. Aber das kenne ich ja schon zur Genüge und weiß, dass ich danach wenigstens einigermaßen schlafen kann. Weil es mich jedes Mal auslaugt, als wäre ich stundenlang um mein Leben gerannt.

Aber vielleicht ist es genau das, was ich schon mein halbes Leben lang mache. Davonrennen. Weil ich einfach eine Riesenangst vor dem habe, was passiert, wenn ich irgendwann stehenbleibe und das richtige Leben mich einholt. So, wie es meine Eltern eingeholt hat, deren Bild jetzt mit gesprungenem Glas in meiner Schublade liegt.

Alles Gute zum Geburtstag, Liz.

11

Aus dem *Sonderberger Stadtboten* vom 21. September

Sonderberg. Auch in der vergangenen Nacht kam es wieder zu einem schweren Fall von mutwilliger Sachbeschädigung. Das Auto des Betroffenen, ein schwarzer Audi A4, wurde an seinem Stellplatz in der Mozartstraße in Sonderberg schwer beschädigt. Der Sachschaden wird auf mehrere Tausend Euro beziffert, die Anwohner zeigten sich aufgebracht und erschüttert über die Rücksichtslosigkeit, sowie das Ausmaß der Zerstörungswut des nächtlichen Vandalen.

Es ist dies bereits der fünfte Vorfall dieser Art von nächtlichem Vandalismus. Offenbar finden die Anschläge wahllos in ganz Sonderberg statt und lassen bislang kein Muster oder planvolles Vorgehen erkennen. Die Ermittlungen der Polizei haben bislang noch zu keiner Festnahme geführt.

»Diesen Irren sollte man genauso behandeln, wie er es mit unseren Autos gemacht hat«, äußerte sich ein Geschädigter in der Mozartstraße. »Diesem Bengel gehören mal richtig die Ohren langgezogen! Ich bin dafür, dass man eine Bürgerwehr gründet, die nachts auf den Straßen patrouilliert, bis sie diesen Vandalen schnappen. Und dann Arbeitsstunden für die ganze Bande, bis der letzte Lackschaden abbezahlt ist.«

Während der Unmut der Bürger immer deutlicher spürbar wird, rät die Pressestelle der Polizei dringend von einem überstürzten Vorgehen ab: »Wir haben größtes Verständnis für die Befürchtungen der Sonderberger Bürger, appellieren aber auch an Vernunft und Besonnenheit. Wichtig ist jetzt das unbedingte Vertrauen in die offiziellen Stellen. Ich gebe Ihnen mein Wort, dass wir auf Hochtouren daran arbeiten, den oder die Täter dingfest zu machen. Dabei müssen wir uns aber streng von jeder Art von Panikmache distanzieren. Hastig ausgeübte Selbstjustiz wäre jetzt ein Schritt in die völlig falsche Richtung. Wir erinnern alle Sonderberger Bürger daran, sich unbedingt im Rahmen der Möglichkeiten unseres Justizsystems zu bewegen. Eine Hexenjagd darf und wird in Sonderberg nicht stattfinden!«

12

KRIS

Montag,
21. September
7:20 Uhr

Ich scrolle durch die Fotos, die ich am Freitag auf der Geburtstagsfeier von Liz gemacht habe. Sicher hat sich keiner Gedanken darüber gemacht. Ist ja normal, dass man auf einer Feier Fotos schießt, auch wenn das heutzutage jeder auf Schnappschüsse mit dem eigenen Handy beschränkt, kein Mensch bemüht da noch einen richtigen Fotoapparat.

Kein Mensch außer mir.

Aber auch ich habe gestern nur ein paar Schnappschüsse zustande bekommen, und daran ist vor allem dieser bescheuerte Idiot Marco schuld. Wie der mir die ganze Zeit ein Ohr abgekaut hat wegen seinem blöden Handy! Vielleicht sollte ich irgendwann mal lernen, wie man zu solchen Typen Nein sagt oder *überhaupt* zu irgendjemandem. Vorzugsweise ohne dass mein Gegenüber dann gleich vollkommen ausrastet.

Das Nein-Sagen an sich kann ich ja eigentlich schon ganz gut, bloß bin ich eben nicht allzu scharf auf die Konsequenzen, denn was das betrifft, habe ich inzwischen auch so meine Erfahrungen gemacht. Ich kenne Typen wie diesen Marco nur zu gut. Wie sie dir ständig irgendwas erzählen, von wegen du wärst der Einzige, der ihnen helfen und das krasse Problem lösen könnte, das sie gerade haben.

Schon klar. Aber natürlich ist das nur so lange wahr, wie sie etwas von dir wollen, denn nur genau so lange machen sie auf bester Kumpel. Genie hier und Supertyp da, alles wunderbar, aber natürlich dreht sich in Wahrheit die ganze Zeit alles nur um sie.

Völlig egal, ob sie dich WhatsApp-Nachrichten an irgendwelche Mädchen schreiben lassen, weil sie selbst zu blöd dazu sind, ein paar grammatikalisch korrekte Sätze hinzubekommen oder ob du ihre Hausaufgaben machen sollst, damit sie es beim nächsten Anlauf vielleicht wirklich mal in die nächste Klassenstufe schaffen. Es ist immer dasselbe Spiel, immer dieselbe Masche, und dabei halten sie sich vermutlich noch für unheimlich clever.

In Wirklichkeit ist das einzig Clevere daran, *wie* sie dir klarmachen, was passiert, wenn du nicht nach ihrer Pfeife tanzt. Ja, Leute, so sieht es aus, das Führungspersonal der Zukunft. Echt zum Kotzen.

Unter den Schnappschüssen von gestern sind dann doch noch einige ganz gute dabei. Vielleicht nicht unbedingt gut im künstlerischen Sinne, aber doch ganz interessant für meine andere Sammlung.

Ich entdecke ein paar Hinweise, denen ich in der nächsten Zeit auf den Grund gehen könnte. Verdachtsmomente, wenn man so will. Verrückt, jetzt denke ich selbst schon wie ein Bulle. Zumindest so, wie ein Bulle in einem guten Krimi denken würde. Unsere Beamten in Sonderberg schätze ich eher so ein, dass sie beim Berichteschreiben immer noch das Zwei-Finger-Suchsystem benutzen und sich wundern, dass ihnen »die Kiste ständig abstürzt«, weil sie das Betriebssystem seit zehn Jahren nicht aktualisiert haben und es vermutlich komplett virenverseucht ist. Da bleibt wohl nicht viel Zeit zum richtigen Ermitteln, wie wir ja alle am Fall von Ahmet Ercan miterleben durften.

Vielleicht sind sie aber auch gar nicht dumm, sondern nur faul. Auch das hat man ja wunderbar an ihren sogenannten Ermittlungen zu Ahmets Tod gesehen. Wenn Adi nicht gewesen wäre, wären die noch heute der festen Überzeugung, dass alles nur ein bedauerlicher Unfall war. Vermutlich verfluchen ein paar von denen Adi dafür, dass sie anschließend alle Berichte noch mal neu tippen mussten und sich vor'm Staatsanwalt blamiert haben. Die Polizei, dein Freund und Helfer, na klar. Ganz besonders hier in Sonderberg.

Interessant wäre vielleicht auch die Frage, ob meine private Sammlung von Excel-Tabellen, Fotokopien und natürlich meine Fotoarchive inzwischen nicht schon größer ist als die der Sonderberger Polizei. Manchmal macht mir das fast selbst ein bisschen Angst, wenn ich drüber nachdenke, denn eins steht fest: Ich weiß mehr über die meisten Einwohner unseres idyllischen, kleinen Städtchens als irgendjemand sonst. Und ganz bestimmt auch mehr, als unsere fähigen Beamten je erfahren werden.

Was ich in den letzten Jahren zusammengesammelt habe, lässt ein Bild der Sonderberger entstehen, das jedem Krimi spottet; kaum jemand in der Stadt, der nicht ein paar schmutzige Geheimnisse hätte, wenn man nur tief genug gräbt. Und ein paar von diesen Geheimnissen wären für die Polizei durchaus von Interesse, glaube ich.

Ich habe zwar wirklich alle erdenklichen Sicherheitsvorkehrungen getroffen, jedoch will ich mir nicht ausmalen, was passiert, sollte jemand tatsächlich jemals den gesamten Umfang meiner Sammlung zu Gesicht bekommen. Das darf nie passieren, unter keinen Umständen.

Inzwischen habe ich mich durch einen Haufen eher uninteressanter Fotos von den Partygästen gescrollt und den Großteil von ihnen ins Archiv verschoben. Gelöscht wird bei mir selbstverständlich nichts, aber wenn ich meine Daten nicht priorisiere, laufe selbst ich Gefahr, irgendwann den Überblick zu verlieren.

Dann wird es spannender.

Auf dem nächsten Bild ist die Tante von Liz zu sehen, Janis, wie sie tanzt. Lachend, mit hochrotem Gesicht, in einer Hand ihr übliches Glas Rotwein, das auf diesem Bild nur noch halb voll ist. Immerhin scheint sie ihren Spaß auf der Feier gehabt zu haben, schön für sie.

Ich klicke weiter zum nächsten Foto, auf dem sie mit Liz tanzt. Man könnte die beiden direkt für Mutter und Tochter halten, so ähnlich sehen sie sich manchmal. Liz hat einen Plastikbecher in der Hand, in dem, das weiß ich, Bier gewesen ist, und nicht ihr erstes an diesem Abend. Scheint ihre Tante aber nicht zu kümmern. Ich meine, Geburtstag schön und gut, aber eigentlich dürfte Liz dieses Zeug noch gar nicht trinken, geschweige denn, es derart hemmungslos in sich hineinschütten. Und wie ich ihre Tante kenne, ist es an diesem Abend sicher nicht nur bei diesem oder einem weiteren Bier geblieben.

Besorgniserregend.

Aber auch wieder so ein Problem, bei dem ich nicht weiß, was ich dagegen unternehmen soll. Genauso wenig wie ich weiß, wie ich einen Typen wie Marco loswerden kann, während er mich mit seinen Problemen vollquatscht, die mich nicht die Bohne interessieren.

Ich klicke weiter, und auf dem nächsten Foto ist Adi zu sehen, die gerade auf der Tanzfläche ordentlich abgeht. Hübsch, aber davon abgesehen nicht besonders interessant. Ich schiebe das Foto in meinen *Adi*-Ordner, dann scrolle ich weiter.

Noch ein Foto, diesmal tanzen sie zu dritt, Tante Janis, Liz und Adi. Allem Anschein nach haben alle auf dem Foto einen Mordsspaß. Allerdings auch Marco, der auf diesem Bild im Hintergrund zu sehen ist. Es gefällt mir überhaupt nicht, wie er die drei beäugt. Klar, er ist so was wie der feste Freund von Tante Janis, auch wenn das in ihrem Fall nicht unbedingt etwas *allzu* Festes bedeutet, wie ich von Liz weiß. Eher irgendwas in Richtung Gelegenheitssex. Schön, wenn es die beiden glücklich macht, von mir aus. Bloß ist es nicht Tante Janis, die der Kerl anstarrt, und das macht mir wirklich Sorgen.

Noch ein Bild von Adi, diesmal frontal, und nur an den Rändern ein bisschen verwischt, weil sie sich beim Tanzen natürlich bewegt hat. Ihre neue Frisur, die sie übrigens Liz verdankt, bringt ihr hübsches Gesicht echt gut zur Geltung. Ihre tollen Augen und die kleinen Kräusel, die auf ihrem Nasenrücken entstehen, wenn sie lacht, so wie auf dem Foto. Allerdings ist mir genauso klar, dass mir von einem Mädchen wie Adi nie mehr bleiben wird als eben meine Fotosammlung. Na ja, besser als gar nichts, vermutlich.

Auch so ein Problem, bei dem es nicht lang gedauert hat, bis ich es erkannt habe. Was mir allerdings kein Stück dabei hilft, es zu lösen. Ich frage mich in letzter Zeit öfter, ob ich wirklich so ein Genie bin, wie mir die Lehrer, der Direx und meine Eltern ständig einzureden versuchen. Klar, mir fallen die kindischen Matheaufgaben nicht schwer, und sicher habe ich tolle Noten, wie sonst höchstens noch Julia.

Aber das ist doch alles Kinderkram.

Die große Frage ist aber: Was nützt mir das im Endeffekt, in der richtigen Welt, in dem Leben, das angeblich nach der Schule beginnt? Ist es denn nicht vielmehr so, dass man in dieser Welt für seine Dummheit belohnt wird, anstatt für Fleiß und Intelligenz? Ich habe zumindest den Eindruck, wenn ich mir die meisten meiner Mitschüler so anschaue: Ben zum Beispiel, oder diese beiden Trottel Mark und Leon, die mir auch gern mal einen Schubs oder eine Kopfnuss verpassen, wenn sie glauben, dass es kein Lehrer mitbekommt. Einfach nur, weil sie das lustig finden. Haha, ich lach mich tot.

Es gibt also einige Argumente, die für meine Theorie sprechen, dass es letztlich mehr Vorteile hat, ein dummer, herumpöbelnder Neandertaler zu sein, als zu versuchen, sich wie ein halbwegs zivilisierter Mensch zu benehmen. Haben das meine Eltern einfach nie kapiert und mich deshalb falsch erzogen, mit ihren Büchern, den Gesprächen und all dem Geschwätz von wegen: Der Klügere gibt nach?

Über all das sollte ich zu gegebener Zeit wohl mal länger nachdenken, doch momentan gibt es noch eine andere Fotoserie, die mir echtes Kopfzerbrechen bereitet. Und sie hat bereits ihren Adressaten erreicht, zumindest in Kopie. Die Abzüge habe ich in der örtlichen Drogerie entwickeln lassen, was ich mittlerweile schwer bereue. Vor allem, weil ich keine Handschuhe benutzt habe beim Eintüten.

Sollte irgendwer damit zur Polizei gehen, würde man mich sofort überführen können, sogar unsere Sonderberger Supercops würden das vermutlich hinbekommen. Dass der Verdacht, diese Fotos gemacht zu haben, sofort auf mich fallen würde, liegt auf der Hand. Immerhin sehen mich alle ständig mit dieser Kamera in der Schule herumlaufen, von wem sollten die Fotos also sonst stammen?

So, wie die Sache liegt, habe ich hier ein echtes Problem.

Was soll's, denke ich und notiere es in Gedanken auf der Liste meiner momentanen Sorgen. Und die ist inzwischen erstaunlich lang.

Besorgniserregend lang.

Ich schaue auf meine Uhr und stelle fest, dass ich es vielleicht noch geradeso rechtzeitig in die Schule geschafft hätte, wenn ich vor zehn Minuten im Höchsttempo losgeradelt wäre und die Abkürzung durch den Park genommen hätte.

Shit, ich habe die Zeit total vergessen. Dabei haben wir in der ersten Stunde Kunst bei der Meyfarth.

Ausgerechnet.

13

JULIA

Montag, 21. September 9:00 Uhr

In der zweiten Stunde haben wir Deutsch bei Frau Nowak. Es wird jeden Moment klingeln, aber sie ist noch nicht da, was ziemlich ungewöhnlich für sie ist. Ich sitze neben Adi und überlege, ob ich sie fragen soll, wie die Feier bei Lisbeth am Freitag war. Natürlich weiß ich von der Feier, und natürlich weiß ich noch ganz genau, wann Liz Geburtstag hat. Früher war ich ja selbst oft genug zu diesen Feiern eingeladen und sie zu meinen. Allerdings waren das noch Feiern, bei denen es Kinderbowle gab und Topfschlagen und solche Sachen.

Vor der großen Veränderung.

Der Verwandlung eines hübschen, fröhlichen Mädchens in einen zurückgezogenen Freak mit schwarzgefärbten Haaren und weiß geschminktem Gesicht und einem unterirdischen Musikgeschmack. O Mann. Es ist ja nicht so, dass sie dafür keine Gründe hätte, das kann ich schon irgendwie verstehen. Wenn ich auch nicht begreife, weshalb sie sich deswegen gleich so verschandeln und von allen abkapseln muss. Es wirkt, als würde sie jedem, dem sie begegnet, ständig entgegenbrüllen, wie wenig Bock sie auf die Gesellschaft anderer Menschen hat.

Ob wohl viele Leute auf ihrer Feier waren? Überhaupt

jemand außer Adi und Kris? Das würde mich schon interessieren, aber mir fällt kein Weg ein, danach zu fragen, ohne dass es klingt, als würde ich mich über Lisbeth lustig machen.

Es klingelt zur Stunde, aber immer noch keine Spur von Frau Nowak. Merkwürdig.

Es sind ja nicht nur die Schminke und die Haarfarbe, die Liz so stark verändert haben, und dieser Krach, den sie sich statt Musik reinzieht. Es ist einfach nicht mehr die Lisbeth Kellermann, die ich von früher kenne. Und – sorry, aber mit dieser *neuen* Liz kann ich einfach so gar nichts anfangen. Daher bin ich natürlich auch nicht auf ihren Geburtstagspartys, und eigentlich ist mir auch ganz egal, wie und mit wem sie die verbringt.

Adi reißt mich aus meinen Gedanken, als sie sich zu mir rüberbeugt und sagt: »Irgendwas ist doch heute los mit ihm.«

Was? Meine Gedanken fangen an, sich panisch zu überschlagen, und ich starre sie an. *Meint sie etwa Ben? Ahnt sie vielleicht sogar etwas? Schlimmer: Weiß sie etwas? Versucht sie gerade, witzig zu sein? Hat sich die Sache mit Ahmet etwa schon rumgesprochen? Will sie …*

»Ich meine Kris«, sagt sie, und ich atme innerlich auf. »Er wirkt heute irgendwie so komisch, ganz verschlossen.«

»Kris?« Ich muss fast laut auflachen. Wann wirkt Kris denn mal nicht verschlossen? Das gehört bei ihm sozusagen dazu, wie die schwarzen Haare mittlerweile zu Liz und, ich weiß nicht, die dummen Kommentare zu Mark und Leon. Ist eben so.

»Ist das denn was Neues?«, frage ich. Frau Nowak lässt sich immer noch nicht blicken, obwohl das Klingeln jetzt schon eine ganze Weile her ist. Wo bleibt die bloß? Ich habe echt keinen

Bock auf dieses Gespräch mit Adi gerade. Ausgerechnet für Kris empfinde ich momentan nun wirklich keine Sympathie. Ich wünschte, der Unterricht würde endlich losgehen.

Aber Adi ist heute offenbar in Plauderlaune. »Hast du mitbekommen, wie die Meyfarth vorhin ausgerastet ist, als er ihr das mit der Brille an den Kopf geworfen hat?«, fragt sie. »Ich dachte echt, die knallt ihm gleich eine. Krass. Hast du so was vorher schon mal erlebt?«

Ich zucke mit den Schultern. Allerdings hat sie recht, *das* war wirklich schräg. Von Mark und Leon ist man solche Sprüche ja gewohnt, aber von Kris war das schon ein starkes Stück. Doch auch dieses Thema interessiert mich im Moment nicht besonders. Adi sollte sich eben mal überlegen, mit wem sie so rumhängt.

In dem Moment betritt endlich Frau Nowak das Klassenzimmer. Sie ruft ein fröhliches *Guten Morgen* in die Klasse, das ebenso erwidert wird. Kein Wunder, Frau Nowak, ganz im Gegensatz zur Meyfarth zum Beispiel, kann wirklich jeder leiden. Und zu Recht. Sie ist fair und gibt einem nicht ständig das Gefühl, irgendwie dumm zu sein. Selbst denen, die es wirklich, wirklich sind. Außerdem sieht sie für ihr Alter echt gut aus, was bestimmt auch ganz schön hilft, besonders bei den Jungs.

Doch diesmal beginnt der Unterricht anders als sonst.

Frau Nowak geht direkt auf Kris zu, der wie üblich in der ersten Reihe sitzt, beugt sich zu ihm hinab und flüstert ihm leise etwas zu. Selbst von hinten kann ich gut sehen, dass sein Gesicht erst kalkweiß wird, dann knallrot, dann wieder weiß, wie das Blinklicht einer Leuchtboje. Mit offenem Mund starrt er Frau Nowak an, dann schiebt er wortlos seine Stifte zusammen und steht auf. Sie lächelt ihm hinterher, während er aus dem Raum stakst. Adi und ich schauen uns an, und sie flüstert: »Ob das was mit der Meyfarth vorhin zu tun hat?«

Ich zucke mit den Schultern.

»Okay«, sagt Frau Nowak und lächelt in die Runde. »Hat denn irgendjemand von euch wunderschönen Menschen *zufällig* die Hausaufgaben vom letzten Mal gemacht?« Ein paar kichern leise, andere stöhnen auf, und dann beginnt der Unterricht.

Zehn Minuten später höre ich ein leises Summen, und Adi zuckt zusammen. *Aha*, denke ich und schüttle den Kopf. *Handys im Unterricht. Und das bei Frau Nowak. Gewagt, gewagt.* Aber es scheint wirklich wichtig zu sein, denn Adi nestelt das Telefon aus der Hosentasche, entsperrt es und wirft einen Blick darauf. Als sie mitbekommt, dass ich ihr zusehe, schaltet sie das Display sofort wieder aus.

Ich schaue in ihr Gesicht. Sie sieht aus, als hätte sie auf ihrem Handydisplay einen Geist gesehen oder so was, und irgendwie muss ich an Kris' Reaktion denken. Dann lässt sie das Handy wieder in der Tasche ihrer Jeans verschwinden.

»Was ist denn los?«, flüstere ich, doch sie schüttelt bloß den Kopf.

Dann hebt sie den Arm und fragt Frau Nowak, ob sie mal auf die Toilette dürfe. Ihr sei schlecht, und Frau Nowak wisse schon, weshalb. Als ob, denke ich. *Sie wissen schon* ist praktisch der Code für Regelbeschwerden aller Art. Dafür haben sowohl die weiblichen als auch die männlichen Lehrkräfte immer Verständnis. Die einen, weil sie kapieren, dass es einem davon wirklich saumies gehen kann. Die anderen, weil sie davor eine Heidenangst haben, als wäre es ansteckend oder so. Männer eben.

Frau Nowak kapiert es jedenfalls. Adi steht auf, und ich sehe, dass ihr ein paar der Jungs grinsend hinterherschauen. Arschlöcher, denke ich. Ihr würdet doch reihenweise in Ohnmacht fallen, wenn ihr diesen Mist ein Mal im Monat durchmachen müsstet. Adi ist immer noch ganz bleich, während sie auf die Tür zuwankt, und sieht aus, als würde sie jeden Moment lang hinschlagen.

Das entgeht auch Frau Nowak nicht. Als sie Adi stirnrunzelnd fragt, ob sie sie begleiten soll, fährt die herum und schaut Frau Nowak aus aufgerissenen Augen an, richtig panisch wirkt sie jetzt. Dann quält sie sich ein Lächeln raus und schüttelt den Kopf, bevor sie durch die Tür nach draußen in den Gang schlüpft.

14

ADI

**Montag,
21. September
9:20 Uhr**

Alle denken wahrscheinlich, dass ich was Schlechtes gegessen habe, oder dass es »das Andere« ist, Regelbeschwerden, aber es ist nichts davon. Allerdings ist mir tatsächlich speiübel. Ich habe gerade eine neue WhatsApp-Nachricht bekommen. Und sie lässt keinen Zweifel mehr am Absender zu.

Ich denke immer noch an dich. Machst du mir mal wieder ein duck face?

Von einer unbekannten Nummer, natürlich, wie auch schon die ersten beiden Nachrichten. Ich taumle den Flur entlang in Richtung Klo.

Das mit dem *duck face* sollte mir vermutlich am meisten zu denken geben, denn das war der Punkt, an dem es damals anfing, so richtig schiefzugehen. Als ich noch dachte, die WhatsApp-Nachrichten würden tatsächlich von Michael stammen. Als ich noch naiv genug war zu glauben, jemand wie Michael könnte sich ernsthaft für ein Mädchen wie mich interessieren. Also habe ich ihm schließlich ein Foto geschickt, auf dem ich ein *duck face* mache, nur für ihn. Und später auch das andere Foto, um das er mich gebeten hatte. Den Liebesbeweis. Nackt, vor dem Spiegel. Damit er etwas hatte, um an mich zu denken, hatte er gesagt.

Damit er sicher sein konnte, dass ich es auch wirklich ernst meine.

Bloß stammte in Wirklichkeit keine einzige dieser WhatsApp-Nachrichten von Michael.

Sondern von *ihm*.

Damals meinte die Polizistin, die mich befragt hat, es würde vermutlich genügen, wenn ich ihm einfach nicht mehr antworte. Dann würde er schon irgendwann aufgeben. Das alles sei vermutlich nur ein Schülerstreich, sagte sie.

Doch das war vor seiner letzten WhatsApp-Nachricht damals. Die, in der er mir erklärt hat, dass ich nun für immer »angeschlagene Ware« sei. Jemand, mit dem niemand mehr was zu tun haben wolle außer ihm. Daher die Fotos überall in der Schule. Damit ich erkenne, dass er der Einzige sei, der mich wirklich liebt, und mich alle anderen fallenlassen würden wie eine heiße Kartoffel. Wie eine Aussätzige.

Völlig krank.

Völlig krank, weil er damit recht behalten hat. Diese letzte WhatsApp-Nachricht war damals der Auslöser. Für alles, was danach passiert ist – für die Narben an meinen Handgelenken, für die Monate in der Klinik. Und damit letztlich auch für unseren Umzug nach Sonderberg. Von dieser letzten WhatsApp-Nachricht wissen die Polizei und auch meine Eltern bis heute nichts. So, wie ich die Sache sehe, haben die mir sowieso nie wirklich geglaubt.

Für sie waren das alles nur harmlose Streiche von Pubertierenden, die eben ein bisschen außer Kontrolle geraten sind. So, wie mir die Polizistin ständig den Eindruck vermittelt hat, ich wüsste sehr wohl, wer dahintersteckt – und jetzt, wo mir klar geworden sei, dass dieser Person ernsthafte Konsequenzen drohen würden, hätte ich einen Rückzieher gemacht und wolle sie nicht weiter reinreiten. Einige meinten sogar, ich hätte mir die ganze Sache komplett selbst ausgedacht, um mich an der Schule interessanter zu machen.

Heute kann ich sie verstehen. Die Tatsachen sprechen nun mal gegen mich. Immerhin habe ich die Fotos ja wirklich selbst und vollkommen freiwillig gemacht, nicht wahr? Kein Spanner, der heimlich durchs Fenster geschaut oder irgendwo Kameras versteckt hat. Und dann der Umstand, dass das Foto von mir ausgerechnet auf dem Schulgelände verteilt worden ist. Demnach *musste* es ja ein Schüler gewesen sein, wer sonst hätte Zugang zum Schulgelände gehabt? Woher hätte ein Fremder überhaupt wissen sollen, an welche Schule ich ging? Als ob man das nicht mit ein paar Klicks auf Facebook erfahren könnte, wo ich damals natürlich auch ein Profil hatte.

Heute nicht mehr. Kein Facebook, kein Instagram, Snapchat oder TikTok. Nein, danke, nicht mehr für mich. Wenn es das auch manchmal schwer macht, weil einen ständig alle nach Erklärungen dafür fragen und einen dabei anschauen, als wäre man nicht ganz richtig im Kopf.

Für eine Weile sah es wirklich so aus, als hätten sie recht mit ihrer Vermutung vom zu weit getriebenen Schülerstreich. Nachdem die Fotos auf dem Schulgelände aufgetaucht waren, kam für lange Zeit keine neue WhatsApp-Nachricht von ihm. Als hätte er es aufgegeben oder schlicht kalte Füße bekommen – oder das Interesse verloren. Vielleicht, weil er mitbekommen hat, dass meine Eltern inzwischen die Polizei eingeschaltet haben, um nach ihm zu suchen. Vielleicht, weil es ihm zu aufwändig geworden war, mich zu stalken, nachdem sie einen Spezialisten damit beauftragt hatten, meine Profile von allen sozialen Plattformen zu löschen. Doch jetzt ist er zurück.

Er hat mich nicht vergessen.

Er *denkt an mich*.

Ich schaffe es gerade bis in die erste Klokabine, dann bricht alles aus mir heraus.

15

ADI

Montag, 21. September 9:30 Uhr

Nachdem ich mir ein paarmal kaltes Wasser ins Gesicht gespritzt habe, tupfe ich es mit dem Ärmel meines T-Shirts ab, denn die Handtuchspender neben den Waschbecken sind mal wieder alle leer – wie übrigens auch die Spender für die Flüssigseife, die aber ohnehin kein Mensch bei einigermaßen klarem Verstand auf einem Schulklo benutzen würde. Dass es einer der Jungs wahnsinnig erheiternd findet, die Seifenspender heimlich mit irgendeinem ekligen Zeug aufzufüllen, ist einfach ein zu naheliegendes Szenario. Darüber muss ich wieder ein bisschen grinsen. Schule eben.

»Du packst das«, erkläre ich meinem Spiegelbild. »Genau wie du damals die Klinik geschafft hast.« Und das habe ich. Mit einem bisschen Hilfe von Ida, natürlich. Aber hier bin ich, immer noch hier, und das ist alles, was zählt. Trotz der Narben.

Hier bin ich, du Arschloch, widme ich dem Stalker einen letzten Gedanken. *Ich, Adi, die »angeschlagene Ware«, und ich lebe immer noch. Und ich habe sogar Freunde. Wie steht das bei dir, du krankes Stück Scheiße, hast du auch Freunde?*

Das Fluchen hilft ein bisschen. Ein letztes verwegenes Grinsen in den Spiegel, dann strecke ich mir selbst die Zunge raus, wende mich ab und verlasse den Waschraum.

Auf dem Gang pralle ich fast mit Kris zusammen.

Der zuckt zusammen, reißt die Hände in einer abwehrenden Haltung vor seinen Körper und schaut mich aus aufgerissenen Augen an, während er hastig ein paar Schritte rückwärts macht, als hätte ich ihn gerade aus dem Hinterhalt angesprungen wie eine Raubkatze.

»Hey!«, rufe ich. »Ist ja schon gut, ich bin's nur.«

»Adi«, sagt er mit sichtlicher Erleichterung und lässt die Hände sinken. »Was machst du denn hier?«

Ich nicke in Richtung Klo, er nickt ebenfalls und quält sich ein verständnisvolles Lächeln raus. »Wie war's beim Direx?«, frage ich ihn grinsend.

»Ach, die Meyfarth spinnt doch«, setzt Kris an, aber es klingt nach einem ziemlich schwachen Protest gegen die Strafpredigt, die er sich offenbar gerade anhören durfte. Zumal aus seinem Mund, dem Mund des absoluten Musterschülers. Zumindest hatten wir alle das bisher geglaubt.

»Was war denn eigentlich das Problem zwischen euch beiden heute Morgen?«, erkundige ich mich. »Irgendwas wegen ihrer Brille?«

Irgendwie haben wir beide noch keine rechte Lust darauf, zurück in die Stunde bei Frau Nowak zu gehen. Ist mal was anderes, hier ein paar Minuten auf dem menschenleeren Flur abzuschwänzen. Eine neue Erfahrung für uns beide, nehme ich an.

»Ach, das war nur so'n dummer Spruch, den ich gebracht habe. Nicht wichtig.«

»Und die Tatsache, dass du fast zwanzig Minuten zu spät zum Unterricht gekommen bist, hatte nichts damit zu tun, dass du beim Direx antanzen durftest?«, schiebe ich grinsend hinterher.

Er lächelt unsicher. »Ja, das vermutlich auch. Da ist sie gleich völlig ausgerastet, was mit mir los wäre, ob zu Hause alles in Ordnung ist und so, was für ein Mist. Ich meine, so Typen wie Leon und Mark kommen ständig zu spät oder bauen irgendwelchen Scheiß, da macht sie ja auch nicht gleich so ein Theater.«

»Klar«, sage ich. »Von denen erwartet man das ja auch irgendwie. Aber von dir?«

Er zuckt mit den Schultern und für eine Weile schweigen wir beide.

»Und?«, frage ich und mache ein übertrieben besorgtes Gesicht, um ihn ein bisschen aufzuheitern. »Ist denn bei dir auch wirklich alles in Ordnung daheim, Krzysztof Kilar?«

»Sehr witzig, Adi«, sagt er matt. »Aber klar. Alles blendend im Hause Kilar. Bestnoten wie immer und zwei Vollnerds als Eltern. Hurra, könnte nicht besser laufen.«

»Verstehe. Und was war nun mit diesem Spruch von heute Morgen?«

»Ich hab halt nur gemeint, sie solle mal ihre blöde Brille aufsetzen, dann würde sie vielleicht auch mitbekommen, was um sie herum so abgeht.«

»*Blöde Brille?*«, frage ich amüsiert. »*Das* hast du zu ihr gesagt?«

Er nickt und macht dabei ein finsteres Gesicht. Dann sagt er unvermittelt. »Ich hatte noch keine Zeit zu frühstücken. Hast du Hunger?«

»Klar«, sage ich. »Aber wir sollten dann auch mal langsam wieder in die Stunde …«

»Ich glaube, ich habe noch ein paar Schokoriegel in meinem Spind. Die sind vielleicht noch gut.«

»Verlockend«, sage ich. »Und ich dachte schon, du wolltest mich groß zum Essen ausführen.« Daraufhin wird er ein bisschen rot, sodass ich schnell hinterherschiebe: »Aber ein überlagerter Schokoriegel klingt auch ganz fantastisch.«

Wir gehen zu seinem Spind, und während ich ihm dabei zusehe, wie er an seinem Schloss herumfummelt, denke ich darüber nach, was genau er eigentlich mit dem Spruch gemeint haben könnte, von wegen die Meyfarth solle mal ihre Brille benutzen – die sie tatsächlich die meiste Zeit nur an so einem lächerlichen Band um den Hals trägt und selten auf der Nase. Aber mir erschließt sich der tiefere Sinn nicht, falls es einen gibt. Oder die übertriebene Reaktion der Meyfarth darauf. Aber vielleicht hat Kris da unbewusst einen wunden Punkt bei ihr getroffen. Vielleicht ist sie eitel?

Als er den Spind öffnet, bemerke ich die Kombination an seinem Zahlenschloss und muss lächeln. Es ist der Geburtstag von Liz. Ich habe doch gewusst, dass zwischen ihnen ein bisschen mehr läuft als nur Freundschaft. Was genau, ist allerdings vermutlich beiden noch nicht so richtig klar. Was einigermaßen seltsam ist, wo sie doch sowieso fast jede freie Minute miteinander verbringen und sich auch gern einmal ein bisschen zoffen wie ein altes Ehepaar, auch wenn Liz ihn dabei meist nur auf die Schippe nimmt.

»Noch da, Adi?«, fragt er, und ich bemerke, dass er mir einen Schokoriegel hinhält.

Das Ding ist ziemlich weich, und ein Teil der Schokolade klebt am Papier der Verpackung fest, aber das stört mich nicht.

Schuleschwänzen mit Kris, ausgerechnet. Wer hätte das gedacht.

Eine Weile mampfen wir schweigend, während wir die seltene Stille im Schulflur genießen und ein paar Staubteilchen dabei zusehen, wie sie glitzernd in den Sonnenstrahlen tanzen. Richtig schön irgendwie.

16

JULIA

Montag, 21. September 17:00 Uhr

Es ist echt zum Verrücktwerden.

Wann immer ich mit Ben zusammen bin, habe ich das Gefühl, dass er immer mehr auf Abstand geht. Erschreckenderweise ging es mir schon einmal so mit ihm. Damals, als die Geschichte mit Ahmet passiert war, und ich begreife einfach nicht, wieso er jetzt wieder so ist. Irgendwie so weit weg.

Manchmal ist es fast schon wieder wie früher, wir halten Händchen, küssen uns auf dem Gang und reden miteinander. Aber seit die Schule wieder angefangen hat, haben wir kein einziges Gespräch geführt, das über die täglichen Oberflächlichkeiten hinausgegangen wäre. Unser Supergirl Adi, die in irgendeinem Social-Media-Post auftaucht, oder hast du schon gehört, dass Kris sich mit der Meyfarth angelegt hat? Schulkram halt. Aber wir reden nicht über Ahmet, oder das, was vor den Ferien im Club passiert ist. Nicht über seinen Ausstieg aus dem Fußball-Team. Nicht darüber, wieso er oben auf der Brücke saß, als Adi ihn fand.

Und wir haben seitdem auch nicht miteinander geschlafen, nicht mal herumgemacht. Wir sind praktisch der wandelnde Werbespot für die »Kein-Sex-vor-der-Ehe«-Bewegung geworden. Und ich habe zunehmend das Gefühl, dass er froh ist, wenn wir endlich in unsere getrennten Klassen gehen können und diese Maskerade für die anderen Schüler nicht länger aufrechterhalten müssen. Denn genauso kommt es mir manchmal vor. Nur ein Schauspiel, bei dem wir alle eine Rolle einnehmen und in Wirklichkeit nichts eine echte Bedeutung hat.

Er weicht mir wieder aus, da bin ich inzwischen fast sicher. Schon zum zweiten Mal, und diesmal habe ich keine Erklärung dafür – oder ich hätte schon eine, aber über die mag ich am liebsten gar nicht nachdenken.

Kein Wunder, dass ich damals, nach Ahmets Tod, irgendwie den Kontakt zu ihm verloren hatte, Mark und Leon ging es ja genauso. Immerhin war gerade sein bester Freund gestorben. Völlig natürlich, dass er sich da erst mal zurückziehen musste, um das alles zu verarbeiten. Dass er etwas Abstand gebraucht hat, von seinen Freunden, von mir. Mit so einem Schock geht wohl jeder auf seine eigene Weise um.

Ich habe sogar verstanden, dass es da diese kurze und nicht sehr erfolgreiche Episode mit Adi gab. Sie war einfach ein neues und – zugegeben – hübsches Gesicht. Jemand, der ihn nicht ständig fragte, wie es ihm wegen Ahmet ginge. Jemand, die Ahmet nicht mal gekannt hat und gerade erst nach Sonderberg gezogen war. Das habe ich alles verstanden und ihm seine Freiheit gelassen. Vielleicht, weil mir da schon klar war, dass das sowieso nicht lange gut gehen würde mit Adi und ihm. Das klingt vielleicht ein bisschen grausam, aber ich kenne Ben. Besser, als er vielleicht glaubt.

Irgendwie hatte ich wohl angenommen, dass danach alles automatisch wieder so werden würde wie vorher. Dass wir wieder zusammen sein würden, wie wir das gefühlt schon immer gewesen sind. Einfach wieder zum Normalzustand übergehen würden.

Ganz schön naiv, nicht?

Inzwischen weiß ich manchmal überhaupt nicht mehr, was dieses Wort eigentlich bedeuten soll, normal. Ist es etwa normal, dass Ahmet und ich uns hinter Bens Rücken geküsst, dass wir miteinander geschlafen haben? Ist es normal, dass ich nicht mal sagen könnte, wieso das überhaupt passiert ist?

Vielleicht ist es ja eine völlig kranke Variante von Eifersucht, dass ich ihn ausgerechnet mit seinem besten Freund betrogen habe, aber was sagt das dann über mich aus? Dass ich einfach nicht glücklich sein kann mit dem, was ich habe? Dass ich wirklich immer im Mittelpunkt stehen muss? Es gibt sicher eine Menge Schüler am Fritz, die mir da sofort zustimmen würden. Was, wenn sie nun recht damit haben? Was, wenn die Julia Stoltze, als die mich die Lehrer sehen, überhaupt nicht existiert?

Was mich nachts nicht mehr schlafen lässt, ist die Vorstellung, dass Ben schon längst Bescheid weiß. Dass er nur mir zuliebe ein bisschen Theater vorspielt oder so lange, bis sich etwas Besseres für ihn findet. Verdammt, im Moment halte ich es nicht einmal für ausgeschlossen, dass er es noch mal mit Adi probieren würde, die beiden sieht man nämlich ziemlich oft zusammen in letzter Zeit, auch wenn sie nur auf lockere Freunde tun. Ich weiß, dass sie noch auf ihn steht, und ich weiß, dass er ihr vielleicht sein Leben verdankt. Und ich? Habe geheult wie ein Schlosshund und war zu nichts nütze.

Nachts, wenn ich im Bett liege und nicht einschlafen kann,

gehe ich in Gedanken immer wieder diesen einen Nachmittag durch. Im Wald, oben auf der Brücke, wo ich auf Ben gewartet habe. Obwohl ich hätte wissen müssen, dass er nicht erscheinen würde, weil er irgend so ein dämliches Auswärtsspiel hatte. Er hatte es mir gesagt und ich hatte mal wieder nicht zugehört oder es vergessen. Immerhin war ich ja Julia Stoltze, beliebtestes Mädchen der Schule. Die nur mit den Fingern zu schnippen braucht, wenn sie etwas will. Und statt Ben ist Ahmet gekommen und … und ich habe geschnippt, schätze ich.

Ich fasse einen Entschluss. Ich muss um jeden Preis herauskriegen, ob irgendjemand weiß, dass ich mit Ahmet geschlafen habe. Damals, als es passiert ist, war ich mir fast sicher, ein Knacken hinter mir in den Zweigen gehört zu haben, und das bedeutet, dass es nur eine Person gibt, die davon wissen kann. Aber, das Knacken könnte genausogut von irgendeinem Tier gestammt haben. Werde ich paranoid?

Manchmal frage ich mich, ob es mich überhaupt noch interessieren sollte, was die anderen Schüler von mir denken. Sollen sie doch von mir halten, was sie wollen. Jetzt, wo sie in der »Superheldin« Adi ein neues Objekt der Begierde gefunden haben. Von mir aus kann sie den Job gern behalten.

Aber mir ist nicht egal, was Ben von mir denkt, und das ist der wahre Grund, aus dem ich nachts nicht schlafen kann. Ich empfinde immer noch eine Menge für ihn. Vielleicht sollte ich es ihm einfach sagen. Alles riskieren und diese Sache klären, bevor sie mich innerlich auffrisst.

Aber vorher muss ich wissen, ob das Knacken in den Zweigen damals wirklich nur ein Tier war oder Kris, der uns mit seiner bescheuerten Kamera geknipst hat. Ahmet und mich, wie wir uns küssten, auf der Decke, am Waldrand, oben bei der Brücke. Und auch bei dem, was wir danach getan haben.

17

BEN

Montag, 21. September 17:10 Uhr

Julia möchte also mit mir reden, schreibt sie. Schön. Ich weiß nur nicht, ob ich mit ihr reden möchte. Ich denke, das Gespräch wird auf eine ganz bestimmte Frage hinauslaufen, und – verdammt, ich habe im Moment einfach keine Ahnung, was ich ihr auf diese Frage antworten soll.

Liebe ich sie noch?

Ich mag sie, klar. Keine Frage. Sie ist intelligent, hübsch und – na, eben Julia. Ich mag es, mit ihr abzuhängen, ich mag die anderen Dinge, die wir manchmal tun. Dabei kann sie sogar unheimlich albern sein – außer, wenn sie gerade mal wieder ihre Grübellaune schiebt, und dann ist es beinahe schon beängstigend, wie gut sie das vor den anderen Schülern versteckt, das wirkt richtiggehend professionell. Einstudiert. In gewisser Weise ist es aber auch ein Privileg, dass ich ihr als Einziger sofort ansehe, wie es ihr wirklich geht, während ihr alle anderen die Maske abkaufen, die sie sich dann aufsetzt.

Das verbindet uns, nehme ich an. Schweißt uns zusammen. Das und die Gespräche und … ja, wir funktionieren auch im Bett ziemlich gut zusammen, nehme ich an, während die halbe Schule sie vermutlich bis in alle Ewigkeit für eine jungfräuliche Prinzessin halten wird, die Einhornsticker auf die Ränder ihrer

Spiegel klebt. Ich muss grinsen, während ich das denke. Und erinnere mich daran, wie sie manchmal lächelt, bevor sie sich an mich kuschelt, während wir beide noch schweißnass nebeneinanderliegen. Und dass sie dabei ganz bestimmt nicht an Kinderkram wie Einhörner denkt.

Ja, all das ist gut. War gut.

Aber ist es Liebe?

Es hat eine Zeit gegeben, da hätte ich diese Frage sofort mit Ja beantwortet. Doch dann kam Adi, und mit ihr hat sich irgendwie alles verändert. Adi ist – ich weiß nicht recht – sagen wir kompliziert. Aber auch interessant. Und sie versteht mich auf eine Weise, wie Julia das nie könnte. Das weiß ich, seit wir auf der Brücke miteinander gesprochen haben. Wohlgemerkt, nachdem wir ein paar Tage zuvor den krampfhaftesten Beziehungsversuch aller Zeiten beendet hatten. Was komplett meine Schuld war, zugegeben. Was das betrifft, war ich echt ein Arsch Adi gegenüber.

Aber das hat sie trotzdem nicht davon abgehalten, ihren Instinkten zu folgen, die sie auf die Brücke geführt haben, als ich dort saß. Keine Ahnung, was passiert wäre, wenn sie nicht genau in diesem Augenblick aufgetaucht wäre, sondern zum Beispiel ein paar Minuten später. Ich war echt ziemlich am Arsch damals wegen der Sache mit Ahmet.

Ahmet, der mit Julia geschlafen hat, die damals meine feste Freundin war. Und er mein bester Freund.

Dachte ich zumindest.

Was für eine abgefuckte Scheiße.

Im Moment weiß ich nicht, ob ich Kris – denn nur von ihm können die Fotos stammen, die ich in meinem Spind gefunden habe – dafür danken soll, dass er mir die Augen geöffnet hat, oder ob ich ihm den Hals umdrehen soll. Vielleicht beides. Verdammt, sich vorzustellen, wie der kleine Spanner vielleicht an sich herumgespielt hat, während er die Fotos von Julia und Ahmet geschossen hat. Was ich natürlich gar nicht wissen kann. Ekelhaft finde ich es trotzdem.

Und wieso ist er Ahmet überhaupt hoch zur Brücke gefolgt? Oder war er etwa schon die ganze Zeit da oben und hat im Gebüsch gehockt? Ist er vielleicht Julia hinterhergegangen, um sie heimlich zu beobachten? Das ist doch alles echt vollkommen krank.

Ihm muss klar gewesen sein, was ich über ihn denken würde, wenn er diese Fotos in meinen Spind legt. Und trotzdem hat er es getan. Damit ich die Wahrheit erfahre, nehme ich an. Wie nun auch alle die Wahrheit über Ahmets Tod kennen, und welche Rolle ich dabei gespielt habe. Zumindest das war definitiv die richtige Entscheidung, im Nachhinein betrachtet. Ich hätte es nicht viel länger ausgehalten, alle anzulügen.

Also, der neue Plan: Keine Geheimnisse mehr, denn was die anrichten können, sollte auch Julia inzwischen begriffen haben.

Zumindest, wenn ihr noch etwas an mir liegt.

18

KRIS

**Montag,
21. September
17:30 Uhr**

»Alter, pass doch auf!«, ruft Liz und knufft mich in die Seite, nicht zum ersten Mal heute Nachmittag. Wir versuchen gerade mal wieder, in *Witcher*, unserem Lieblingsspiel, weiterzukommen, und sie hat völlig recht, ich spiele heute echt miserabel. Eigentlich sollten wir schon längst in Novigrad sein, stattdessen haben wir uns gerade zum x-ten Mal von einer Coccacidium-Sumpfpflanze fressen lassen.

Es dauert keine fünf Minuten, bis wir wieder an derselben Stelle scheitern. Liz schmeißt den Controller auf die Couch und lässt sich gegen mich fallen. Für einen Moment ist mir ihr Körper sehr nahe, und ich staune, wie zierlich sie sich unter diesem viel zu weiten, schwarzen Sweatshirt anfühlt. Wie leicht.

Doch dann ist der Moment vorbei.

Liz rutscht von der Couch, plumpst vor dem Sofa auf den Teppich und starrt kopfschüttelnd auf den Bildschirm, der uns blinkend auffordert, es noch mal zu versuchen. »Kilar«, sagt sie. »Heute bist du echt nicht in Form. Hast du wenigstens was zu trinken da?«

»Cola ist im Kühlschrank«, sage ich. Die übrigens nur für sie dort steht. Weder meine Eltern noch ich rühren das Zeug an, aber ich sorge stets dafür, dass ein ausreichend großer Vorrat im Kühlschrank steht, falls sie vorbeikommt. »Und Wasser haben wir im Keller.«

»Hallo?«, sagt sie und stößt ein verächtliches Lachen aus. »Ich meinte, was zu *trinken.*«

»Alkohol?«, frage ich vorsichtig. »Um diese Uhrzeit?« Als ob das eine Rolle spielt. Sie sollte überhaupt keinen Alkohol trinken, weder zu dieser noch zu irgendeiner anderen Tageszeit. Und, wie ich finde, noch nicht mal das Bedürfnis danach verspüren, mit sechzehn. »Ich habe mal in einer Studie gelesen, was Alkoholkonsum mit dem Gehirn anrichten kann. Die körperliche Abhängigkeit kann außerdem schon bei kleinen, regelmäßig eingenommenen Mengen …«

»Danke für die Belehrung«, sagt sie und steht energisch auf. »Aber heb dir deine Kurzvorträge lieber für die Schule auf, okay? Was ist nun mit dem Stoff, du Held?«

»Ich glaube, es steht noch eine angebrochene Flasche Rotwein im Schlafzimmer meiner Eltern.« Warum kann ich bloß nicht die Klappe halten?

»Im Schlafzimmer«, sagt sie und schenkt mir ein anzügliches Grinsen. »Netter Versuch, Kilar.«

»Ich …«, stammle ich los und spüre, wie mir die Hitze in die Wangen schießt. »Es ist wegen der Temperatur. Dort herrschen konstante …«

»Jaja«, sagt sie ungeduldig. »Willst du mich nun betrunken machen, du kleiner Aufreißer, oder nicht?« Dabei stellt sie sich mit in die Hüften gestützten Händen vor mich hin und schaut mich herausfordernd an.

Danke schön, Liz, denke ich. Jetzt werde ich wieder die

nächsten paar Nächte mit der Frage verbringen, wie viel davon sie ernst gemeint hat. Ich meine, warum tut sie das ständig? Warum provoziert sie mich so seltsam? Doch dann fällt mir wieder ein, dass ich im Moment schwerwiegendere Probleme habe. Bei denen weder sie noch mein pubertärer Sexualtrieb eine große Hilfe sein dürften. Aber vielleicht ja Alkohol. Unmengen davon.

»Ich hol dir die Flasche«, sage ich und verdrücke mich in Richtung des Schlafzimmers meiner Eltern.

»Auch gut!«, ruft sie mir hinterher. »Du bist ein Schatz, Schatz!«

Als ich zurückkomme, hat sie schon ein Glas aus der Küche geholt. Fachmännisch prüft sie den Füllstand in der Flasche, dann gießt sie einen großen Schluck davon in ihr Glas. Noch ein kritischer Blick, noch ein Schluck, dann gibt sie mir die Flasche zurück.

»Man muss drauf achten, dass der Füllstand nicht zu nah am Rand vom Etikett ist«, sagt sie. »Sonst fällt es vielleicht auf.« Offenbar hat sie eine Menge Erfahrung in diesen Dingen.

»Und keine Angst«, sagt sie, als sie meinen skeptischen Blick bemerkt. »Ich werde das Glas dann gleich ausspülen und zurückstellen. Okay?«

Ich nicke und sehe ihr dann schweigend dabei zu, wie sie das Glas leert. Dabei verzieht sie immer wieder das Gesicht, so richtig gut zu schmecken scheint es also nicht. Vermutlich trinkt sie es eher wegen der Wirkung.

Ich erinnere mich, dass ich in der Studie auch gelesen habe, dass man vermutet, dass es eine genetische Veranlagung dazu geben könnte, wie leicht jemand von Alkohol abhängig wird.

Wenn man eine entsprechende Disposition dazu hat, genügen schon ein paar wenige Gelegenheiten. In der Studie stand auch, dass die wenigsten Alkoholiker tatsächlich noch so etwas wie Genuss beim Trinken verspüren. Für sie wird es zu einer Notwendigkeit wie die Luft zum Atmen. Bloß, dass diese Luft giftig ist.

Für einen Moment überlege ich ernsthaft, ob ich Liz jetzt erzählen soll, was ich über den Unfall ihrer Eltern weiß, und was der mit Alkohol zu tun hatte, als abschreckendes Beispiel, sozusagen. Aber dann wäre die Stimmung endgültig auf dem Tiefpunkt, verständlicherweise ist sie bei diesem Thema sehr empfindlich. Außerdem müsste ich ihr dann vielleicht auch erzählen, was ich inzwischen sonst noch so über diesen Unfall damals in Erfahrung gebracht habe, und das kann ich auf keinen Fall. Meine Befürchtung ist viel zu groß, dass diese Information sie erst recht über die Klippe tragen würde, und dann mitten hinein in einen Abgrund, aus dem sie niemand mehr retten kann.

Schon gar nicht ich.

Die Vorstellung, allein hier sitzen zu müssen, auf dieser Couch, und Witcher zu spielen … das könnte ich einfach nicht. Ohne Liz wäre ich selbst auf dem besten Weg in meinen eigenen Abgrund, und dafür bräuchte ich wahrscheinlich nicht mal Alkohol. Da ist es doch besser zu wissen, dass sie mich genauso braucht wie ich sie. Selbst wenn das heißt, ihr dabei zusehen zu müssen, wie sie sich langsam um den Verstand trinkt.

In Zeiten wie diesen verfluche ich mal wieder, was ich alles weiß. Ich schleppe es als Bürde mit mir herum. Diese Art von

Wissen ist wie ein böser Fluch: Egal, wie sehr man sich anstrengt, es für etwas Gutes zu verwenden, am Ende geht es doch schief, und es kommen nur Tränen dabei heraus. Oder Schlimmeres. Wie bei dieser dämlichen Geschichte mit der Affenkralle.

»Ich hab am Wochenende wieder mal das Haus für mich allein«, sagt Liz, dann leert sie ihr Glas vollends in einem Zug, hält es gegen das Licht und dreht es zwischen den Fingern, als wäre es ein kostbarer Edelstein. »Und – ich sag mal so – Tante Janis neigt nicht dazu, Markierungen an Weinflaschen zu machen.« Sie wendet sich mir zu. Ihre Stimme geht bereits ein wenig schleppend. Unheimlich, wie schnell das bei ihr passiert. »Oder an die Schnapsflaschen, was das betrifft. Sie hat gerade einen echt guten Scotch da. Bist herzlich eingeladen.«

Eingeladen wozu?, überlege ich. *Dir beim Komasaufen zuzusehen? Ich denke, ich passe.*

Vor ein paar Wochen wäre ich mir noch absolut sicher gewesen, dass sie mich auf den Arm nimmt. Ab und zu mal ein Bier ist eine Sache, aber Scotch Whisky? Wie kann einem dieses Zeug bloß schmecken? Mir wird schon von dem beißenden Geruch schlecht, der mich an Terpentin und Nagellackentferner erinnert. Doch mittlerweile kann ich mir auch das bei ihr vorstellen. Den Wein eben hat sie in weniger als zwei Minuten weggekippt, als wäre es Wasser.

Wenn ich nur nicht so ein verdammter Feigling wäre.

In diesem Moment bekomme ich richtig Wut auf ihre Tante Janis. Wäre es nicht ihre Aufgabe zu bemerken, worauf Liz da gerade zusteuert, und etwas dagegen zu unternehmen? Aber vermutlich ist sie selbst viel zu sehr mit ihrer eigenen Sauferei beschäftigt und dem Gras, natürlich. Und den ständig wechselnden Kerlen in ihrem Bett.

Das lässt mich wieder an die Fotos von der Feier denken, auf der Marco, die jüngste Eroberung von Janis, zu sehen ist. Und sein Blick auf das tanzende Trio. Dieser Blick, der mir gar nicht gefallen hat, mal abgesehen davon, dass der Kerl ein absoluter Proll und Widerling ist, und er mir die Feier mit seiner dämlichen Fragerei komplett versaut hat. Aber wenigstens ist er zum Schluss noch mit seinem Teil der Abmachung rübergekommen, der jetzt gut versteckt unter der Matratze meines Bettes oben in meinem Zimmer liegt. Er hat nicht zu viel versprochen, das Teil sieht wirklich ziemlich echt aus.

Liz starrt immer noch verträumt ihr leeres Glas an, in dem sich das Sonnenlicht bricht. Als ich das Schweigen nicht länger ertrage, sage ich, nur, um irgendetwas zu sagen: »Hat sich Marco eigentlich noch mal bei dir gemeldet wegen dem Handy?«

Als ich seinen Namen erwähne, zuckt sie zusammen und wendet ihr Gesicht ab. Schüttelt den Kopf. Sagt: »Sie sind nicht mehr zusammen. Tante Janis hat ihn rausgeworfen.«

»Gut«, sage ich. »Der Kerl ist ein Blödmann. Warum denn?«

Sie sagt nichts mehr, starrt nur, von mir abgewandt, auf ihre Fingerspitzen. Ich habe ihrer Stimme deutlich angehört, dass sie gegen aufkommende Tränen kämpft.

Und dann kapiere ich es plötzlich.

19

LIZZIE

Freitag, 18. September, am Abend der Geburtstagsfeier 23:00 Uhr

»Kannst auch nicht schlafen, hm?«

Ich fahre zusammen, als ich die Stimme hinter mir höre. Marco. Hastig stelle ich die Flasche zurück und schließe die Kühlschranktür. Scheiße, dabei ist er es, der hier eigentlich nur zu Besuch ist, immerhin haben Janis und er noch nicht mal was richtig Festes.

»Keine Angst«, sagt Marco. »Ich sag ihr schon nichts davon, großes Indianerehrenwort.«

»Ich wollte nur …«, beginne ich, aber er grinst, als habe er mich längst durchschaut, so richtig schmierig sieht er dabei aus. Tatsächlich hatte ich eine Flasche mit Orangensaft in der Hand. Auf der Feier habe ich es vielleicht gleich am Anfang ein bisschen übertrieben, daher habe ich meine Bierflasche nach einer Weile immer wieder heimlich mit Wasser aufgefüllt, es sollte mich ja keiner für eine Spielverderberin halten. Dabei schmeckt mir das Zeug eigentlich gar nicht, aber irgendwie wird das wohl erwartet bei einer Feier, das Trinken.

Marco starrt mich immer noch mit diesem Hey-ich-weiß-Bescheid-Grinsen an, wie ich da so stehe, in nichts als Hotpants und T-Shirt. Und meinen Spongebob-Pantoffeln, die mir Kris vor Urzeiten geschenkt hat. Das ist die Art von Geschenk, die man nur von Kris bekommt, und einer der Gründe, warum ich ihn so mag. Niemand sonst käme auf die Idee, mir etwas zu schenken, das nicht schwarz ist. Außerdem hat er immer Zeit, eine Runde Witcher zu zocken, und Cola im Kühlschrank, obwohl die keiner in seiner Familie trinkt, nicht mal er selbst. Vielleicht genügt das ja schon. Vielleicht ist das viel besser als … das Andere. Als was Festes, denn was Festes kann in die Brüche gehen, und ich weiß nicht, ob ich das noch mal ertragen könnte.

»Gib mal ein Bier rüber, Kleine!«, verlangt Marco, immer noch grinsend, und reißt mich aus meinen Gedanken. Er kann trinken, so viel er will, man merkt ihm nie an, dass er nicht mehr nüchtern ist, außer wenn man ganz genau drauf achtet. An seinem Blick kann man es sehen, der wird dann irgendwie so hart, richtig unangenehm. Ich werfe ihm einen Blick mit hochgezogener Augenbraue zu.

»Hol's dir selbst«, sage ich. »Und schmink dir mal besser die Kleine ab, ja?«

Dabei höre ich, wie meine Stimme ein bisschen zittert. Nicht sehr, aber genug, dass er es vielleicht doch gehört hat. Sein betont lässiger Blick gleitet an mir nach unten. Dorthin, wo meine Shorts enden, und da frisst er sich dann fest. Scheiße.

Er sieht auf seine Armbanduhr. Grinst, und mir wird etwas flau. Dann sagt er: »Klar, versteh schon. Heute bist du ja immerhin das Geburtstagskind. Noch ganze achtundfünfzig Minuten lang. Sweet Sixteen, hm?«

Meine Knie werden weich. Ich muss aus dieser Küche raus, und zwar schleunigst. Der Kerl ist völlig besoffen, auch wenn man ihm das vielleicht nicht anmerkt. Sein Blick wandert weiter über meinen Körper, ganz langsam und genüsslich. Sein Grinsen wird breiter, aber seine Augen lächeln nicht mit, die sind jetzt gar nicht mehr trübe. Nur ein bisschen rot und stahlhart, als er mir endlich wieder ins Gesicht schaut. »Was ist denn jetzt mit meinem Bier, Sweet Sixteen? Oder muss ich wirklich zu dir kommen und es mir holen?«

»Was?«, ächze ich und spüre, wie meine Knie drohen, unter mir nachzugeben. Tante Janis liegt in ihrem Zimmer und schläft einen ziemlich heftigen Rausch aus. Das weiß ich, weil ich sie selbst vorhin da hingehievt habe. Wo war Marco da eigentlich?

Spielt keine Rolle, denn jetzt ist er jedenfalls hier. Er ist mit mir in der Küche und starrt mich an mit diesem Blick. Der keinen Zweifel daran lässt, was er als Nächstes vorhat. Mein Herz klopft bis zum Hals und jetzt habe ich echt Schiss.

Einfach nur Schiss.

Ohne zu wissen, was ich da eigentlich tue, reiße ich die Kühlschranktür auf und ziehe ein Bier aus dem Innenfach der Tür. Die Flaschen klirren.

»Hey, nicht so stürmisch, Kleine!«, sagt er lachend. Mir stellen sich die Haare auf den Unterarmen auf. Er macht einen Schritt auf mich zu, die Hand nach dem Bier ausgestreckt, das ich umklammert halte.

Ich taumle einen Schritt zurück und halte die Bierflasche vor mir ausgestreckt, als wäre sie ein Schutzschild. Ich will brüllen, ihm die verdammte Flasche an den Schädel knallen, doch stattdessen kommt nur eine zitternde Kleinmädchenstimme aus meinem Mund. »Nein«, sage ich. »Bitte nicht.«

Er bleibt tatsächlich einen Moment stehen, schaut mich mit

gerunzelter Stirn an, als würde ihm nie im Traum einfallen, mir irgendetwas anzutun. Die perfekte Tarnung, bis ich ihm in die Augen schaue. Deren Blick sich kein bisschen verändert hat. Ich sehe die Gier darin richtig leuchten.

Dann macht er einen weiteren Schritt auf mich zu. Ich versuche zurückzuweichen, mein Hintern knallt gegen den Rand der Spüle, und mein Arm mit dem Bier zuckt hoch. Grinsend schlägt er ihn zur Seite, die Flasche rutscht mir aus der Hand und fällt. Wie in Zeitlupe sehe ich, dass sie sich um die eigene Achse dreht, bis sie gegen die Fliesen an der Wand prallt, zu Boden kracht und dort zerplatzt. Bierschaum spritzt überall hin, aber seltsamerweise nehme ich das Geräusch der zerberstenden Flasche nur noch wie von fern wahr, gedämpft durch eine dicke Wand aus Zuckerwatte.

Plötzlich ist es, als habe jemand alle Kraft aus meinen Muskeln gesaugt. Ich rutsche zusammen wie eine Marionette, der man die Stricke durchgeschnitten hat. Plumpse mit dem Hintern auf den Küchenboden, schlage die Arme vors Gesicht. Tränen schießen aus meinen Augen, laufen heiß über meine Wangen, während ich in einen schluchzenden Singsang verfalle. Nein, nein, nein, das alles passiert nicht wirklich. Nicht mir, nicht während Tante Janis ein Zimmer weiter in ihrem Bett liegt und schläft.

Und doch passiert es.

Zumindest beinahe.

»Was zur Hölle …?«, höre ich Janis von der Küchentür aus. Ihre Stimme schallt klar und kräftig durch den Raum, sie klingt jetzt kein bisschen betrunken. Auch ich komme schlagartig wieder zu mir, es ist, als habe sie mir mit ihrer Stimme eine kräftige Ohrfeige verpasst. Die ich bitter nötig hatte, um wieder aufzuwachen. Ich nehme die Arme runter und starre fassungslos auf das Schauspiel, das sich mir bietet.

In ihrem bodenlangen Nachthemd in Batikoptik wirkt Tante Janis jetzt wie ein leibhaftiger Racheengel. Eine Hand hat sie in Marcos dichtes Haar gekrallt, mit der anderen reißt sie ein großes Steakmesser aus dem Messerblock. Sie stößt Marco mit einer überraschend kräftigen Bewegung in Richtung Tür, er knallt mit dem Hinterkopf gegen ein Gewürzregal, es regnet kleine Gewürzdosen. Ein dumpfes Wummern, als sie ihn gegen den Hängeschrank stößt, das Geschirr darin klirrt. Ich sehe, dass der Gürtel seiner Hose geöffnet ist. Mehr hat es nicht gebraucht, um Tante Janis mit einem Blick erfassen zu lassen, was der Kerl vorhatte.

Marco ist immer noch völlig perplex von Tante Janis' Angriff. »Was denn?«, stammelt er. »Wir haben doch nur …«

»Raus aus meinem Haus, du Arschloch!«, brüllt ihn Tante Janis an und hält ihm die Spitze des Messers nur Zentimeter vors Gesicht. Da kapiert er anscheinend, dass ihr vollkommen klar ist, was hier gerade abgegangen ist. Oder um ein Haar abgegangen wäre. Ohne ein weiteres Wort schlüpft er aus der Küche, Sekunden später hören wir, wie sich die Haustür öffnet und wieder ins Schloss fällt. Dann erwacht der Motor seines riesigen Amischlittens brüllend zum Leben, und er braust in die Nacht davon. Sekunden später ist es wieder still, bis auf das leise Schäumen des Biers aus der zerplatzten Flasche auf dem Fußboden.

Tante Janis kommt auf mich zu, und es gelingt ihr mit einiger Mühe, mich aus meiner sitzenden Position wieder auf meine wackligen Beine hochzuhieven. Dann nimmt sie mich schweigend in die Arme. Lange stehen wir nur so da, und würde der Alkoholgeruch ihr nicht aus jeder Pore dringen, könnte man wirklich meinen, sie sei vollkommen nüchtern.

20

Mitschnitt der Paartherapeutin Dr. Annelies Krumer, Klienten: Diana und Ralf Berger, Eltern von Adriana

Einzelgespräch mit Diana Berger

»Man könnte also sagen, Sie fühlen sich bisweilen etwas ausgegrenzt?«
»Nein, also ausgegrenzt würde ich das nicht nennen. Wir sind ja immer noch eine Familie, auch wenn uns das mit Adi natürlich alle sehr mitgenommen hat.«

»Natürlich, das ist eine außergewöhnliche Belastungsprobe, das wäre es für jede Familie.«
»Mag sein, aber das allein ist es nicht. Ich habe einfach manchmal so das Gefühl … Kennen Sie das, wenn man einen Raum betritt, und alle beginnen zu lachen?«

»Denken Sie, man lacht dann über Sie?«
»Nein, das meine ich nicht. Es ist eher so, als hätte gerade jemand einen Witz gemacht, und wenn man dann fragt, worum es ging, heißt es: Ach, das würdest du sowieso nicht verstehen.«

»Und diesen Eindruck haben Sie, wenn Sie einen Raum betreten, in dem sich Ihr Mann und Adi aufhalten.«
»Ich weiß nicht. Ja, vielleicht ist es manchmal ein bisschen so. Ist ja auch kein Wunder, mein Mann … also Ralf … Adi weiß eben ganz genau, wie sie ihn um den Finger wickeln kann. Sie ist einfach seine Prinzessin, sie kann gar nichts verkehrt machen. Speziell seit dieser Sache mit der Klinik …«

»Können Sie das genauer beschreiben? Wie äußert sich das Ihrer Meinung nach? Vielleicht fällt Ihnen ein Beispiel ein?«
»Also, ich weiß nicht. Er versucht einfach ständig, Adi alles recht zu machen. Sie färbt sich die Haare, er findet es angeblich schön, dass sie etwas aus sich macht. Sie schleppt irgendwelche Freunde nach Hause, die uns nicht mal vorgestellt werden, und er findet es toll. Ich meine … natürlich ist das nicht schön, was sie da durchmachen musste, aber deshalb muss man sie doch jetzt nicht behandeln wie ein rohes Ei. Sie ist alt genug, um zu verstehen … ich weiß nicht, um zu begreifen, dass auch sie eine Verantwortung trägt.«

»Eine Verantwortung für ein funktionierendes Familienleben?«
»Ja, so etwas in der Art. Sicher. Ich meine, er kann sie nicht ewig beschützen. Nicht vor dem Leben da draußen. Und ich bin immer die Böse, wenn ich versuche, ihr das klarzumachen. Ich meine, ich will ihr doch nichts Böses. Sie soll doch nur verstehen, dass sie irgendwann auf eigenen Beinen stehen muss. Ohne fremde Hilfe … O Gott, entschuldigen Sie, ich bin so eine Heulsuse.«

»Völlig in Ordnung, Frau Berger. Lassen Sie sich Zeit.«
»Okay, ich glaube, es geht wieder. Also, wo waren wir?«

»Frau Berger, in Ihren Unterlagen steht, dass Sie bei einer Pflegefamilie aufgewachsen sind. Kennen Sie Ihre leiblichen Eltern?«

»Äh, nein. Aber ich weiß wirklich nicht, was das jetzt mit Adi zu tun hat. Versuchen Sie mir jetzt etwa zu unterstellen, dass ich nicht in der Lage bin, eine vernünftige Mutter zu sein, weil ich meine leiblichen Eltern nie kennengelernt habe?«

»Nein, Frau Berger, ganz und gar nicht. Aber vielleicht sollten wir es für den Moment dabei belassen? Ich finde, wir sind heute schon ein großes Stück vorangekommen.«

21

ADI

Montag, 21. September 22:30 Uhr

Ich liege in der Dunkelheit, starre auf das flimmernde Spiel von Licht und Schatten an meiner Zimmerdecke, das der Apfelbaum vor meinem Fenster hereinwirft und das mich heute überhaupt nicht beruhigen kann. Seit einer knappen halben Stunde versuche ich, die Atemübungen zu machen, die sie uns in der Therapie beigebracht haben, doch mein Herz rast wie verrückt, und meine Gedanken schweifen immer wieder ab, bevor ich überhaupt ein paar zusammenhängende Atemzüge zählen kann.

So viel zum Thema Kontrolle.

Ida hatte vollkommen recht. Was man uns in der Therapie beigebracht hat, waren nicht mehr als Pflaster auf die Wunde, weit entfernt von einem wirklichen Heilmittel. Gut und schön in der geschlossenen Umgebung der Klinik, wo es Personal gibt und Wachleute und Medikamente, um die Gedanken im Zaum zu halten. Unter Kontrolle. Wo man weggesperrt ist vor der bösen Welt. In Sicherheit oder doch wenigstens in einer ziemlich überzeugenden Illusion davon.

Aber hier draußen, in der wirklichen Welt, gibt es das alles nicht. Die Pillen werden nicht helfen, wenn er plötzlich vor mir steht. Wenn er mein Handy knackt oder meinen Computer.

Mich beobachtet durch die unzähligen Kameras, die es heutzutage überall gibt. An jedem Laptop, Tablet, Handy. Tausende stumme Augen, draußen, an jeder Straßenecke. Ich spüre, wie mein Puls wieder zu rasen beginnt, und beginne eine neue Atemübung.

Einatmen.

Ausatmen.

Eins.

Einatmen.

Ausatmen.

Zwei.

Einatmen …

Als ich schließlich bei fünfundzwanzig ankomme, hat die Panik etwas nachgelassen und ich öffne die Augen. Die Welt um mich herum ist verschwommen, und ich spüre, wie etwas auf meinen Wangen kitzelt. Ich wische die Tränen mit dem Ärmel meines Sweatshirts weg.

Machst du mir mal wieder ein duck face?

Seine Art von Humor, keine Frage. Aber ein Fischen im Trüben, da bin ich ziemlich sicher. Er weiß nicht, wo ich jetzt wohne, und wenn ich ihm nicht antworte, wird er es irgendwann vielleicht tatsächlich aufgeben.

Und wenn nicht?

Vielleicht sollte ich auch diese Nachricht löschen und alle, die vielleicht noch kommen. Die Nummer blockieren, ihn einfach komplett ignorieren. Aber das hieße doch auch irgendwie, meine Schwäche einzugestehen, nicht? Es hieße, ihm zu zeigen, dass er die Kontrolle hat und nicht ich. Dass ich Angst vor ihm habe, immer noch. Vielleicht hieße das, erst recht seinen Ehrgeiz anzustacheln? Vielleicht würde er es von einer anderen Nummer probieren?

Vor allem aber würde es mich einer wichtigen Möglichkeit berauben. Einer Möglichkeit, über die ich nachdenke, seit ich Kris kennengelernt und seine Fähigkeiten am Computer gesehen habe. Ja, Kris wäre vielleicht eine Möglichkeit. Aber ich muss mir erst sicher sein, bevor ich das durchziehe. Sicher sein, dass ich es schaffen kann.

Ohne wieder kaputtzugehen.

Die Selfie-Kamera am oberen Display meines Handys ist mit einem dieser kleinen Plastikschieber versperrt, den ich auf allen meinen kamerafähigen Geräten habe – Tablet, Laptop und so weiter. Viele Leute machen das heutzutage so, aber die meisten von denen fürchten wohl, dass irgendwelche Regierungsbehörden sie ausspionieren oder sie unaufgefordert Werbung für Hundefutter angezeigt bekommen, wenn sie sich Hundebilder auf Instagram anschauen.

Alles legitime Gründe, aber die haben alle keine Ahnung, wie es sich anfühlt, wirklich von jemandem beobachtet zu werden, für den du nicht nur eine Zahl in der Statistik bist, sondern etwas ganz Besonderes. Jemand, der dir all seine Aufmerksamkeit widmet. Vierundzwanzig Stunden lang, jeden Tag.

Jemand, der selbst dabei völlig anonym bleibt, eine Gestalt in den Schatten, nichts weiter. Er könnte an dir auf der Straße vorbeigehen, und du würdest ihn nicht mal erkennen, er dich aber jederzeit. Das ist der Grund, aus dem *meine* Kameras abgeklebt sind.

22

KRIS
Dienstag,
22. September
9:30 Uhr

Es ist hiermit offiziell bewiesen – ich bin *doch* nicht komplett unsichtbar für Julia Stoltze. Nicht, dass mir das etwas bedeuten würde, aber ein merkwürdiger Zufall ist es schon. Die letzten paar Jahre hatte ich das Gefühl, ich hätte glatt durch sie hindurchlaufen können, und sie hätte davon nicht mal etwas gespürt.

Verschiedene Seiten des Flurs bedeuten hier nun mal auch verschiedene Welten. Fremde Dimensionen, die sich nie berühren dürfen. Außer heute.

Interessant.

Natürlich war mir sofort klar, was sie von mir wollte. Und natürlich habe ich komplett den Dummen gespielt, was mir in ihren Augen ja auch nicht besonders schwergefallen sein dürfte, schließlich ist Julia Stoltze der festen Überzeugung, selbst der Gipfel aller menschlichen Intelligenz zu sein – *seht her, ich bin nicht nur die Schönste, sondern selbstverständlich auch die Klügste im Raum, egal welchen Raum ich gerade betrete.*

Und ich gebe zu, es hat für mich gewisse Vorteile, sie in diesem Glauben zu lassen. Ihr nicht zu verraten, dass ihr Image vom braven Mädchen auch enorm viel damit zu tun hat, dass sie von allen Lehrern nur Bestnoten bekommt. Irgendwann wird vermutlich auch sie mal lernen, dass man für die wirklich lohnenden Ziele im Leben hart arbeiten muss. Irgendwann wird auch ihr hübsches Gesicht voller Runzeln und Falten sein. Aber dann ist sie vermutlich längst das Anhängsel irgendeines hohen Tiers in irgendeinem Konzern, der den halben IQ von ihr besitzt und nebenher eine Geliebte hat, die aussieht wie eine jüngere Version von ihr. Die Art Typen wie Norbert Klausner, das größte Arschloch, das Sonderberg zu bieten hat. Und das will schon was heißen.

Also stehe ich im Flur vor meinem Spind und lasse mich von Julia Stoltze anstrahlen und tue so, als würde ich nicht merken, wie falsch ihr Lächeln ist. Ich höre mir sogar geduldig an, was sie zu sagen hat. Es ist schon recht unterhaltsam, wie sie so um den heißen Brei herumschleicht. Ob ich Fotos von Ahmet hätte, also welche, von denen er vielleicht nichts mitbekommen hat, fragt sie. Und lächelt dümmlich, als würde sie selbst nicht recht wissen, wovon sie da eigentlich redet.

Dabei weiß sie das offenbar ganz genau.

O ja, denke ich, die habe ich, und rate mal, wer da noch drauf ist. Ich grinse in mich rein und spiele weiter den Ahnungslosen. Dabei komme ich mir ein bisschen vor wie Walter White aus der Serie *Breaking Bad*. Niemand würde ahnen, was mir so durch den Kopf geht, jeder unterschätzt mich hier. Was vielleicht ein Vorteil ist.

Wenn die wüssten.

Sie versucht jetzt schon zum dritten Mal, mir die Lüge aufzutischen, dass sie mit Ben zusammen eine Fotowand für Ahmet basteln will. Beim Gedanken daran, wie sie zusammen mit Ben *meine* Fotos dafür verwendet, muss ich beinahe laut loslachen. Das wäre mal eine Fotowand, welche die ungeteilte Aufmerksamkeit aller Schüler hätte, garantiert.

Als ich ihr nochmals geduldig erkläre, ich hätte keine Fotos von Ahmet außer denen, die man in der letzten Ausgabe unserer Schülerzeitung bewundern kann, nickt sie und scheint es endlich zu glauben. Ihr Lächeln fällt langsam in sich zusammen wie ein Abrisshaus bei einer Sprengung in Zeitlupe.

Sie schaut mich aus ganz großen, traurigen Augen an und dann kommt der Hammer. »Hast du vielleicht welche von mir gemacht, Kris?«, fragt sie leise. »Ich meine …«

Komm schon, denke ich. Sag es. Fotos, auf denen zu sehen ist, wie du deinen Freund betrügst. Mit seinem besten Kumpel.

»Nein«, sage ich. »Ich hab keine Fotos von dir gemacht. Nicht ohne dein Einverständnis, Julia. Wie kommst du auf so was?«

Als Dreingabe tue ich ein bisschen enttäuscht. Weil selbst die umwerfend aussehende und durch und durch geniale Julia Stoltze offenbar den Gerüchten auf den Leim geht, die man an der Schule über mich erzählt. Und die natürlich gar nicht stimmen *können.*

»Okay«, sagt sie mit gesenktem Kopf und wendet sich ab. »Trotzdem danke, dass du mit mir geredet hast, Kris.«

Ich nicke und schaue ihr den Flur hinterher, wie sie davongeht, ganz das geknickte Blümchen. Aber irgendwie gelingt es mir nicht, mich über meinen Triumph zu freuen. Stattdessen bleibt nur ein schaler Geschmack in meinem Mund zurück. Irgendwo in meinem Spind sind vielleicht noch ein paar alte Kaugummis.

Unter anderem.

23

ADI

Dienstag,
22. September
10:00 Uhr

Können wir reden? Allein?

Das steht auf dem Zettel, den Julia mir gegen Ende der Mathestunde rüberschiebt. Herr Winkler hat uns während der Stunde kaum auf dem Schirm, da wir zu den wenigen Schülern gehören, die in Mathe keine Schwierigkeiten haben. Daher wundere ich mich ein bisschen über die geheimnisvolle Note, die in dem Zettel mitschwingt.

Klar, schreibe ich drunter, und: *Gleich jetzt, in der großen Pause?*

Dann schiebe ich Julia den Zettel rüber.

Sie liest ihn, nickt, und schreibt: *Lass uns warten, bis alle auf den Hof gegangen sind. Dann bei den Spinden. Aber lass uns getrennt da hingehen.*

Oh, jetzt wird es aber wirklich interessant. Diese Art von Geheimniskrämerei kenne ich überhaupt nicht von Julia, also muss es wohl wirklich wichtig sein, dass man uns nicht zusammen sieht. Irgendwie seltsam in Anbetracht der Tatsache, dass wir uns gerade eine Bank teilen, oder?

Aber ich nicke, ich bin ja für jeden Spaß zu haben – auch wenn Julias ernster Gesichtsausdruck so gar nicht nach Spaß aussieht. Sie schreibt *Danke* auf den Zettel und malt noch ein Herzchen dazu.

Nachdem ich es gelesen habe, zerknüllt sie den Zettel und stopft ihn in die Tasche ihrer Jeans. James Bond lässt grüßen.

24

ADI

Dienstag,
22. September
10:30 Uhr

Wie vereinbart, treffe ich knapp zehn Minuten nach dem Läuten zur großen Pause – und einem übertrieben langen Ausflug zum Mädchenklo – bei den Spinden ein.

Julia dankt mir überschwänglich für mein Kommen und für einen Moment denke ich zurück an eine frühere Begegnung dieser Art mit ihr. Damals war es um Ben gegangen und ich hatte ihre Warnung als Drohung missverstanden. Oder war es umgedreht? Na ja, im Moment spielt das wohl sowieso keine Rolle mehr. Ben und ich sind so etwas wie Freunde, und auch wenn ich mir manchmal vielleicht mehr wünschen würde, lasse ich ihm natürlich die Zeit, die er braucht, um das mit Ahmet zu verkraften. Aber jetzt macht Julia ein ernsthaft besorgtes Gesicht.

»Es geht um Kris«, sagt sie.

Wow, damit hätte ich nun wirklich nicht gerechnet.

»Ihr seid so was wie Freunde, oder?«, fragt sie vorsichtig. »Ich meine, du hängst öfter mit ihm ab, oder? Mit ihm und Liz?«

»Tue ich, ja«, sage ich. »Wie du weißt. Immerhin waren die beiden ja auch nicht ganz unbeträchtlich daran beteiligt, dass die Sache am Club so ausgegangen ist, wie sie ausgegangen ist. Falls du dich noch daran erinnerst?«

»Ja, schon klar«, sagt Julia ungeduldig. »Aber ich meine, vertraust du Kris? Also, zu einhundert Prozent?«

Gute Frage. Insbesondere angesichts der Geheimnisse, die dieser Junge vor so ziemlich jedem hier am Fritz zu haben scheint, und dem ebenfalls recht offensichtlichen Zusammenhang zwischen diesen Geheimnissen, der Kamera, die er ständig mit sich herumschleppt und seinen beträchtlichen Fachkenntnissen im Umgang mit Computern. Kann man Kris überhaupt zu einhundert Prozent vertrauen? Und falls ja, wäre dann nicht Liz die bessere Ansprechpartnerin?

»Klar«, sage ich im Brustton der Überzeugung. »Kris ist in Ordnung. Aber warum fragst du das ausgerechnet mich? Ich meine, *ich* bin die Neue hier, oder?«

»Ja«, sagt sie, und ein nervöses Lächeln huscht über ihr Gesicht. »Klar. Es ist nur, ich glaube, Kris hat … na ja, er hat vielleicht Fotos von mir gemacht.«

»Hat er denn von irgendwem an dieser Schule keine Fotos gemacht?«, frage ich erstaunt. »Immerhin knipst er doch ständig mit seiner Kamera herum. Außerdem ist er praktisch die komplette Fotoredaktion unserer Schülerzeitung in Personalunion, und wenn ich mich recht erinnere, bist du in dieser Zeitung immer recht prominent vertreten. Scheint dich ja bisher auch nicht gestört zu haben.«

Sie macht eine ungeduldige Handbewegung. »Diesmal ist es was anderes. Ich glaube, er ist letzte Nacht um unser Haus herumgeschlichen.«

»Er ist *was?*«

Sie nickt. »Ich bin mir natürlich nicht sicher, ob es wirklich Kris war, aber ich stand gerade unter der Dusche.«

Ich starre sie zweifelnd an.

Julia schaut jetzt zu Boden, dann murmelt sie. »Ich bin mir ziemlich sicher, draußen im Garten eine Bewegung gesehen zu haben. Man kann vom Garten aus direkt reinsehen, und ich hatte den Vorhang nicht zugezogen und ...« Sie hebt den Kopf. »Ich hatte nichts an.«

»Und du hast Kris gesehen, in eurem Garten? Bist du sicher?«

»Nein, ich ...« Sie stockt, scheint zu überlegen, sich die Szene nochmals ins Gedächtnis zu rufen. »Ich bin nicht sicher, das ist es ja eben. Aber falls er es war, und wenn er wirklich Fotos von mir gemacht hat ...«

»Ich verstehe«, sage ich. *Und zwar besser, als du glaubst, Julia.* »Das ist aber trotzdem eine ganz schön heftige Anschuldigung. So ohne Beweise, meine ich.«

»Das ist mir klar, Adi. Aber ich ... Ich muss es einfach wissen. Wenn diese Fotos irgendwo auftauchen. Das wäre schrecklich für mich.«

Du hast ja keine Vorstellung, denke ich und spüre, wie ein bitterer Geschmack meinen Hals heraufkriecht. »Okay, Julia. Ich bin auf deiner Seite«, sage ich. »Falls das wirklich stimmt.«

»Danke, Adi«, sagt sie und umarmt mich spontan. Ich verkrampfe, wie immer bei solchen Gelegenheiten, wenn ich nicht drauf vorbereitet bin, doch dann lasse ich es geschehen. Als sie wieder von mir ablässt, frage ich, wie sie sich meine Hilfe bei der Sache konkret vorstellt.

»Ich weiß nicht, vielleicht könntest du ihn mal daheim besuchen oder so? Und dir seine Fotos anschauen? Ohne, dass er es merkt, meine ich.«

»Und wie stellst du dir das vor? Ich nehme mal an, er wird

diese Art von Fotos, falls er sie wirklich gemacht hat, nicht gerade auf seinem Schreibtisch herumliegen lassen.«

»Ich weiß«, sagt Julia enttäuscht. »Aber vielleicht könntest du es wenigstens versuchen? Als seine Freundin?«

»Und diese Freundschaft dabei aufs Spiel setzen?«, überlege ich laut.

»Ich dachte«, sagt sie leise, »wir wären auch so was wie Freunde?«

Das sind völlig ungewohnte Töne von Julia Stoltze, die ich bisher ganz anders kennengelernt habe. Selbstbewusst, der Star der Schule, immer im Mittelpunkt, was sie stets auch zu genießen schien. Nein, das stimmt nicht ganz. Einmal habe ich sie auch schon ganz anders erlebt. Damals im Club.

»Okay«, sage ich. »Aber keine Versprechungen. Außer der einen: Wenn Kris wirklich Fotos hat, werden die nirgends auftauchen. Dafür werde ich persönlich sorgen.«

»Danke«, sagt sie einfach nur, aber ich sehe ihr an, wie erleichtert sie plötzlich ist. Und ja, das ist ein verdammt gutes Gefühl. Wenn ich jetzt nur noch wüsste, wie ich mein Versprechen einlösen kann.

Aber vielleicht habe ich da schon eine Idee.

25

JULIA
**Dienstag,
22. September
10:40 Uhr**

»Du musst Schmiere stehen«, raunt Adi mir zu, in einem Ton, als würden wir so was ständig machen.

»Was?«, frage ich verwirrt, während ich ihr hinterherlaufe. Sie steuert zielgerichtet auf die Spinde am anderen Ende des Flurs zu. Wo, wie ich weiß, auch der Spind von Kris steht.

»Du stellst dich am besten auf den Gang dort drüben und schaust, ob jemand kommt.«

»Und *wenn* jemand kommt?«, frage ich.

»Dann tun wir so, als hätten wir uns im Spind geirrt.«

»Ja, aber mein Spind ist am anderen Ende des Flurs. Jeder weiß das. Alle beliebten Schüler haben ihre Spinde dort, weil es die neuen sind, und …«

»Und wo ist mein Spind?«, fragt sie und schaut mich mit einer hochgezogenen Augenbraue an.

»Äh … keine Ahnung«, sage ich verblüfft. Woher soll ich das wissen? Immerhin ist sie ja die Neue.

»Eben«, sagt sie grinsend.

»Oh«, mache ich. »Stimmt, das könnte funktionieren. Und willst du den jetzt irgendwie aufknacken oder was? Mit einem Dietrich? Das merkt er doch!«

»Nein«, sagt sie. »Ich kenne die Zahlenkombination von seinem Schloss. Aber Julia, bist du dir wirklich sicher, dass wir das tun sollten?«

Gute Frage, denke ich. Andererseits muss ich einfach wissen, ob ich mir das Knacken im Gebüsch damals eingebildet habe, oder ob es wirklich Kris war, der mich und Ahmet beobachtet – und möglicherweise mit seiner dämlichen Kamera geknipst – hat. Ich muss einfach wissen, woran ich bin, bevor ich versuchen kann, das mit Ben wieder auf die Reihe zu kriegen. Ich muss einfach.

Also sage ich: »Ja.«

Adi stellt die Zahlenkombination ein und stellt sich dabei so hin, dass ich nicht sehen kann, welche das ist. Das ist vermutlich nur fair, und außerdem habe ich ja auch eine andere Aufgabe, wie sie mich erinnert. »Hey, du wolltest Schmiere stehen, Julia«, zischt sie mir zu und nickt zur Mitte des Ganges hin.

Ich drehe ihr und den Spinden also den Rücken zu, während sie sich weiter an dem Schloss zu schaffen macht. Der Flur ist absolut menschenleer. Nur ganz gedämpft dringen die Geräusche vom Schulhof durch die geschlossenen Fenster.

Dann macht es hinter mir Klick, als das Schloss aufspringt. Adi öffnet den Spind, und dann höre ich, wie sie scharf die Luft einsaugt. Und sie mit einem geflüsterten Fluch wieder entlässt: »O shit, was ist das denn?«

Ich fahre herum – hat Kris die Fotos von mir und Ahmet etwa gleich obenauf gelegt? Kann er geahnt haben, dass ich versuchen würde, in seinem Spind nachzuschauen und …

Als ich sehe, worauf Adi starrt, verschlägt es mir den Atem. Instinktiv presse ich die Hand vor den Mund. Da liegen keine

Fotoabzüge, die mich und Ahmet zeigen. Auch nicht seine Kamera. Sondern blitzendes Chrom und Griffschalen aus schwarzem Plastik.

Was da in Kris' Spind liegt, ist eine Pistole.

26

Befragungsprotokoll, Zeuge: Heinrich W., Rentner

Was genau haben Sie im Park beobachtet, Herr W.?
Also, ich hab es nicht richtig erkannt, weil ich doch meine Brille nicht dabeihatte. Also, die für die Weite. Ich hatte noch die Nahbrille auf vom Kreuzworträtsel und wollte ja auch bloß die Luzi kurz Gassi führen. Die Luzi ist unser Teckel, wissen Sie? Und normal kennt sie den Weg, sag ich immer, daher brauch ich ja keine Brille mitzunehmen, daher…

Herr W., was haben Sie im Park gesehen?
Ach so, also das, ja. Da war so ein junger Kerl, der ist an mir vorbeigesaust in einem Affenzahn, als ich mich gerade gebückt habe mit dem Beutel von der Luzi, und ich kann doch nicht mehr so, wegen meiner Hüfte und…

Herr W., nur die Fakten bitte.
Ja ja, schon gut. Also, der junge Kerl saust an mir vorbei wie ein Wirbelwind, sodass ich fast im

Gras gelandet wäre, da drehe ich mich um und will ihm gerade was hinterherrufen, von wegen, ein Park ist doch keine Autobahn. Da sehe ich, dass ihn jemand anhält. Drei Jungs, solche Herumlungerer, die da öfter sind. Die haben ihn gestoppt, und als er anhält, zerrt ihn der Größte der drei, so ein langer Lulatsch, also der packt ihn am Schlafittchen, so, und zerrt ihn vom Rad. Er hat ihn dabei angebrüllt, aber ich hab nicht verstanden, um was es ging. Ich meine, das muss man ja nun auch nicht machen, bloß weil er mit dem Rad ein bisschen zu schnell unterwegs war. Wir haben ja in dem Alter manchmal auch ein bisschen über die Stränge geschlagen.

Verstehe. Haben Sie denn gar nicht mitbekommen, um was es ging?
Kein Wort, Herr Kommissar…

Polizeimeister.
Ach so. Also kein Wort, ehrlich. Aber ich hab mir die Luzi geschnappt, und wir haben zugesehen, dass wir aus dem Park kamen. Das da sah nach Ärger aus, und in meinem Alter, was hätte ich denn da machen sollen? Aber das ließ mir keine Ruhe, und deshalb bin ich dann auch gleich hergekommen.

Ich finde wirklich, dass Sie mal dafür sorgen sollten, dass sich da nicht so ein Gesindel herumtreibt im Park, und sowieso lässt man das Gelände dort total verkommen, das sieht doch nicht schön aus…

Was haben Sie noch beobachtet, außer, dass der eine Junge den anderen vom Rad gezerrt hat, Herr W.?
Er hat sein Portemonnaie aus der Tasche gezogen, also der Jüngere, und dem Älteren Geld gegeben, da bin ich ziemlich sicher. Vielleicht haben sie ihm Prügel angedroht oder so was. Das ist doch nicht rechtens!

Okay, Herr W., ich würde Ihnen jetzt gern ein paar Fotos zeigen, und wenn Sie einen der jungen Männer darauf wiedererkennen…
Das geht nicht. Haben Sie denn nicht zugehört?

Wie bitte?
Ich hatte doch meine Brille nicht dabei, die für die Weite. Ich habe keinen erkannt da im Park, aber ich finde, Sie sollten dort wirklich mal etwas unternehmen. Eine Streife abkommandieren, die dort ein bisschen aufpasst. Nach dem Rechten sieht und vielleicht auch gleich ein bisschen aufräumt. All der Müll, der dort überall herumliegt. Glasscherben! Dann würden wir Anwohner uns auch wieder sicherer…

Aber Sie sagten gerade, dass Sie gesehen haben,

dass der Jüngere dem Älteren Geld gegeben hat. Wie können Sie das auf die Entfernung erkannt haben, aber nicht die Gesichter der Betreffenden?
Äh…

Also haben Sie nun jemanden erkannt oder nicht?
Nein, leider nicht.

Na schön, Herr W., in diesem Fall können wir leider nichts weiter unternehmen, fürchte ich. Wir können ja noch nicht einmal sicher sein, ob überhaupt eine Straftat vorliegt bei dem bisschen, was Sie uns erzählen, und uns liegt bislang auch keine Anzeige vor, welche mit den von Ihnen geschilderten Ereignissen übereinstimmt. Tut mir leid, Herr W., aber so kommen wir hier nicht weiter.
Aber das mit der Streife sollten Sie wirklich machen, finde ich. Vielleicht, wenn die Jungs wieder vorbeikommen. Dann könnten Sie sie doch gleich einkassieren.

Weswegen? Weil sie dort auf einer Parkbank sitzen? Wir haben fünf Polizeibeamte hier, und die sind für ganz Sonderberg und Umgebung zuständig, Herr W.
Aber…

Ich werde Ihren Vorschlag an die Stadtverwaltung weiterleiten, in Ordnung? Aber jetzt entschuldigen

Sie mich bitte. Die Arbeit wartet und wir sind offenbar hier fertig. Ihnen noch einen schönen Tag.

Aber…

27

JULIA

Dienstag,
22. September
16:30 Uhr

Während ich mein Rad vor dem Haus der Klausners abstelle, versuche ich angestrengt, nicht an die Pistole im Spind von Kris zu denken. Die ist vermutlich für irgendein nerdiges Schulprojekt, meinte Adi. Obwohl das Ding verdammt echt aussah. Was, wenn sie nun tatsächlich echt ist? Was, wenn da wirklich eine richtige Pistole in seinem Spind liegt? Im Spind von dem Jungen, den so ziemlich alle am Fritz ständig hänseln oder bestenfalls gar nicht beachten?

Nein, das ist einfach zu abgedreht. Nicht Kris. Nicht der Kris, den ich kenne. Mit dem ich vor ein paar Jahren noch in der Einfahrt unseres Hauses gespielt habe. Aber das war, bevor er der Kris wurde, der er heute ist. Der Kris, den alle Streber nennen und Spanner und *Freak*. Selbst ich.

Aber hat er sich das meiste davon nicht selbst zuzuschreiben? Immerhin hat er noch kein einziges Spiel unserer Fußballmannschaft besucht und er redet auch mit keinem außer Liz; die große Pause verbringen die beiden regelmäßig auf dem seit Urzeiten gesperrten Klo im Erdgeschoss. Ist es da ein Wunder, dass ihn die meisten Leute für einen Außenseiter halten – wo er sich doch alle Mühe gibt, einer zu sein?

Aber vielleicht hätten wir doch jemandem Bescheid sagen

sollen. Bloß wem? Dem Direx oder gleich der Polizei? Und dann? Klar, die würden Kris die Waffe abnehmen – aber gleich danach stünde die Frage im Raum, woher wir überhaupt wissen konnten, was in seinem Spind ist. Einbruch ist schließlich auch eine Straftat. Und wenn Kris dann doch eine plausible Erklärung für die Pistole hat?

Dann würde das auf uns zurückfallen. Auf Adi, und das kann ich ihr nicht antun. Nicht, nachdem sie mir gerade ohne groß zu überlegen geholfen hat, einen ihrer Freunde zu hintergehen. Während ich ihr eine Lügengeschichte aufgetischt habe, um sie dazu zu bringen.

Nein, das geht einfach nicht.

Adi hat mir versprochen, dass sie mit Kris redet. Dass sie versucht herauszubekommen, ob die Waffe nur ein Scherz ist oder so was, und ihr wird er bestimmt die Wahrheit sagen.

Oder?

Ich starre auf das Fahrradschloss in meiner Hand, auch das hat eine Zahlenkombination. Ich habe den Eindruck, dass es mich höhnisch angrinst. Dann fällt mir wieder ein, dass man das Rad am Haus der Klausners ja nicht anschließen muss. Bens Vater legt da großen Wert drauf. Hier wird nicht geklaut, sagt er immer voller Stolz. Ich hoffe, er ist gerade nicht daheim.

Also lasse ich das Schloss, wo es ist, richte mich auf und schaue zum Haus der Klausners hinüber. Das riesige Grundstück, das sich an den Seiten und hinter dem Haus fast bis zum Wald erstreckt, die üppige, moderne Villa. Die Klausners haben Geld, und Norbert Klausner ist jemand, der das auch gern zeigt.

Vorhin habe ich Ben per WhatsApp um ein Treffen gebeten.

Dem er sofort zugestimmt hat. Verdammt, warum habe ich Idiotin mich nicht gleich an ihn gewandt, statt Adi dazu zu bringen, diesen verdammten Spind zu öffnen? Dann wüsste ich jetzt nichts von irgendeiner Pistole.

Wäre das besser?

Die Grillen in den Büschen hinter dem Zaun fangen zaghaft wieder an zu zirpen, als wollten sie testen, ob die Gefahr (ich) sich inzwischen verzogen hat. *Keine Angst*, denke ich. *Von mir habt ihr nichts zu befürchten. Ich habe nicht mal meine Pistole dabei. Haha.*

Ich schüttle den Kopf, ich muss aufhören, mich davon verrückt machen zu lassen. Adi wird das schon mit Kris klären. Und ich habe schließlich meine eigenen Probleme.

Ich trete durch das wie immer sperrangelweit geöffnete Gartentor und laufe den schmalen, gewundenen Weg aus weißen Kieselsteinen entlang, der zum Haus der Klausners führt. So, wie ich das früher oft getan habe.

Aber jetzt ist es irgendwie anders.

28

BEN
Dienstag,
22. September
17:00 Uhr

Julia druckst herum, das ist mir völlig klar. Und es macht kein bisschen Spaß, ihr dabei zuzusehen, wie sie sich windet, ohne wirklich zur Sache zu kommen.

»Ich meine«, sagt sie, »irgendwie bist du in letzter Zeit so abweisend. Ich verstehe ja, dass du noch Zeit brauchst, das mit Ahmet zu verarbeiten, aber …« Sie wendet den Kopf zum Fenster und schaut auf den Garten hinaus, als gäbe es dort Wunder was zu entdecken. Aber ich habe das Schimmern in ihren Augen gesehen. Und was soll ich sagen, es bricht mir immer noch ein bisschen das Herz, sie so zu sehen. Trotz allem. Oder vielleicht gerade deswegen.

»Ist da überhaupt noch was zwischen uns?«, fragt sie schließlich leise. Ihrer Stimme ist deutlich anzuhören, wie kurz davor sie steht, jetzt wirklich in Tränen auszubrechen. Gott, wenn sie das tut, heule ich gleich mit! Aber es hilft nichts, ich muss das jetzt durchziehen. Wir können nicht weitermachen, indem wir uns gegenseitig belügen.

»Kommt drauf an«, sage ich, und es kommt viel zu harsch raus.

»Worauf?«, fragt sie in Richtung Fenster. Sie ist wunderschön, wenn das Licht auf diese Weise auf ihr Profil fällt. Unwirklich, wie man sich vielleicht eine Elfe vorstellen würde. Oder eine Prinzessin im Märchen. Dieser Vergleich würde ihr gefallen, glaube ich.

»Darauf, ob ich dir noch vertrauen kann, Julia.«

Sie senkt den Kopf, flüstert etwas, das ich zuerst nicht verstehe.

»Wie bitte?«

»Ich … Ich habe mit Ahmet geschlafen, Ben.«

Na bitte, denke ich, geht doch. Und dabei fühlt es sich so an, als würde mir jemand das Herz in der Brust zerquetschen. Das hier läuft überhaupt nicht wie geplant. Aber das ist nun mal, worauf ich gewartet habe diese ganze Zeit. Darauf, dass sie es sagt, es endlich ausspricht.

Die Wahrheit.

Wortlos reiche ich ihr den kleinen Stapel Fotos rüber, sie wirft nur einen Blick drauf, dann schlägt sie die Hände vors Gesicht, und ihr Körper beginnt, sich in kleinen Krämpfen zu schütteln. »O Gott, du hast es die ganze Zeit gewusst?«, schluchzt sie zwischen ihren Händen hervor.

Ich zerreiße die Fotos und werfe sie in den Papierkorb. Der ist zum Glück ein Blecheimer. Weshalb ich die kleine Flasche Feuerzeugbenzin aus meiner Schreibtischschublade hole und etwas von dem Zeug auf die Fotos spritze. Dann zünde ich ein Streichholz an und werfe es hinterher.

Es macht *wooosh!,* und eine Stichflamme schießt aus dem Eimer. Julia zuckt zurück und prallt gegen mich. »Scheiße!«, ruft sie, »willst du etwa das ganze Haus abfackeln?«

»Vielleicht später mal«, sage ich grinsend, und dann ziehe ich sie an mich. »Aber nicht heute.« Sie lässt es geschehen, und wir sehen den Flammen eine Weile dabei zu, wie sie das Papier verzehren und dann kleiner werden, bis nichts mehr von diesen dämlichen Fotos übrig ist als ein paar verkohlte, hauchdünne Fetzen. Dann ersterben auch die Flammen.

Ich stehe auf, um das Fenster zu öffnen und frische Luft reinzulassen. Und irgendwie ist mir dabei, als würde ich auch mein Leben gerade durchlüften. Ein Prozess, der mit Ahmet begonnen hat und nun irgendwie mit Julia ein Ende finden muss, das spüren wir beide deutlich, glaube ich.

Ich setze mich wieder zu ihr auf's Bett, lasse mich nach hinten umkippen, starre an die Decke und sage: »Weißt du, ich habe immer geglaubt, dass es gar keine andere Möglichkeit gibt, als dass wir zusammen sind. Dass es einfach so sein muss. Das schöne, intelligente Mädchen und der beste Sportler der Schule. Haben uns ja auch immer alle eingeredet, nicht?«

Julia nickt, sie weiß genau, was ich meine. Und es tut verdammt gut, jetzt so offen mit ihr über diese Dinge reden zu können. Wie Frischluft in unseren Herzen oder so was.

»Alle haben uns das immer eingeredet, oder?«, sagt sie, und ich nicke. »Als wären wir der beste Hengst und die beste Stute, die sie im Stall haben. Als wären sie jetzt schon scharf auf die tollen Fohlen, die dabei einfach rauskommen *müssen.*«

»Stimmt. Allerdings bin ich ja auch mal voll der Hengst, da haben sie schon recht. Und du bist auch keine schlechte …«

»Halt die Klappe, du Arsch!«, sagt sie. Aber dabei lacht sie leise und wischt sich dann in einer beiläufigen Bewegung die Tränen von den Wangen. »Und jetzt, Ben?«

»Hm«, sage ich. »Ich glaube, wir sollten wohl erst mal eine Pause machen. Einfach sehen, wohin uns das Leben treibt, wenn wir zur Abwechslung mal nicht auf den Mist hören, den uns diese ganzen Idioten ständig einzureden versuchen.«

»Wohin uns das Leben treibt«, sagt sie. »Das klingt echt schön.«

Dann schweigen wir beide ein bisschen.

»Das heißt also, wir machen Schluss?«, fragt sie. Langsam dreht sie sich zu mir um und blickt mir ins Gesicht. Keine Tränen jetzt mehr bei ihr. Schön für sie, dafür bin ich jetzt wieder kurz davor.

Und wenn schon.

Ich nicke, und damit sind wir Geschichte. Julia und Ben, das Traumpaar hat sich ausgeträumt. Es ist unsagbar traurig, denn ich empfinde immer noch so viel für dieses Mädchen – und das hat überhaupt nichts mit dem zu tun, was zwischen ihr und Ahmet abging. Aber es fühlt sich einfach richtig an.

Es ist an der Zeit, dass wir getrennte Wege gehen.

Sie legt sich auf mich, umarmt mich, presst ihren Körper an mich. Meine Reaktion lässt nicht lange auf sich warten. Und ja, auch das werde ich vermissen. Wie die Hölle werde ich das vermissen.

Trotzdem.

»Ich hab dich lieb, du Spinner«, sagt sie.

»Ich dich auch, du Spinnerin.«

Dann küssen wir uns und wissen beide, das ist es nun, das allerletzte Mal. Aus und vorbei. Dann steht sie auf und geht, diesmal für immer.

Einfach so.

29

NORBERT KLAUSNER

Dienstag, 22. September 17:00 Uhr

Norbert Klausner huscht auf Strümpfen zurück in den Flur, als er hört, wie sich die Tür des Zimmers seines Sohnes öffnet und kurz darauf Julia in den Flur tritt. Klausner, der sich rasch in das Gästeklo neben Bens Zimmer zurückgezogen hat, beobachtet sie nachdenklich durch den Türspalt.

Das Mädchen wischt sich ein paar Tränen aus dem Gesicht, dann geht sie zielstrebig in Richtung Haustür. Das mit den Tränen war zu erwarten angesichts des Gespräches, das Klausner gerade belauscht hat. Schade, denkt er, er mochte das Mädchen. Die wäre die Richtige gewesen für seinen Sohn. Ihm ebenbürtig, in gewisser Weise. Was zum Vorzeigen und Spaß haben, und außerdem ein liebes Mädchen. Intelligent, aber nicht zu intelligent, und dann ist da natürlich noch die Tatsache, dass ihr Vater genau wie Klausner selbst im Stadtrat sitzt und ein ausgesprochen gutes Verhältnis zum Bürgermeister von Sonderhausen pflegt.

Aber da kann man wohl nichts machen, junge Liebe und all das.

Sicher werden andere kommen, selbst jetzt, nachdem sich der Bengel endgültig von der Karriere als Profifußballer verabschiedet hat, denkt Klausner mit einem Anflug von Bitterkeit.

Und das, obwohl sein wohlmeinender alter Herr eine Menge Geld und Einfluss darauf verwendet hat, ihn dort hinzuhieven.

Aber auch das ist die Jugend. Eben sprunghaft. Heute hier, morgen dort. Er war ja auch nicht anders in dem Alter. Nach einer Weile wird sich das schon geben, und Ben wird einsehen, was wirklich gut für ihn ist.

Da ist sich Klausner sicher.

30

ADI
Dienstag, 22. September 22:00 Uhr

Mir ist kalt, während ich seit einer gefühlten Ewigkeit auf die Nachricht starre. Jedes einzelne Wort trifft mich wie ein Dolch aus Eis, der sich direkt in mein Herz bohrt. Und ich habe offenbar nichts Besseres zu tun, als all diese Dolche immer wieder selbst in mich hineinzustoßen, indem ich die Nachricht wieder und wieder lese.

Als ob das etwas an ihrem Inhalt ändern würde.

Als ob die Angst davon wegginge.

Diese WhatsApp-Nachricht kann ich nicht einfach löschen und vergessen. Nicht nach allem, was sonst so passiert ist. Nicht, nachdem wir eine verdammte Pistole in Kris' Spind gefunden haben! Für einen Moment bin ich fast dankbar dafür, dass mich der Gedanke daran kurz von meinen eigenen Problemen ablenkt. Ich habe heute nicht den Mut gefunden, Kris darauf anzusprechen. Sollte ich es vielleicht doch dem Direktor sagen? Oder gleich der Polizei?

Nein, das kann ich nicht machen. Weil ich Kris vertraue. Weil er mein Freund ist. Weil auch Liz ihm vertraut. Und weil ich mir nicht mal vorstellen möchte, was passieren würde, wenn die anderen Schüler davon erfahren würden.

Die Lehrer.

Die Eltern.

Weil ich weiß, in welche Ecke ihn alle sofort stellen würden. Aus Angst, aus Unverständnis – egal, wie plausibel seine Erklärung dafür ausfallen würde. Und deshalb kann ich auch nicht tun, was Julia von mir verlangt. Ich kann meinem Freund Kris nicht in den Rücken fallen, ihm sagen, dass wir in seinen Spind eingebrochen sind. Weil genau das vielleicht der Tropfen ist, der das Fass zum Überlaufen bringt.

Doch es gibt noch einen anderen Grund, auch wenn ich mich ein wenig schäme, mir das einzugestehen. Dieser Grund ist, dass ich Kris vielleicht noch brauchen werde. Für das hier, für diese Horror-Nachricht, auf die ich seit Minuten starre.

Wir machen da weiter, wo wir aufgehört haben.

Was da steht, ist eine unverblümte Drohung, die mir die Kehle zuschnürt. Aber der zweite Satz ist noch schlimmer. Viel schlimmer, auch wenn er nur aus drei Wörtern besteht.

Bin schon unterwegs.

Und daneben ein Zwinkersmiley.

31

ADI Ich muss etwa zwei Wochen in der Klinik gewesen sein, als Ida in mein Leben trat. Ich habe immer ein bisschen Schwierigkeiten, mich an den genauen Zeitpunkt zu erinnern, aber manchmal glaube ich, sie war vielleicht schon immer da, irgendwo in mir, und hat nur auf den richtigen Zeitpunkt gewartet. Den Zeitpunkt, wo ich sie wirklich brauchen würde.

Weil sie stärker ist als ich.

Vielleicht lag es auch an den Medikamenten. Die, die einem helfen, nachts zu schlafen. Selbst, wenn du tief in dir diese unbändige Leere spürst. Und die Angst. Diese *Gewissheit*, dass er eines Nachts einfach neben deinem Bett stehen wird. Auf dich heruntergrinsen wird. Grinsen wird, weil er weiß, dass du ihm hilflos ausgeliefert bist.

Weil er weiß, dass man dir nicht glauben wird.

Weil er ihre Blicke gesehen hat, wenn sie dachten, du würdest nicht hinsehen. Die Blicke der Mitschüler, der Lehrer – und zum Schluss auch die der Polizisten. Und vielleicht sogar deiner Eltern.

Deshalb war ich schließlich dort gelandet, in diesem Neubau im Grünen, etwas außerhalb der Stadt. Versteckt vor den sogenannten Normalen, damit sie sich nicht mit dem Elend hier drin konfrontieren müssen. Um geheilt zu werden von einer Krankheit. Als ob das, was ich hatte, nur ein Schnupfen oder so was wäre.

Ich war hier gelandet, weil es für die Polizei nur ein Scherz unter Kindern war und für die Ärzte eine temporäre Überreizung der Nerven. Weil sie mich hier beobachten können, so wie er mich beobachtet hat, seit Monaten, und das vielleicht auch immer noch tut.

Durch die Linsen von Kameras, die nicht abgeklebt sind. Aus dem Dunkel, jenseits der Spiegel.

Es ist schwer, nachts einzuschlafen, wenn einem so was durch den Kopf geht, allein in einem Zweibettzimmer in einer Nervenklinik. Und nichts als das Ticken der dämlichen Uhr über der Tür zur Unterhaltung, vollgepumpt mit irgendeinem Zeug, das dich angeblich davon abhalten soll, völlig durchzudrehen. Das dafür sorgt, dass du brav deine Körbchen bastelst und in der Gruppentherapie geduldig zuhörst, wie sich alle gegenseitig die Hucke volllügen und behaupten, es wäre doch gar nicht so schlimm hier, und dass sie sich schon auf die Rückkehr ins normale Leben freuen.

Und das es ihnen schon viel besser geht.

So, als wäre das hier nur eine Zwischenstation. Etwas, das ein paar Wochen später schon vergessen ist. Dabei ist allen klar: Wer einmal hier drin war, in der *Geschlossenen,* der schleppt das ein Leben lang mit sich herum. Ich habe den Blick in den Augen meiner damaligen besten Freundin gesehen, als ich ihr gesagt habe, ich ginge in eine Klinik. Und ich habe auch den Blick in den Augen meiner Mutter gesehen.

Die Enttäuschung darin.

Angeschlagene Ware, ganz recht. Das waren wir alle da drinnen. Und werden es wohl immer sein – egal, wie gut wir lernen, es zu verbergen. Es gab viele Momente, in denen ich glaubte, dass er vielleicht doch recht hatte und niemand je wieder etwas mit mir zu tun haben will. Mit mir, dem Mädchen, das Gespenster sieht.

Phantome.

Doch dann kam mir die Idee mit den Briefen an Ida. Sie war alles, was ich nicht war, damals. Sie war stark, unabhängig und lustig. Sie verstand meine Situation, zweifelte niemals an mir. Machte sich nicht lustig über das, was ich erlebt hatte, nur über alles andere. Ida kannte die Wahrheit, die ganze Wahrheit. Als Einzige.

Sie war meine einzige Freundin während dieser drei Monate in der Klinik, und ich glaube bis heute, dass ich meinen Aufenthalt dort ohne die Briefe an sie vielleicht nicht durchgestanden hätte. Was macht es da schon, dass sie auf keinen meiner Briefe je geantwortet hat?

32

JULIA

Mittwoch,
23. September
9:00 Uhr

Der Kunstunterricht bei der Meyfarth gehört zu den wenigen Dingen, bei denen sich alle Schüler des Fritz ausnahmsweise einig sind. Es gibt einfach *niemanden*, der gern hingeht.

Wobei das bestimmt nichts mit mangelndem Interesse an Kunst zu tun hat, vielleicht noch nicht mal mit mangelndem Interesse an dem Unterrichtsfach als solches. Es liegt eher daran, *wie* die Meyfarth dieses Fach vermittelt. Kunst scheint für sie vor allem mit Zahlen zu tun zu haben. Von wann bis wann spricht man von Barock, wann begann die Renaissance? Wann ist dieser Maler geboren worden, wann jener Bildhauer gestorben? Trockene Fakten und hin und wieder mal ein schlechtes Foto in einem alten Lehrbuch. Malen nach Zahlen, könnte man sagen. Echt zum Abgewöhnen.

Wobei sich der Unterricht natürlich nicht nur darauf beschränkt, ab und zu gibt es auch sogenannte Projekte. Dann dürfen wir mal so richtig zeigen, was wir können, und uns kreativ austoben. Natürlich nur, solange sich das im eng gesteckten Rahmen dessen bewegt, was die Meyfarth sich dabei vorstellt, und das hat nur selten wirklich etwas mit Kreativität zu tun.

Wie zum Beispiel dieser Beitrag zu *Gestalte deine Schule!*

Ahmet hatte eine wirklich tolle Idee, wie wir das triste Grau des Schulhofs mit Graffiti auflockern könnten. Er hat dafür extra eine Bleistiftzeichnung von der Rückwand des Hauptgebäudes gemacht und vom Schulhof, um es zu verdeutlichen, und darauf dann die bunten Graffiti. Seine Entwürfe waren wirklich toll, da waren sich alle einig. Und was macht die Meyfarth? Sie hat ihm eine Sechs gegeben. Ihr waren seine Ideen wohl zu bunt und so gar nicht ihr *persönlicher* Geschmack.

So ist sie eben.

Deshalb ist auch an diesem Morgen niemand böse, dass wir schon zehn Minuten ohne Aufsicht im Klassenzimmer sitzen und rein gar nichts passiert. Aber es gibt noch jemanden, der fehlt, allerdings scheint das niemandem außer Adi und mir aufzufallen. Ich kann ihr ansehen, dass sie jetzt ein genauso mulmiges Gefühl hat wie ich.

Keine Spur von Kris.

»Hast du schon mit ihm gesprochen?«, frage ich Adi leise. »Wegen der… Du weißt schon, wegen der Sache in seinem Spind?« Wegen der *Waffe* in seinem Spind.

Adi schüttelt den Kopf. »Hab ihn noch nicht wieder gesehen seitdem.«

Ich nicke. Seltsam, wie schnell selbst so etwas wie der Fund einer Pistole in einem Schülerspind in den Hintergrund geraten kann. Hinter all die Probleme, die wir so tagtäglich mit uns herumschleppen und für die sich keiner wirklich zu interessieren scheint, schon gar nicht die Lehrer. Oder deine Mitschüler. Was meine Gedanken unweigerlich wieder zu der Pistole zurückbringt und zu der Tatsache, dass Kris in dieser Woche schon zum zweiten Mal zu spät zum Unterricht bei der Meyfarth ist, und auch das keinen zu interessieren scheint.

»Ben und ich haben Schluss gemacht«, sage ich zu Adi, ohne so recht zu wissen, warum ich ihr das überhaupt erzähle. Vielleicht, um mich selbst von Wichtigerem abzulenken.

»Was?« Sie schaut mich mit einem leicht verwirrten Ausdruck an, als hätte ich sie gerade aus tiefen Gedanken gerissen. Aber ganz eindeutig interessiert, das war ja klar. »Ich dachte … Also, wart ihr denn überhaupt wieder zusammen, nachdem …«, stammelt sie. »Also, du weißt schon.«

Na, danke schön, denke ich. War das also doch so offensichtlich für alle außer mir? Dann muss ich lächeln und schüttele langsam den Kopf. »Nein«, sage ich. »Schätze nicht. Nicht so richtig jedenfalls.« Ich wusste ja selbst nicht, woran ich mit Ben in letzter Zeit war. Woher soll sie das dann also wissen?

»Also, wir …«, setze ich zu einer Erklärung an. Und lasse es dann gleich wieder bleiben. »Also, es war kompliziert, und nun ist es vorbei, okay? Aber wir bleiben Freunde. Wie man so sagt.«

Sie nickt. Sagt, dass sie das versteht. Tut das vielleicht sogar. Keine Ahnung.

Die Tür fliegt auf, aber es ist nicht die Meyfarth, die in den Raum tritt, und auch nicht Kris, sondern Leon. Richtig, der hat ja auch gefehlt, aber das ist selten ein Grund zur Sorge und fällt daher überhaupt nicht auf. Dass der zu spät zum Unterricht kommt, ist bei ihm praktisch normal, und ihn scheint es nicht im Mindesten zu stören, wenn er dafür bei Lehrerinnen wie der Meyfarth regelmäßig Sechsen und Verwarnungen kassiert. Die einzige Note auf dem Zeugnis, die überhaupt irgendeinen Wert für ihn hat, wie er sagt, ist die in Sport. Und da steht er konstant auf Eins Komma Null.

Allerdings hat sein Zuspätkommen diesmal noch einen anderen Grund.

»Die Meyfarth liegt im Krankenhaus!«, ruft er.

Sofort verstummen die Gespräche ringsum. Jetzt hat er die volle Aufmerksamkeit der Klasse.

»Ja, Leute! Die ist zusammengeklappt, auf dem Parkplatz, weil jemand ihr Auto demoliert hat, kein Scheiß. Der Direx hat die Karre gleich abschleppen lassen, ich hab alles gesehen!«

Adi und ich schauen uns an. Die Meyfarth soll in Ohnmacht gefallen sein, weil jemand eine Delle an ihr Auto gefahren hat? Schwer vorstellbar. Doch dann kommt mir eine ganz ungute Ahnung. Und ich kann Adi deutlich ansehen, dass es ihr genauso geht.

»Ich schwöre, das stimmt!«, ruft Leon. »Jemand muss ihre Karre richtig krass in die Mangel genommen haben. Alle vier Reifen waren platt, in der Frontscheibe war sogar ein Riss oder so. Und die Meyfarth haben sie mit dem Krankenwagen weggefahren, ich schwöre.« Er imitiert kindischerweise das Heulen einer Krankenwagensirene.

Ein gezielter Anschlag auf die Meyfarth.

Der Blick zwischen Adi und mir spricht Bände. Denn es gibt einen Schüler, der in letzter Zeit besonders viel Zoff mit ihr hatte und wegen ihr sogar zum Direktor musste, was diesem Schüler in all den Jahren vorher nicht ein einziges Mal passiert war. Ein Musterschüler, in dessen Spind neuerdings eine Pistole liegt.

Und ausgerechnet dieser Schüler ist jetzt nicht hier.

33

LIZ

Mittwoch, 23. September 9:00 Uhr

Ich inhaliere den Rauch meiner Zigarette, so tief es geht. Und stelle fest, dass mir das nicht mal ansatzweise schmeckt. Stattdessen spüre ich ein Brennen tief in meinen Lungen, während mein Mund den Geschmack von kalter Asche annimmt. Was zur Hölle tue ich hier eigentlich?

Ich drücke die Kippe auf dem gesprungenen Lack des ehemals weißen Fensterrahmens aus, wo sie einen weiteren Brandfleck hinterlässt. Dann lasse ich den halb gerauchten Stummel auf die Fliesen des verlassenen Klos fallen. Wende meinen Blick wieder dem Spalt im Fenster zu, um auf den Pausenhof hinauszuschauen. Nicht allzu viel los heute. Auch so eine Sache, bei der ich keine Ahnung habe, warum ich sie tue. Diese Affen da draußen anzuglotzen, bringt mich bestimmt nicht weiter. Es hilft mir nicht dabei, mir auszureden, dass ich für Tante Janis allmählich zu einer echten Belastung werde. Zu einem Störfaktor in dem Leben, das sie für sich geplant hatte, bevor ich kam und alles durcheinandergeworfen habe. Irgendwie hat sie ja auch ein ziemlich kaputtes Leben, wenn man drüber nachdenkt, aber wenigstens ihr eigenes. Und dann kam ich. Das Kuckuckskind. Die Tochter, die niemand haben wollte.

Vielleicht noch nicht mal meine eigenen Eltern.

Die Tür fliegt auf, und ich blinzle hastig das Brennen in meinen Augen weg, während ich mich zur Tür umdrehe. Kris ist das nicht, der würde hier nicht so reinplatzen, nicht mal, wenn das Schulgebäude in Flammen stünde. Kris platzt nirgendwo rein. Kris ist ein guter Junge, der immer anklopft und nie die Stimme erhebt. Der Wunschtraum seiner Eltern, jeder Eltern vermutlich.

Es ist Adi, die mich atemlos anstarrt.

»Hey, Süße«, sage ich und gebe mir Mühe, die Mattigkeit aus meiner Stimme zu verbannen. Ist schließlich nicht ihre Schuld, wie es mir gerade mal wieder geht. Das ist niemandes Schuld. Außer meine eigene, vermutlich. »Hast du Stress?«

Sie schüttelt den Kopf. »Äh … Ist Kris hier?«

Statt einer Antwort deute ich auf die Klotüren. Die, die noch aufgehen, stehen alle sperrangelweit offen. Hinter keiner davon hat sich Kris versteckt, das kann man deutlich sehen.

Sie nickt, immer noch ganz außer Atem. Dann fragt sie mich, ob ich das mit der Meyfarth mitbekommen habe.

»Hab ich«, sage ich. »Sie ist auf dem Parkplatz umgekippt. Ich saß auch in der Stunde, als Leon die Neuigkeiten herumposaunt hat, Süße. Schräg hinter dir und Prinzessin Tausendschön«, erinnere ich sie.

»Ach Mist, stimmt ja«, sagt sie und wird ein bisschen rot. »Entschuldige. Ich frag mich nur, ob …« Sie stoppt, überlegt.

Doch ich weiß schon, was sie sagen will. »Du fragst dich, ob Kris was mit dem demolierten Auto zu tun haben könnte, stimmt's? Weil ihn die Meyfarth letztens zum Direx geschickt hat.«

»Denkst du, das wäre möglich?«, sagt sie zögernd. »Und heute Morgen war er nicht im Unterricht. Ich meine ja nur …«

»Nicht sein Stil«, sage ich schulterzuckend und werfe einen Blick aus dem Fenster. »Wobei er wohl wirklich Stress mit der Meyfarth gehabt hat, stimmt schon.« Ich drehe mich wieder zu ihr um, grinse sie an. »Hey, vielleicht war *ich* es ja?«

»*Was* warst du?«, fragt eine atemlose Stimme von der Tür. Kris. Er ist gerade durch den Türspalt geschlüpft. So leise, dass wir es gar nicht mitbekommen haben. Typisch.

»Adi glaubt, du könntest vielleicht das Auto der Meyfarth demoliert haben, um dich an ihr zu rächen.«

»Was?«, stammelt er und schaut aus aufgerissenen Augen zwischen mir und Adi hin und her. Für eine Weile genieße ich das Wechselspiel der Farben in seinem Gesicht. Rot, weiß, rot … in rascher Folge. Sich das anzuschauen, wird nie langweilig. Doch dann wird er plötzlich ganz ruhig, während er durch den Raum auf mich zugeht und Anstalten macht, sich neben mich auf das Fensterbrett zu setzen. Ach Kris, denke ich, während ich ein Stück zur Seite rücke. Hättest du nicht vor zehn Minuten hier sein können? Da hätte ich echt eine Schulter zum Anlehnen gebrauchen können.

»Liz hat recht«, sagt er, nachdem er sich gesetzt hat.

Jetzt starrt er Adi herausfordernd an. »Verdient hat sie es wirklich, diese dämliche Fettkuh.«

Jetzt ist es Adi, die große Augen macht. »Was? Soll das etwa heißen … Ich meine, warst das etwa wirklich du? Bist du irre? Weißt du, was so was kostet? Ich meine …«

»Ach Quatsch«, sagt er. »Ist doch alles versichert.«

»Trotzdem!«, ruft sie, und dabei erinnert sie mich gerade

wieder ganz schön an unsere amtierende Miss Oberkorrekt, Julia Stoltze. »Wenn das rauskommt, fliegst du von der Schule … mindestens.«

»Was soll rauskommen? Glaubst du etwa wirklich, ich habe ihr die Reifen zerstochen? Mit meinem Taschenmesser oder wie?« Er rutscht vom Fensterbrett und dreht seine Hosentaschen nach außen, ein benutztes Taschentuch fällt zu Boden, sonst nichts. »Aber weißt du was? Wenn die halbe Schule glaubt, dass ich es war, dann werde ich nicht versuchen, es irgendwem auszureden. Ist ja nicht so, dass es die Falsche getroffen hätte, und die Meyfarth kann ja nun wirklich keiner leiden. Von mir aus kann sie sich bei der Gelegenheit im Krankenhaus auch gleich noch ein bisschen Fett absaugen lassen. Nötig wär's jedenfalls.«

Ich stoße ein leises Lachen aus. Selten, dass man Kris solche Dinge über andere Leute sagen hört, noch dazu über Lehrer. Aber es ist immerhin ein Anfang. Offenbar steckt doch mehr in dem Jungen, als ich dachte. Aber dieser aggressive Unterton gibt mir zu denken, und auch Adi scheint seine Bemerkung nicht besonders lustig zu finden. »Wenn sie nun was am Herzen hat, Kris? Sie ist auf dem Parkplatz umgefallen, hat Leon erzählt. Einfach hingefallen! Der Parkplatz ist asphaltiert, Kris.«

»Das ist er«, sagt Kris und bewegt sich auf die Tür zu. Dann dreht er sich noch einmal zu Adi um. Der Blick, den er ihr jetzt zuwirft, macht sogar mir ein bisschen Angst. »Weißt du was?«, sagt er. »Von mir aus kann die fette Kuh ruhig abkratzen.«

Dann ist er durch die Tür.

34

Gesprächsmitschnitt für die Reportage »Ist unsere Jugend noch zu retten?« mit Mark B., Schüler am Friedrich-Wilhelm-Gymnasium Sonderberg

MB: »Na ja, ich schätze, damit ging es los. Das mit Kris, meine ich. Plötzlich war er nicht mehr ... na ja, an der ganzen Schule unsichtbar oder so was, so wie vorher.«

»Unsichtbar?«
»Ich meine, dass ihn vorher die meisten einfach ignoriert haben. Ich meine, er war halt eher so der Strebertyp, ein Langweiler halt und dann ständig diese Kamera. Richtig creepy. Ein Außenseiter eben. Und dann wollte plötzlich jeder wissen, wie er das mit dem Auto von der Meyfarth gemacht hat. Plötzlich war er fast so was wie cool. Ein paar haben ihm auf dem Flur zugenickt und dabei gegrinst, Sie wissen schon. Oder ihm das Daumen-hoch-Zeichen gegeben, ihm sogar auf die Schulter geklopft, weil die Meyfarth eben keiner leiden konnte. Ich schätze, das war mal eine völlig neue Erfahrung für ihn.«

»Du willst damit sagen, man hat ihn als Helden gefeiert, weil

einige Schüler glaubten, dass er hinter dem Anschlag auf Frau Meyfarths Auto steckte?«

»Genau. Ich meine, das ist ja während der Kunststunde passiert, oder jedenfalls hat es die Meyfarth kurz vor Unterrichtsbeginn bemerkt. Sie wollte wohl in der Pause irgendwas aus ihrem Auto holen – so hab ich es jedenfalls gehört.«

»Und wie kamt ihr dabei ausgerechnet auf Kris?«

»Na, er war ja nicht da in der Kunststunde. Der ist erst nach der nächsten Pause wieder aufgetaucht. Ist doch ein merkwürdiger Zufall, oder?«

»Aha, und da habt ihr angenommen, dass er die Zeit genutzt hat, um das Auto von Frau Meyfarth zu demolieren?«

»Klar, und er hat es auch nie abgestritten.«

»Und wie ging es dann weiter?«

»Na, wir standen halt so auf dem Flur rum, bei den Spinden, klar? Leon hat die ganze Zeit wie ein Bekloppter versucht, Kris dazu zu bringen, dass er endlich zugibt, dass er das mit dem Auto von der Meyfarth war. Leon fand das eine richtig coole Aktion, also zumindest hat er das zu Kris gesagt, aber vielleicht nur, damit er es zugibt.«

»Aber das hat er nicht?«

»Nein, er hat die ganze Zeit nur mit den Schultern gezuckt und so komisch herumgedruckst. Und dann ist Frau Steinhauser aufgetaucht. Beziehungsweise muss sie da schon eine ganze Weile gestanden und es wohl irgendwie mitbekommen haben.«

»Wer ist Frau Steinhauser?«

»Die Sekretärin vom Direx. Die geht also direkt auf Leon zu und sieht Kris dabei so an, als wisse sie genau, dass er das war. Als hätten sie ihn irgendwie auf Kamera, wie er die Reifen von der Meyfarth plattmacht oder so was. Hatten sie natürlich nicht, aber so kam es jedenfalls rüber. Leon hat noch einen dummen Spruch gebracht, von wegen, Kris soll sich schon mal ein Stück Seife besorgen, jetzt geht es ab in den Knast und so. Aber die wollte gar nichts von Kris. Die hat gesagt, Leon soll zum Direx. Und zwar gleich.«

»Also hatte der Direktor Leon im Verdacht? Soweit ich weiß, kam der ja auch zu spät zur Stunde.«

»Ja, stimmt schon, klar. Aber so war es nicht. Weil, als ich mich drüber lustig gemacht habe, dass sie jetzt statt Kris Leon einkassieren, hat sie gesagt, also die Steinhauser, dass ich gleich der Nächste auf ihrer Liste bin.«

»Was für eine Liste war das?«

»Genau dasselbe hab ich sie auch gefragt, und da ist sie richtig laut geworden. Die Liste der Zeugen, hat sie mich angefahren. Heute Morgen wäre auf dem Parkplatz eine schwere Straftat begangen worden, sagte sie, und allem Anschein nach von einem Schüler. Ob wir ernsthaft glauben würden, dass so etwas keine Konsequenzen nach sich zieht? Na ja, und da haben wir so allmählich kapiert, dass die Kacke echt am Dampfen war.«

35

JULIA

Mittwoch,
23. September
13:00 Uhr

»Komm rein, Julia«, sagt Herr Bachmann und schenkt mir das Lächeln, das er offenbar für die wenigen Schüler reserviert hat, die ihm keinen Ärger machen. Für seine Lieblinge, die Musterschüler. Für die Wettbewerbsgewinner, für die braven Kinder, die niemals in der letzten Reihe tuscheln. Vorzeigeexemplare. Solche wie Kris, zum Beispiel.

Oder ich.

»Bitte setz dich«, sagt er, und das Lächeln verebbt.

Dann runzelt er die Brauen, was irgendwie ganz schön einstudiert wirkt. Wie vielen Schülern er heute wohl schon dieselbe Show vorgespielt hat? Oder vielleicht improvisiert er ja auch jedesmal ein bisschen. Er schaut an mir vorbei auf einen Punkt irgendwo neben der Tür. Als erwarte er, dass der Geist von Frau Meyfarth jeden Moment dort auftaucht oder so was. »Julia«, sagt er, »ich nehme an, dir ist zu Ohren gekommen, was heute Morgen eurer Kunstlehrerin, Frau Meyfarth, zugestoßen ist?«

»Ja.«

Er nickt und starrt weiter auf diesen imaginären Punkt hinter mir. Seltsam, denke ich, irgendwie hätte ich erwartet, dass er sich von mir erzählen lässt, welche Gerüchte genau es sind, die mir diesbezüglich zu Ohren gekommen sind. Dass er sich vielleicht sogar die Mühe machen würde, mir zu sagen, welche davon der Wahrheit entsprechen.

Aber nichts dergleichen passiert. Stattdessen schaut er mich jetzt direkt an, scheint etwas in meinem Gesicht zu suchen.

»Wir wissen natürlich schon, wer hinter diesem Anschlag steckt«, lässt er mich wissen.

Interessant, denke ich. Und wozu bin *ich* dann hier?

»Anschlag?«, frage ich. »Ich dachte, ihr Auto sei nur ein bisschen zerkratzt worden. Das ist doch bloß ein Streich, der ein bisschen zu weit gegangen ...«

»Es ist leider deutlich mehr als das«, unterbricht er mich und hebt seinen dicken Zeigefinger in meine Richtung. »Einerseits liegt ein Fall von schwerer Sachbeschädigung vor, der weit über einen ›Streich‹ – wie du es nennst – hinausgeht. Ich habe die Fotos von dem Wagen hier auf meinem Rechner, es ist alles dokumentiert, und die Polizei ist ebenfalls schon verständigt. Ich rechne mit einem Sachschaden von mehreren Tausend Euro, aber damit beschäftigt sich gerade ein Experte.«

Ich muss schlucken. Wenn das stimmt, muss da jemand ganz gewaltig ausgerastet sein auf dem Parkplatz. Und wenn der Direx tatsächlich schon weiß, wer es war? Mir fällt Kris ein und wie ihm die Jungs im Gang auf die Schulter geklopft haben. Scheiße.

»Aber inzwischen geht es längst nicht mehr nur um Vandalismus, Julia«, fährt Herr Bachmann fort. »Frau Meyfarth liegt im Krankenhaus. Auf der Intensivstation, Julia.«

»Auf der ...«, beginne ich, aber ich kann den Satz nicht zu Ende führen. Plötzlich wird mir ganz flau im Magen. Ich fühle mich schwach, wie unterzuckert. »Wird sie wieder … Ich meine …« Ich muss mich räuspern. »Sie wird doch wieder gesund werden, oder?«

Für eine Weile sieht mich Herr Bachmann schweigend an. Ernst. Suchend. Aber nicht fragend. Er weiß längst alles, das macht mir dieser Blick nochmals klar. Aber das stimmt nicht, denn da ist zum Beispiel noch die Tatsache, dass ich Adi gebeten habe, in Kris' Spind einzubrechen. Und das, was wir da drin gefunden haben. Auch das ist eine Tatsache. Nicht wegzuleugnen. Und jetzt liegt die Meyfarth im Krankenhaus. Intensivstation.

Es *muss* Kris gewesen sein.

Was, wenn er inzwischen von allein dahintergekommen ist, dass wir in seinen Spind eingebrochen sind? Was, wenn das den Ausschlag gegeben hat? Was, wenn wirklich alles meine Schuld war?

Und was, plötzlich wird mir trotz der Hitze in dem stickigen Büro eiskalt – was, wenn die Waffe jetzt schon nicht mehr in seinem Spind liegt, sondern …

Und alles wegen ein paar dämlicher Fotos von mir und Ahmet, die letztlich überhaupt keine Rolle gespielt haben. Nicht nach meinem Gespräch mit Ben gestern. Und vorher auch nicht, weil Ben sie schon Tage zuvor von Kris bekommen haben muss.

»Alles in Ordnung mit dir, Julia?«, fragt Bachmann besorgt.

Ich nicke, aber in Wahrheit ist gar nichts in Ordnung. Ich muss hier raus, ich muss Kris zur Rede stellen, ich muss …

»Das gesamte Lehrerkollegium ist im Herzen ganz bei Frau Meyfarth, Julia«, fährt Herr Bachmann fort. »Ich werde ihr gern deine Genesungswünsche übermitteln, sobald sie Besuch empfangen kann.« Jedes Wort ein stummer Vorwurf in meine Richtung. Warum hast du deine Hände bloß nicht von seinem Spind lassen können, Julia? Warum?

Ich nicke und schlucke einen Kloß hinunter.

»Vielleicht wäre es eine gute Idee«, sagt er, »wenn du ein kleines Komitee auf die Beine stellen würdest. Ein paar Schüler, die sie im Krankenhaus besuchen.«

»Klar«, sage ich im Reflex. Höre ihm kaum zu. »Das mache ich. Also, die ganze Klasse. Wir könnten zusammenlegen und Blumen kaufen und …«

»Das würde sie sicher freuen«, unterbricht er mich. »Du bist ein gutes Mädchen, Julia.«

Bin ich das? Oder bin ich vielleicht das Mädchen, das indirekt die Schuld daran trägt, dass die Meyfarth jetzt im Krankenhaus liegt?

Herr Bachmann fixiert mich mit einem eindringlichen Blick, und plötzlich bin ich mir absolut sicher, dass er es weiß. Einfach *alles* weiß. Auch das mit dem Spind. »Ich denke, du könntest eine grandiose Zukunft vor dir haben«, sagt er. »Du bist ein intelligentes Mädchen, beinahe schon eine selbstständige junge Frau.«

Ich nicke geistesabwesend. Meine Kehle fühlt sich an wie zugeschnürt, ich bringe kein einziges Wort mehr heraus.

»Und deshalb glaube ich, dass du durchaus begreifst, was passieren würde, wenn du aus falscher Loyalität heraus einen Kriminellen deckst. Ja, Julia, einen Kriminellen. Was heute auf dem Parkplatz passiert ist, wird strafrechtliche Konsequenzen für den Täter haben, und zwar außerhalb der Schule. Damit meine ich die Polizei. Ich muss wohl nicht erwähnen, was das für dich bedeuten würde, in diese Sache hineingezogen zu werden. Du willst Jura studieren, nicht wahr?«

Ich nicke, während ich nicht anders kann, als ihn mit offenem Mund anzustarren.

»Du hast einen ausgeprägten Gerechtigkeitssinn, Julia. Sicher würdest du einmal eine gute Anwältin werden. Vielleicht sogar eine Richterin.«

Mir wird eiskalt. Worauf will er denn jetzt wieder hinaus?

»Allerdings nicht mit einer *Vorstrafe*, Julia.«

»Vorstrafe?«, krächze ich hervor.

»Ja, auch die Komplizenschaft an einer Straftat ist ein schweres Vergehen und kann sehr ernste Konsequenzen haben. Ich denke, das weißt du selbst. Das bedeutet, dass du jetzt absolut offen zu mir sein musst, Julia. Wenn du uns jetzt etwas verschweigst, wird das später in jedem Fall herauskommen. Und dann wird es keine zweite Chance mehr geben, für niemanden. Nicht für den Täter, noch nicht einmal für dich, Julia, und das täte mir in der Seele weh. Ich weiß, du willst niemanden hintergehen, und das bewundere ich, ehrlich. Freundschaft und Loyalität sind wichtig im Leben. Aber du musst dir eins klarmachen …«

Er faltet die Hände auf dem Tisch. Sieht hinab auf seine ineinander verschränkten Finger, als sähe er die zum ersten Mal, dann wieder in mein Gesicht. Todernst, jetzt. Forschend. Fehlt nur noch eine von diesen Verhörlampen wie in den alten Spionagefilmen. »Du schützt niemanden mit deinem Schweigen, du schadest nur dir selbst. Wir wissen schon über die Hintergründe der Tat Bescheid, wir kennen den Täter, und deine

Aussage, da will ich ganz offen sein, wird maßgeblich darüber entscheiden, ob wir diese Sache vielleicht doch noch intern regeln können oder die Polizei einschalten müssen. Je nachdem, ob Frau Meyfarth Anzeige erstatten wird, und dazu hätte sie jedes Recht.«

Er blufft, denke ich.

Er *muss* bluffen.

Er kann nichts wissen von der Waffe in Kris' Spind.

Und, was, wenn doch?

»Du denkst, ich bluffe, hm?«, fragt er. Ich zucke zusammen, als hätte er einen Tennisball nach mir geworfen, der nur knapp meinen Kopf verfehlt. Kann er jetzt auch noch meine Gedanken lesen? »Ich verstehe das. Ihr Schüler haltet zusammen. Das ist gut, normalerweise. Aber nicht dieses Mal. Sei versichert, Julia, ich bluffe nicht. Krzysztof Kilar ist auf dem Parkplatz gesehen worden, von mehreren Zeugen. Schade, Julia, ich hätte wirklich gehofft, dass wir diese Sache doch irgendwie intern klären könnten ...«

»Eine Pistole«, platzt es aus mir heraus. »In seinem Spind liegt eine Pistole!«

Seine Augenbrauen schießen in die Höhe, führen ihren irren Tanz auf seiner Stirn auf, aber nur für einen Moment. Doch dieser Augenblick genügt mir, um zu erkennen, dass er mich doch ausgetrickst hat. Er hat nicht geblufft, das stimmt. Er hat mich einfach rundheraus angelogen. In Wirklichkeit hat niemand Kris auf dem Parkplatz gesehen, aber alle glauben, dass er es war, weil er Stress mit der Meyfarth hatte und heute Morgen nicht im Unterricht war.

Von der Waffe hat Bachmann überhaupt nichts geahnt, und

den Anschlag auf die Meyfarth hätte man Kris nie beweisen können, ob er es nun war oder nicht.

Jedenfalls bis jetzt.

36

ADI

Mittwoch,
23. September
13:30 Uhr

»Adi, ich muss mit dir reden«, zischt Julia mir zu, nachdem sie mich auf dem Flur eingeholt hat. Ich beachte sie kaum, habe nur Augen für das, was gerade am anderen Ende des Ganges vor sich geht.

Dort, wo der Spind von Kris ist.

Hier hat sich eine richtige Menschentraube gebildet, die ständig größer wird. Als ich näher komme, erkenne ich, dass etliche Spieler der Fußballmannschaft dabei sind, offenbar haben die sich geschlossen hier versammelt. Sie haben noch ihre Trikots vom Spiel an und ihre Fußballschuhe mit den Stollen, die auf dem Boden des Flurs klickende Geräusche machen. Außerdem verströmen sie einen ziemlich intensiven Schweißgeruch. So, als ob sie direkt vom Spielfeld kommen.

Ich entdecke ein paar bekannte Gesichter, Mark und Leon sind dabei, und diesmal ganz ohne das übliche Herumgealber. Alle machen ernste Gesichter. Nein, falsch, *wichtige* Gesichter, als hätte ihnen soeben jemand einen wichtigen Spezialauftrag oder so was verpasst. Die ganze Stimmung erinnert mich an meine Begegnung mit Mark vor dem Jugendclub, wo ihn der Besitzer als Aufpasser eingesetzt hatte und er so tat, als kenne er mich nicht, weil er mich ohne Einladung nicht reinlassen wollte.

Jetzt hat er genau denselben Gesichtsausdruck drauf.

Auch Herr Pfeiffer, der Sportlehrer, ist hier. Die Jungs haben sich in einem lockeren Halbkreis vor den Spinden aufgestellt und schauen sich um. Suchend. So, als würden sie auf etwas Bestimmtes warten.

Oder jemanden.

»Oh, Scheiße!«, ächzt Julia neben mir.

Ich schaue sie an, sie ist jetzt stehen geblieben, genau wie ich. Und ziemlich blass im Gesicht.

»Darf ich bitte mal an meinen Spind?«

Das ist die Stimme von Kris und jetzt sehe ich seinen Haarschopf auch irgendwo hinter der Reihe unserer Fußballer. Die sagen gar nichts, aber dann packt ihn ein kräftiges Paar Arme, ziemlich unsanft und direkt unter den Augen von Pfeiffer, der nichts dagegen unternimmt.

Was zur Hölle geht hier vor?

Kris versucht, sich loszumachen, kriegt einen seiner Arme frei, der nach vorn schnellt. Dabei bleibt er mit dem Ärmel seines T-Shirts an seiner Brille hängen, die in hohem Bogen davonfliegt. Keiner lacht.

»Hey!«, blafft Pfeiffer, der sich nun offenbar doch daran erinnert hat, dass er hier der Lehrer ist. »Du da, heb das auf.«

Der Angesprochene bückt sich nach der Brille von Kris und hält sie dann unschlüssig in den Händen.

»Okay«, sagt Kris, und ich kann das Zittern in seiner Stimme bis hierher hören. »Ich muss auch nicht unbedingt jetzt an meinen Spind. Wenn ich dann einfach meine Brille wiederhaben könnte?«

Auf ein Kopfnicken von Pfeiffer lässt man Kris los, und der

Fußballer, der seine Brille aufgehoben hat, gibt sie Kris zurück. Er setzt sie sich auf die Nase und will sich wieder in Bewegung setzen – in die Richtung, aus der er gerade gekommen ist.

Doch Pfeiffer schüttelt den Kopf, und Kris wird wieder am Arm gepackt, diesmal etwas vorsichtiger. »Du bleibst erst mal hier«, sagt Pfeiffer zu Kris, und zwei weitere Sportler stellen sich dem schmächtigen Jungen demonstrativ in den Weg. Inzwischen hat sich die Menge vor den Spinden verdoppelt. Schaulustige wie ich und Julia. Als ich ihr einen weiteren Seitenblick zuwerfe, sieht sie aus, als würde sie sich gleich übergeben müssen. Oder davonlaufen. Oder beides zugleich.

Was wirklich hier los ist, begreife ich erst, als einen Moment später der Direx eintrifft, in Begleitung zweier uniformierter Polizisten. Das bringt alle Gespräche augenblicklich zum Verstummen.

»Ist er das?«, fragt einer der Polizisten mit einem Blick auf Kris, und der Direx nickt ernst.

»Okay«, sagt der Polizist zu Kris. »Welcher ist dein Spind?«

Kris schaut ihn völlig verdattert an, wird kreidebleich, dann rot, dann krächzt er die Nummer seines Spinds hervor. Und, als der Polizist ihn danach fragt, auch die Kombination von seinem Zahlenschloss. Es ist noch dieselbe wie neulich, als wir in seinen Spind eingebrochen sind, Lizzies Geburtstag, aber das bekommt jetzt keiner mit. Falls überhaupt jemand außer Kris und mir das Datum kennt.

Der Polizist fummelt eine Weile ziemlich ungeschickt an dem Schloss herum, dann öffnet er den Spind.

37

BEN

Mittwoch,
23. September
13:40 Uhr

Als ich um die Ecke biege, renne ich beinahe in eine Horde Schüler, die dichtgedrängt um die Spinde an der Ecke herumstehen. Ungewöhnlich viele für hier, wo die weniger coolen Schüler ihre Spinde haben. Es sind noch die alten, mit dem abgeplatzten, weinroten Lack und den verbogenen Lüftungsschlitzen. Dann entdecke ich Leon, Mark und ein paar der anderen Fußballer, samt Pfeiffer. Aber keiner schaut auch nur in meine Richtung, alle Köpfe sind zu den Spinden gedreht.

Dort steht Kris, jemand hält ihn am Arm fest. Ein Typ in Uniform. Dann sehe ich auch den anderen Polizisten, der sich an Kris' Spind zu schaffen macht.

Scheiße, denke ich. Das muss mit der Meyfarth zu tun haben. War es etwa wirklich Kris, der ihr Auto demoliert hat?

Daneben der Direx, ernst und ganz auf Autorität bedacht, mit seinem durchgedrückten Kreuz, die Daumen in diese lächerlichen kleinen Taschen seiner Weste gehakt, die er immer trägt, egal wie warm es ist. Unbemerkt stelle ich mich daneben, niemand interessiert sich für mich. Pfeiffer hat aufgesetzt, was er für sein Pokergesicht hält, aber von Nahem kann ich das schadenfrohe Glänzen in seinen Augen genau erkennen. Das, was er sich normalerweise für die Gelben und Roten Karten der gegnerischen Mannschaft aufhebt.

Kris sieht aus, als würde er gleich zusammenklappen, als der Polizist endlich das Zahlenschloss aufbekommen hat und die Tür des Spinds langsam öffnet. Wie in einem Horrorfilm, denke ich noch, fehlt bloß das überlaute Quietschen der Scharniere. Bestimmt springt ihn gleich was aus dem Spind heraus an, haha.

Dann geht ein Raunen durch die Menge und der Polizist greift in den Spind hinein. Jetzt sehe ich die blauen Latexhandschuhe, die er trägt, wie ein Arzt, oder das Team von der Spurensicherung im Fernsehkrimi. Nichts springt ihm entgegen.

Er hält in die Höhe, was er aus dem Spind geholt hat, und das Raunen wird von einem schockierten Schweigen ersetzt. Als würden alle gleichzeitig die Luft anhalten. Verchromtes Metall blitzt auf, als er seinen Fund vor sich herträgt wie eine geheiligte Reliquie, aus dem Kreis der Schüler tritt und das Ding jetzt so hält, dass auch ich es genau sehen kann.

Das, was der Polizist da aus dem Schrank von Kris geholt hat, ist eine Pistole.

Was. Zur. Hölle?

In dem Moment reißt Kris sich los, was funktioniert, weil im Moment einfach alle auf diese Waffe starren und keiner auf ihn achtet. Er macht einen Schritt auf den Uniformierten zu, schnappt nach der Waffe und kriegt sie – unbegreiflicherweise – zu fassen, bevor der Polizist ihn daran hindern kann. Er springt einen Schritt zur Seite. Ein paar Schüler stolpern über ihre eigenen Füße bei dem panischen Versuch, ihm auszuweichen.

Sie müssten eigentlich schreiend davonlaufen, aber immer noch ist kein Ton zu hören. Es ist surreal, alles passiert in Zeitlupe und gleichzeitig unglaublich schnell.

Der zweite Polizist grabscht nach der Waffe, doch auch er verfehlt Kris' Hand um wenige Zentimeter. Ich bekomme noch mit, wie sich meine Füße in Bewegung setzen, auf Kris zu, meine Augen starr auf die Waffe gerichtet.

Mit einer einzigen Bewegung reißt Kris die Waffe hoch und drückt sich die Mündung an die rechte Schläfe. Mein Mund öffnet sich zu einem Schrei, aber da kommt nichts heraus. Noch immer bewege ich mich wie in Zeitlupe auf ihn zu, wie ferngesteuert, als wäre ich in einem fremden, viel zu langsamen Körper.

Dann drückt Kris ab.

38

Gesprächsmitschnitt von Johanna Seegers, Schulpsychologin, im Gespräch mit Krzysztof Kilar

KK: »Keine Ahnung, was ich mir dabei gedacht habe, ehrlich. Das war doch alles nur ein Spaß. Ich dachte, das wäre offensichtlich.«

»Sich eine Waffe an den Kopf zu halten und abzudrücken, bezeichnest du als Spaß, Kris?«
»Nein, natürlich nicht. Nicht, wenn es wirklich eine Waffe gewesen wäre. Aber es war doch nur ein Spielzeug, eine nicht schussfähige Attrappe. Der Lauf war verschlossen, man kann nicht mal das Magazin wechseln.«

»Ja, aber es war mal eine richtige Waffe, oder?«
»Kann schon sein.«

»Und dass es eine Attrappe war, wusste niemand außer dir.«
»Stimmt auch. Aber … Ist schon komisch, oder? Dass alle automatisch davon ausgingen, dass es sich nur um eine echte Waffe handelt. Dass ich so was wirklich mit in die Schule bringen würde. In die

Schule! Ich meine, alle waren da, der Direktor, ein Haufen Schüler. Jemand hatte extra den Pfeiffer und seine Gorillas zur Feier eingeladen, damit sie ein bisschen Gestapo spielen können. Damit sie den ach so gefährlichen Attentäter festhalten, bis die Polizei eintrifft. Ob der überhaupt ein Attentäter ist oder nicht, schien keinen interessiert zu haben. Haben Sie mal darüber nachgedacht?«

»War das dein Eindruck, Kris? Dass man dich für gefährlich hielt, für einen potenziellen Attentäter?«
»Gegenfrage: Was, wenn die Waffe echt gewesen wäre? Wie viele von den Umstehenden hätte ich wohl erwischen können? Diese ganze Aktion war nicht besonders clever vom Direx, oder?«

»Kris, hattest du die Waffe deshalb in deinem Spind? Weil du frustriert warst, wie die anderen Schüler dich manchmal behandeln? Die Lehrer? Der Direktor?«
»Klar frustriert mich das, aber das hatte damit nichts zu tun. Das Ganze war wirklich nur ein Gag, ehrlich. Ich war eben aufgeregt und angenervt von dieser ganzen Hängt-ihn-höher-Nummer. Tut mir leid, wenn ich damit irgendjemandes Gefühle verletzt habe. Aber wissen Sie, was ich mich frage?«

»Was denn, Kris?«
»Wer gibt denen eigentlich das Recht dazu?«

39

Gesprächsmitschnitt für die Reportage »Ist unsere Jugend noch zu retten?« mit Stefan Pfeiffer, Sportlehrer am Friedrich-Wilhelm-Gymnasium Sonderberg

SP: »Wer gibt Ihnen eigentlich das Recht dazu?«

»Das hat Lisbeth Sie gefragt?«
»Gefragt wäre eine Art, es auszudrücken. Ich würde eher sagen, sie hat es gebrüllt. Und zwar direkt in mein Gesicht, völlig respektlos. Ich meine, immerhin bin ich ein Lehrer, und sie ist eine Schülerin. Das schien sie aber in diesem Moment komplett vergessen zu haben. Dass da gerade eine Waffe im Spind eines Schülers sichergestellt worden war, schien sie überhaupt nicht zu interessieren. Alles, was sie wissen wollte, ist, wer uns das Recht gibt, Schülerspinde zu öffnen. Als ob wir dazu irgendeine Erlaubnis brauchen würden. Es ist eine Schule, Herrgott!«

»Es handelte sich um eine Waffenattrappe, nicht wahr?«
»Ja, eine Attrappe, von mir aus. Bloß hat das zu dem Zeitpunkt ja noch keiner gewusst. Und sie brüllt mich an, wie es sich mit den Persönlichkeitsrechten der Schüler vereinbaren lasse, wenn der Direktor einfach wahllos irgendwelche Spinde öffnet. Ob wir dann

als Nächstes Rucksackkontrollen einführen würden. Was, wie ich finde, eigentlich keine schlechte Idee ist angesichts dessen, was wir vielleicht in diesen Rucksäcken finden würden, meinen Sie nicht auch?«

»Das wäre dann aber schon ein krasser Eingriff in die Rechte der Schüler.«
»Wie man's nimmt, aber die Entscheidung darüber liegt ja nicht bei mir. Das, was mir diese Schülerin da an den Kopf geworfen hat, konnte ich jedenfalls nicht so stehen lassen. Zunächst einmal sind die Spinde das Eigentum der Schule und …«

»Es wurde dann ziemlich laut zwischen Ihnen und Lisbeth, da auf dem Flur, habe ich gehört.«
»Ich war leider gezwungen, meine Autorität durchzusetzen, ja. Und das durchaus im Rahmen meiner rechtlichen Möglichkeiten als Lehrkraft. Absolut im Rahmen.«

»Verstehe. Aber die Frage ist doch recht interessant, finden Sie nicht?«
»Welche Frage?«

»Wieso der Direktor nur einen einzigen Spind hat öffnen lassen und dann darin ausgerechnet diese Spielzeugpistole fand. Ein Zufall kann das doch schwerlich gewesen sein. Wie kam er also darauf, dass er überhaupt etwas in Krzysztof Kilars Spind finden würde, was meinen Sie?«
»Ach, so wollen Sie das hier aufziehen, ja? Bitte schön. Dann schlage ich vor, dass Sie diese Frage dem Direktor stellen, denn er hat die

Spindöffnung ja veranlasst, und nicht ich. Ich und meine Jungs von der Mannschaft waren lediglich zufällig in der Nähe und haben assistiert. Und ich denke, damit endet unser Gespräch dann auch.«

40

BEN
Mittwoch,
23. September
18:00 Uhr

»Wie war's in der Schule, mein Sohn?«, fragt mich mein Vater. Seinem schlecht versteckten Grinsen sehe ich deutlich an, dass er natürlich längst darüber Bescheid weiß, was heute an der Schule so passiert ist. Aber wenn er diese Komödie spielen will, bitte schön.

»Super«, sage ich und versuche, mich schleunigst in Richtung meines Zimmers zu verdrücken.

Aber natürlich lässt er das nicht zu. Er stellt sich mir in den Weg. Für einen Moment frage ich mich, ob ich ihn wohl einfach zur Seite schubsen könnte, wenn ich das wollte, aber dann verwerfe ich den Gedanken wieder.

»Ich hab gehört«, sagt er, »dass heute einer ausgerastet ist. Mit einer Pistole herumgefuchtelt und andere Schüler bedroht hat. Aber du meinst, es war alles super, ja?«

Er versucht, es ganz beiläufig klingen zu lassen. Lächelt mich an, mit diesem dämlichen Siegergrinsen, das ihm ins Gesicht festgeschraubt worden zu sein scheint. Nur eines der vielen Dinge, die ich an meinem Vater hasse.

»Pfeiffer hat mich vorhin angerufen«, sagt er, als ob für diese Erklärung noch irgendeine Notwendigkeit bestünde. Und mir ist ebenfalls klar, dass Pfeiffer ganz sicher nicht der Einzige ist, der meinen Vater heute wegen der Sache mit Kris' Spind angerufen hat. Für manche in Sonderberg ist mein Vater so was wie der inoffizielle Bürgermeister oder so, manche würden ihn wohl auch gern offiziell auf diesem Posten sehen. Und wieder andere, und das sind nicht wenige, schulden ihm große und kleine Gefallen. Mein Vater sorgt sehr geschickt dafür, dass das so bleibt. »Geben« und »Nehmen« nennt er das. Wobei es am Ende meist er ist, der nimmt. Auch darin ist er sehr geschickt.

»Es war keine richtige Pistole«, sage ich, aber selbstverständlich weiß er auch das schon, da mache ich mir keine Illusionen. »Nur eine Attrappe. Ein Spielzeug.«

»Aha, nur ein Spielzeug also.« Jetzt setzt er seine nachdenkliche Miene auf. Die vermutlich den Eindruck vermitteln soll, als hätte er in Wirklichkeit nicht jedes Detail dieses lächerlichen Vater-Sohn-Gespräches bereits lange im Voraus geplant. Mein Vater versteht es, alle Gespräche nach Plan ablaufen zu lassen. Und zwar nach *seinem* Plan.

»Hm«, macht er. »Was ich mich allerdings frage, ist: Was, wenn es *keine* Attrappe gewesen wäre? Was hätte diesen Irren davon abhalten sollen, eine echte Pistole mit in die Schule zu schmuggeln? Oder eine Handgranate? Zum Teufel, warum nicht gleich eine von diesen Sprengwesten, wie sie diese Abduls immer benutzen?«

Ich starre meinen Vater an, und diesmal bin ich tatsächlich kurz davor, ihm eine reinzuhauen. Ihn anzubrüllen, dass einer dieser sogenannten *Abduls* mein bester Freund war, bis ihn jemand umgebracht hat, und dass der angebliche Irre einer von den Menschen ist, die dafür gesorgt haben, dass ich jetzt überhaupt noch hier vor ihm stehe und mir seinen Mist anhören kann. Aber damit würde ich ihm nur in die Karten spielen, also halte ich die Klappe, auch wenn es schwerfällt. Schau ihn stumm an, meinen Vater. Lasse mir nichts anmerken. Denn ich bin ein *guter* Sohn und ein noch viel besserer Schüler meines Vaters.

»Hat er aber nicht«, sage ich schließlich. »Und darauf kommt's doch an, nicht wahr? Für mich jedenfalls.« Meine Stimme wird ganz ruhig. »Und jetzt lass mich bitte in mein Zimmer. Ich habe Hausaufgaben zu machen.« Scheiße, jetzt *klinge* ich schon wie mein Vater. Eine perfekte Kopie. Ich könnte kotzen.

Er lässt mich durch, indem er gerade so weit zur Seite tritt, wie es nötig ist.

»Keine Ahnung, was da in dich gefahren ist in letzter Zeit, mein Sohn«, ruft er mir hinterher. »Aber verlass dich drauf, diese Sache wird noch ein Nachspiel haben!«

Als ob ich daran je gezweifelt hätte.

41

Als das Mädchen am nächsten Tag in die Schule ging, hing eine Kopie mit dem Ausdruck des Fotos, das sie Michael am Abend zuvor geschickt hatte, an jeder Wand und jeder Spindtür und an jedem Laternenmast. Darauf war sie zu sehen, vor dem Badezimmerspiegel, mit nichts als einem Badetuch und einem sexy Lächeln bekleidet. Da war sie gestorben vor Scham, und wenig später war etwas anderes in ihr gestorben, einfach zerbrochen.

Natürlich war sie zu Michael gegangen und hatte ihn zur Rede gestellt. Bloß hatte der behauptet, nicht zu wissen, wovon sie da redete. Als sie mit der Polizei gedroht und verlangt hatte, sein Handy zu sehen, war darauf keine der WhatsApp-Nachrichten, die er ihr angeblich geschickt haben sollte.

Seine Handynummer stimmte nicht mit der des Absenders überein, und als ihre Eltern später tatsächlich die Polizei einschalteten, fand man keinen einzigen Hinweis darauf, dass Michael auch nur eine Nachricht mit dem Mädchen getauscht hatte.

Das Mädchen war reingelegt worden.

Da hatte sie allmählich begriffen, dass etwas ganz ungeheuer schiefgegangen war. Dass jemand sie absichtlich und auf furchtbare Weise hinters Licht geführt hatte. Dass jemand etwas, das vielleicht als Scherz begonnen hatte, zu weit getrieben hatte. Viel zu weit.

Und dass es vielleicht nie ein bloßer Scherz gewesen war.

Denn nun war sie es, der man nicht mehr glaubte. Sie wolle sich wichtigmachen, behaupteten manche. Sie hatte Michael eins auswischen wollen, sagten andere, weil er so beliebt an der Schule war und sich nie im Leben für ein hässliches Entlein wie das Mädchen interessieren würde.

Da war das im Inneren des Mädchens noch ein bisschen mehr gestorben, ein Teil davon vielleicht für immer.

Doch damit war die Sache noch nicht ausgestanden. Denn obwohl die Polizei ermittelte und obwohl die Eltern des Mädchens einen Spezialisten damit beauftragten, alle Fotos ihrer Tochter aus dem Internet zu entfernen und alle ihre Profile aus den sozialen Medien zu löschen, war es zu spät.

Der Schaden war angerichtet.

Die Schüler an der Schule des Mädchens hatten ein Opfer gefunden und von dem ließen sie nicht mehr ab. Jemanden, der versucht hatte, sich wichtigzumachen und einen beliebten Schüler dafür in den Schmutz zu ziehen. Jemanden, der sich nicht davor scheute, Nacktfotos von sich selbst überall in der Schule zu verbreiten – für nichts als ein bisschen Aufmerksamkeit.

Sie sei eine Betrügerin, sagten die einen. Eine Schlampe nannten sie andere. Und das waren noch die harmloseren Bezeichnungen.

Nicht ein Tag verging, an dem das Mädchen keine gezischten Beleidigungen zu hören bekam, an dem nicht über sie getuschelt und gekichert wurde, an dem keine neue Version des Obenohne-Fotos mit einem dämlichen Spruch darauf auftauchte.

Bis das Mädchen eines Tages einfach aufgab, weil nach und nach alles in ihr gestorben war, und dann starb sie beinahe selbst.

42

KRIS
Donnerstag,
24. September
19:30 Uhr

Aula des Friedrich-Wilhelm-Gymnasiums, außerordentliche Elternversammlung

»Er spielt gern Ballerspiele, wussten Sie das?«

Norbert Klausner hat sich von seinem Sitz in der ersten Reihe erhoben und sich zu den Reihen der hinter ihm sitzenden Eltern umgedreht. Die ihm jetzt alle gebannt lauschen. »Richtig schön brutales Zeug«, führt er aus. »Wo sie irgendwelchen Monstern die Köpfe abhacken. Solche Sachen. Mein Sohn hat mir das erzählt, die ganze Schule scheint davon zu wissen. Alle, außer uns Eltern natürlich.«

Aber natürlich ist Ben, der ihm das angeblich erzählt hat, gerade nicht hier in der Aula des Fritz, und es ist sehr unwahrscheinlich, dass er seinem Vater tatsächlich erzählt hat, dass Liz und ich manchmal Witcher spielen. Woher sollte Ben das überhaupt wissen? Genauso wenig ist derjenige anwesend, der angeblich die ach so bösen Ballerspiele zockt und wegen dem heute eine außerordentliche Elternversammlung einberufen wurde. Wo die Erwachsenen diskutieren, haben Kinder nichts zu suchen, schon klar.

Meine Eltern sitzen derweil in der entgegengesetzten Ecke der Aula und starren Klausner mit großen Augen an. Ein bisschen erinnern sie mich dabei an zwei Häschen, die sich in ihren Bau verkrochen haben und zitternd lauschen, ob der Fuchs immer noch draußen auf sie lauert. Bloß, dass der Fuchs hier stattdessen große Reden schwingt.

Klausner ist jetzt ganz in seinem Element. »Die Schulleitung hat es nicht einmal für nötig gehalten, uns darüber zu informieren, was einer der Schüler da im Spind liegen hatte. Mein Sohn hat es mir erzählen müssen.« Auch das ist vermutlich eine komplette Lüge, aber nun erhebt sich zustimmendes Gemurmel. Die Eltern haben Angst, klar. Um ihre Kinder, die sie nicht mehr verstehen, von denen sie nicht wissen, was so vorgeht in deren Köpfen. Wenn sie unter sich sind. Im Internet. Wenn sie ihre *Ballerspiele* spielen. Und jetzt bekommen sie auch ein bisschen Angst vor dem, wozu ihre Kids vielleicht fähig sind, wenn keiner hinsieht. Wie Klausner sehr wohl weiß, denn er spielt auf diesen Ängsten wie auf einem fein gestimmten Instrument. Er hat *Übung* darin.

»Als Benjamin heute nach Hause kam, hat er erst gar nicht drüber reden wollen, so sehr stand er unter Schock. Er wollte nicht essen, war völlig verschlossen. Ich musste ihn erst mal beruhigen und ihm dann alles Stück für Stück aus der Nase ziehen, und glauben Sie mir, das war keine angenehme Aufgabe.« Selbst dem einzelnen, schüchternen Lachen aus dem Publikum ist die Unsicherheit deutlich anzuhören, aber auch dieser Teil ist höchstwahrscheinlich frei erfunden. Ich bin ziemlich sicher, dass die Klausners das letzte Mal gemeinsam zu Abend gegessen haben, als Bens Mutter noch bei ihnen wohnte. Ebenso wenig kann ich mir vorstellen, dass Ben unter einem »Schock« litt, als er nach Hause kam. Dass er einfach keinen

Bock hatte, mit seinem alten Herrn zu plaudern, halte ich hingegen schon für einigermaßen plausibel und ausgesprochen nachvollziehbar.

Nach einer wohlkalkulierten Pause fährt Klausner senior fort: »Ich bin sehr froh, dass ich heute Nachmittag von ein paar besorgten Eltern angerufen wurde, sonst hätten die meisten von uns wohl nie davon erfahren, was hier vorgefallen ist.«

Auch das entspricht nicht der Wahrheit. Klausner wurde mit Sicherheit keine fünf Minuten nach dem Vorfall auf dem Schulflur angerufen. Nur nicht von irgendwelchen anderen Eltern, sondern natürlich von Pfeiffer, denn diese beiden Männer verbindet weitaus mehr, als viele wissen. Bens Karriere als Profifußballer ist nur eines ihrer vielen gemeinsamen Projekte. In Wahrheit war es vermutlich Klausner, der daraufhin seinerseits genau die Eltern angerufen hat, von denen er wusste, dass sie die Neuigkeiten sofort und zuverlässig in ganz Sonderberg verbreiten und die Panik dabei ordentlich schüren würden. Klausner weiß genau, an welchen Rädern er zu drehen hat, um seine Ziele zu erreichen.

»Vielen Dank!« Der Direx versucht, sich Gehör zu verschaffen, doch sein Mikrofon gibt ein hässliches Pfeifen von sich, das von den ärgerlichen Blicken aufgebrachter Eltern quittiert wird. Was für ein Trottel. Er tritt einen kleinen Schritt zurück, während seine Augenbrauen ein nervöses Hasch-mich-Spiel auf seiner Stirn veranstalten, und versucht es dann noch mal: »Vielen Dank für diese Einleitung, Norb… Herr Klausner. Aber ich muss an dieser Stelle doch korrigieren, glaube ich. Es ist mitnichten so, dass eine Waffe im Spind eines Schülers gefunden wurde. Es handelte sich lediglich um eine Attrappe, die …«

»Die sich dieser Schüler an den Kopf gehalten hat«, unterbricht Klausner wieder. Seine dröhnende Stimme, obwohl unverstärkt, übertönt die des Direktors mühelos. »Und dann hat er abgedrückt, vor der versammelten Schülerschaft, in Anwesenheit der Lehrer und sogar der Polizei!«

Polizei, murmeln die Ränge. Offenbar waren das Neuigkeiten für einige Eltern, genau wie das mit der Waffe am Kopf. Gewichtige Neuigkeiten, die etwas, das ein Scherz hätte sein können, nun einen merklichen Drall in eine viel dramatischere Richtung geben. Wie eine Billardkugel, die kurz vor dem Loch noch einmal an der Bande abprallt und jetzt auf eine lange und sehr gefährliche Reise geht.

»Es handelte sich um ein Schulprojekt!«, ruft der Direx verzweifelt. »Der Schüler hat …« – Erneutes Pfeifen des Mikrofons.

Der Rest geht im aufbrausenden Stimmengewirr der Eltern unter. Sie brauchen eine ganze Weile, um sich gegenseitig zu bestätigen, was sie da soeben Ungeheuerliches aus dem Mund des Direktors gehört haben. Ein Schulprojekt mit Waffenattrappen, die sich die Schüler an den Kopf halten? In welche Art Schule haben sie ihre lieben Kleinen da bloß gesteckt?

Wenn ihr wüsstet, denke ich und versuche, meine schmerzenden Glieder zu ignorieren, und die Tatsache, dass ich mir die Klamotten vermutlich komplett versaut habe auf meinem Weg durch den Lüftungsschacht bis zu dem Gitter, von dem aus man die Aula überblicken kann. Ich unterdrücke ein Niesen, überall ist Staub.

Derweil gleitet die Situation in der Aula endgültig ins Absurde ab, man könnte fast schon drüber lachen. Aber dann schaue ich wieder zu meinen Eltern. Da sitzen sie in ihrer

Ecke, geben keinen Mucks von sich und halten sich an den Händen. Man kann ihren Gesichtern ansehen, dass sie liebend gern woanders wären. Überall, notfalls auf dem Grund eines brodelnden Vulkans – nur nicht hier. Als ich das sehe, steigt mir ein fetter Kloß den Hals herauf. Dann kommt die Wut. Aber ich bewege mich keinen Millimeter hier im Staub hinter dem Lüftungsgitter, wie ein Einbrecher. Ich liege still.

Und höre zu.

Inzwischen haben sich die meisten Eltern wieder einigermaßen beruhigt und Klausner ergreift erneut das Wort. Der Direktor hatte sich erschöpft auf seinen Stuhl fallen lassen, jetzt springt er wieder auf. Niemand beachtet ihn.

»Aber ich fürchte, das ist noch nicht alles«, fährt Klausner fort. Bestimmt hat er exakt den richtigen Moment für seinen Knüller abgepasst. Seine Stimme ist jetzt nicht einmal besonders laut, doch sie dringt durch die ganze Aula. Die Gespräche der Eltern verstummen schlagartig, als er weiterspricht. Jeder will hören, was Norbert Klausner zu sagen hat.

»Sicher haben Sie von den nächtlichen Anschlägen auf Autos in Sonderberg gehört, meine Freunde«, wendet er sich wieder an die Eltern. »Die Polizei fahndet leider bislang immer noch erfolglos nach dem Täter, und er hat bereits mehrere Autos schwer beschädigt – Reifen zerstochen, schwere Lackschäden verursacht, Scheinwerfer demoliert.«

Es ist den Gesichtern der Eltern anzusehen, dass sie durchaus davon gehört haben, und auch, was sie mit dem Vandalen anstellen würden, wenn Klausner jetzt mit dem Finger auf ihn zeigen würde. Oder vielleicht auch nur auf irgendjemanden. Er hat die Stimmung gut im Griff, das muss man ihm lassen.

»Nur, falls Sie es noch nicht wussten, gestern wurde das Auto der Kunstlehrerin beschädigt – auf dem Lehrerparkplatz der Schule!«

Erneut braust wütendes Stimmengewirr auf, einige stoßen ein verächtliches Lachen aus. Was hat man ihnen wohl sonst noch vorenthalten, hat denn an dieser Schule überhaupt noch jemand *irgendwas* im Griff?

Doch Klausner hebt beschwichtigend die Hände. Jetzt kommt er offenbar gleich zum krönenden Abschluss:

»Die betreffende Lehrerin musste ins Krankenhaus eingeliefert werden, sie liegt auf der Intensivstation!«

Der Direx springt hinter seinem Mikrofon auf und ab, doch Klausner lässt ihm gar keine Chance zur Erwiderung. »Mir ist zu Ohren gekommen, dass der Hauptverdächtige dieses feigen Anschlags derselbe Schüler sein soll, in dessen Spind man später die Waffe fand!«, donnert Klausners Stimme durch den Saal. »Ein Schüler! Und das waren nur die Neuigkeiten vom Tage, meine Lieben. Über die uns *niemand* informiert hätte, wenn wir nicht nachgefragt hätten.«

Der Direx scheint inzwischen jedes Interesse an der Veranstaltung verloren zu haben, er hat sich wieder auf seinen Stuhl plumpsen lassen, auf dem er jetzt zusammengesunken hockt wie ein geschlagener Boxer in seiner Ecke.

Neun, zehn, aus. Knock out.

Klausner nennt natürlich keinen Namen und das muss er auch nicht. Sein Blick zuckt wie zufällig zu meinen Eltern hinüber, wo er für eine lange Sekunde verweilt. Das dürfte genügen, damit es auch die paar begreifen, die er nicht schon vor der Veranstaltung eingeweiht hat. Jetzt springen auch die meisten der anderen Eltern von ihren Stühlen auf, rufen und diskutieren, und dann ist Klausner nicht mehr der Einzige, der in Richtung meiner Eltern schaut, die immer weiter in ihren Kaninchenbau zurückzukriechen scheinen wie kleine, verängstigte Tiere.

Klausner hebt erneut beschwichtigend die Hände, während die Situation zunehmend aus dem Ruder gerät, genau nach seinem Plan. *Und einer, der uns jetzt noch retten, das Ruder herumreißen kann – John Maynard war unser Steuermann*, denke ich abwesend, ein hysterisches Kichern bricht aus mir heraus, das keiner hört, während etwas Heißes auf meinen Wangen kitzelt und ich mich zu fragen beginne, ob ich gerade tatsächlich dabei bin, den Verstand zu verlieren. Oder ob das nicht doch eher auf die Welt um mich herum zutrifft.

»Ich finde, wir sollten abstimmen«, sagt Klausner, nachdem er den gerechten Volkszorn ein weiteres Mal gerade so unter Kontrolle bekommen hat. »Ich habe hier schon einige interessante Ideen gehört. Stichprobenartige Kontrollen der Spinde und Rucksäcke. Metalldetektoren an den Eingängen. Eine Securityfirma auf dem Schulgelände. Alles überlegenswerte Vorschläge, wie ich finde. Ich weiß von Schulen, wo solche Maßnahmen bereits sehr erfolgreich praktiziert werden. Und ich kenne eine Sicherheitsfirma, die …«

»Ja, seid ihr denn jetzt alle verrückt geworden?«, unterbricht ihn eine weibliche Stimme aus den hinteren Reihen. Und die kann es durchaus mit der Stimmgewalt eines Norbert Klausner aufnehmen. Wenn sie auch eine Spur verwaschen klingt.

43

Mitschnitt der Paartherapeutin Dr. Annelies Krumer, Klienten: Diana und Ralf Berger, Eltern von Adriana

Einzelgespräch mit Ralf Berger

»Ich habe mich nach dieser Stimme umgedreht und da war diese Frau. Ich weiß nicht, so eine Hippietante, hätte Diana vielleicht gesagt. Na ja, sie trug tatsächlich eines dieser bunten Kleider, mit den ineinanderlaufenden Farben. Solche, die man in der Badewanne färbt …«

»Batik?«

»Ja, genau das. Ich wusste das zu diesem Zeitpunkt noch nicht, aber als ich sie später Adi beschrieben habe, war der sofort klar, dass das nur Lizzies … also ich meine, Lisbeths Tante gewesen sein kann, die Herrn Klausner da so mutig Paroli geboten hat. Was in dieser Situation ziemlich beeindruckend war, weil man den Eindruck hatte, dass die Eltern wirklich kurz davor waren, die Aula auseinanderzunehmen.«

»Und diese Reaktion hat Herr Klausner bewusst provoziert, glauben Sie?«

»Jedenfalls kam er da gerade voll in Fahrt bei seiner kleinen Imitation eines Propagandaministers. Und es gehört doch einiger Mut dazu, sich einem fahrenden Zug wie diesem in den Weg zu stellen, finde ich.«

»Und wie standen Sie zu den Dingen, die Herr Klausner da angesprochen hat?«
»Ehrlich? Ich halte den Kerl für gefährlich. Jedenfalls gefährlicher als einen Schüler, der eine Waffenattrappe in seinem Spind versteckt.«

»Verstehe, und wie ging es dann weiter?«
»Damit, dass Lisbeths Tante die Frage stellte, ob nicht vielleicht die Schüler selbst entscheiden sollen, ob sie lieber an eine Schule gehen oder in einem kleinen Polizeistaat leben wollen. Ich finde, das hat es ganz gut auf den Punkt gebracht, was Herr Klausner da vorzuschweben schien. Was mich allerdings überraschte, ist, wie schnell sich der Großteil der Eltern auf seine Seite geschlagen hat. Wie geschickt er sie alle im Griff hatte und sich selbst zum Anführer erkoren hat. Der Flügelschlag eines Schmetterlings, wissen Sie? Länger kann das nicht gedauert haben, und schon schienen es die meisten Eltern für eine völlig vernünftige Idee zu halten, dass man sich an einer Schule vorkommt wie am Security-Gate eines Flughafens. Metalldetektoren, bewaffnetes Sicherheitspersonal, meine Güte. Wie in einem Gefängnis.«

»Sie waren demnach gegen diese Vorschläge?«
»Ja, absolut. Natürlich waren wir alle in Sorge um unsere Kinder, aber das waren doch nun gleich ein paar Schritte zu weit in eine sehr extreme Richtung, da musste ich ihr, also Lisbeths Tante, völlig recht geben.«

»Und was hat sie stattdessen vorgeschlagen?«

»Dass wir zunächst mal eine kleine Auszeit einlegen sollten, weil wir gerade dabei seien, uns in so etwas wie einen Lynchmob zu verwandeln. Und die Reaktionen, die ihr daraufhin um die Ohren flogen, gaben ihren Befürchtungen in vollem Umfang recht. Da fielen ein paar sehr unschöne Worte, es ging zum Beispiel um ihr Verhältnis zu Alkohol und dass ihre Ziehtochter aussieht wie ein wandelndes Gespenst. Sehr unschöne Dinge flogen da herum. Auch wenn das natürlich mit dem eigentlichen Thema der Diskussion rein gar nichts zu tun hatte, war es vermutlich strategisch eher unklug, dass man ihre Fahne tatsächlich noch ein paar Reihen weiter riechen konnte.«

»Verstehe.«

»Ja, aber das änderte nichts daran, dass sie recht hatte. Dass wir diese Sache erst einmal zu Ende denken sollten. Ich meine, welche Optionen bleiben einem denn noch, wenn man so etwas erst mal etabliert hat? Standardmäßige Leibesvisitationen? Tägliche psychologische Evaluationen für alle Schüler? Würden Sie gern an so eine Schule gehen?«

»Vermutlich nicht, nein. Also sind Sie ihr zu Hilfe gekommen.«

»Ja, das musste ich einfach. Aber natürlich war mir zu diesem Zeitpunkt noch nicht bewusst, wer Norbert Klausner ist. Welche Rolle er in Sonderberg spielt. Und dass ich mich damit für eine Seite entschieden hatte. Eine, die in Sonderberg eindeutig in der Unterzahl ist.«

»Sie spielen auf die Dinge an, die später über Norbert Klausner herausgefunden wurden. Seine Einmischung in die Auswahl der Schulmannschaft zum Beispiel.«

»Das, ja. Und die anderen Verwicklungen, von denen ich natürlich damals nichts geahnt habe. In dem Moment war er für mich einfach nur ein Kerl mit einem etwas zu großen Ego und einem gefährlichen Messiaskomplex, der sich insgeheim diebisch darüber gefreut hat, wie gut es ihm gelungen ist, die Leute aufzuputschen und die Stimmung in seinem Sinne zu manipulieren. Gegen diese Art von Menschen empfinde ich nun mal eine natürliche Abneigung, da kann man wohl nichts machen.«

»Und wie ging die Sache dann aus?«
»Wie zu erwarten. Die Leute haben Lisbeths Tante noch ein bisschen angebrüllt, und dieser Klausner hat sich das in Ruhe angeschaut, ohne sich einzumischen, denn inzwischen hatte er ja andere gefunden, die das nur zu gern für ihn übernahmen. Insgeheim hat er sich vermutlich darüber kaputtgelacht. Nein, mehr als das. Er schien es richtig zu genießen, wie die Frau von den versammelten Leuten runtergemacht wurde. Also bin ich dann auf das Podium gegangen, wo der Direktor saß und sich das Ganze völlig hilflos angeschaut hat. Dort habe ich mir das Mikrofon geschnappt und gesagt, dass die Verhandlung vertagt ist. Irgendetwas in der Art.«

»Und das hat funktioniert?«
»Na ja, ich habe zwar keine Stimme wie ein Norbert Klausner, aber das Mikrofon war ziemlich laut eingestellt. Plötzlich drehten sich alle Köpfe in meine Richtung. Auch der von Klausner, er hatte die Arme verschränkt, ein breites Grinsen im Gesicht. Im Gegensatz zu mir schien er bereits sehr wohl zu wissen, wer ich war. Und mir wurde plötzlich klar, dass die Leute jetzt von mir so etwas wie eine Lösung erwarteten.«

»Und hatten Sie eine?«
»Ja. Demokratie.«

»Und das bedeutet?«
»Ich schlug vor, dass eine Expertenkommission bestimmt wird, deren Aufgabe es ist herauszufinden, wer tatsächlich das Auto dieser Kunstlehrerin zerkratzt hat und was es mit der Pistole auf sich hat, die Kris in die Schule mitbrachte und ob diese tatsächlich ein alarmierendes Zeichen oder letztlich nur ein verchromtes Stück Plastik ist, nicht mehr als ein dummer Schülerstreich.«

»Und wie reagierte Klausner darauf?«
»So, wie ich es erwartet hatte. Überheblich. Er fragte, wer diese Kommission denn leiten solle, etwa ich? Und da wusste ich, ich hatte ihn. Einfach so. Nein, habe ich gesagt. Das wäre wohl Aufgabe des Direktors, und er, Klausner, könne gern, wie jeder andere auch, Vorschläge machen, wer dieser Kommission angehören solle. Ein Vorschlag pro Person. Die Mandate mit den meisten Stimmen stellen sich zur Wahl und aus diesen werden dann die fünf Mitglieder der Kommission gewählt.«

»Und wer wurde gewählt?«
»Lisbeths Tante und lustigerweise auch ich, womit ich wirklich nicht gerechnet hatte. Klausner natürlich auch, mit mehr Stimmen als jeder sonst. Aber ich habe ihm angesehen, dass ihm da eigentlich schon jede Lust an der Sache vergangen war. Sich mit dem eigenen Gesicht zu engagieren, ist dann halt doch noch mal etwas anderes, als die Massen zu einem fackelschwingenden Mob aufzustacheln. Ich glaube, das hat er an diesem Abend begriffen. Das, und einen

kleinen Exkurs in Sachen Grundzüge der Demokratie, den er dringend mal nötig hatte, wie ich finde. Ich würde es also eine Win-win-Situation für alle Beteiligten nennen. Sie nicht auch?«

44

KRIS

Donnerstag,
24. September
21:00 Uhr

Nachdem ich durch das Fenster im Kellerraum wieder nach draußen gekrochen bin, muss ich erst mal durchatmen. Ich lehne mich an die Wand an der Rückseite des Schulgebäudes, wo das Loch im Zaun ist, durch das man zu den Lehrerparkplätzen gelangt – oder von da schnell und unauffällig wieder zurück in die Schule, durch die Büsche. Niemand kriegt das mit, schon gar nicht nachts.

Ich hasse sie, denke ich. Meine Eltern. Wie sie da in der Aula saßen, ohne einen Mucks zu sagen, während dieses Arschloch Klausner praktisch die versammelte Elternschaft davon überzeugt hat, dass ich ein gefährlicher Irrer bin, der Waffen in die Schule schmuggelt, Autos demoliert und Lehrer ins Krankenhaus bringt. Und wer weiß, was sonst noch. Und das alles natürlich ohne einen einzigen Beweis.

Wie der Sohn, so der Vater, nehme ich an. Oder, wie in meinem Fall, wie die Eltern, so der Sohn. Ich frage mich, ob die mich erst zu einem Feigling erziehen mussten, oder ob das bei unserer Familie schon in den Genen liegt. Das Erbe der Kilars, haha. Echt komisch.

Und trotzdem kann auch ich nicht aus meiner Haut. Trotzdem kann ich keinem sagen, was der wahre Grund dafür ist, warum ich Marco gebeten habe, mir diese blöde Fake-Knarre zu besorgen, und wieso sie in meinem Spind lag, oder was die Meyfarth tatsächlich dazu gebracht hat, aus den Latschen zu kippen. Nur *ich* weiß, wie all diese Dinge zusammenhängen.

Und ich kann mit keinem drüber reden.

Ich warte, bis keine Autos mehr vom Parkplatz fahren. Das dauert eine ganze Weile. Klar, es gab ja auch noch eine Menge zu bereden nach dieser Hängt-ihn-höher-Szene eben in der Aula.

Wobei ich klare Pluspunkte verteilen muss für Tante Janis und Adis Vater. Ziemlich mutig, wenn der Protest von Tante Janis auch ein wenig lallend vorgetragen wurde. Dafür müsste man ihr vielleicht ein paar Punkte in der B-Note abziehen.

Aber der Vater von Adi, also das war richtig gut. Er ist clever, und er hat ebenfalls ganz schön Mut bewiesen – aber vielleicht lag das nur daran, dass er noch keine Vorstellung davon hatte, mit wem er sich da gerade angelegt hat. Einfach auf das Lehrerpodest zu steigen, wo der Direx in seinem Wachkoma die Decke anstarrte, ihm das Mikro aus der Hand zu nehmen und vorzuschlagen, eine Kommission zu bilden! Das war fast schon genial. Allein wie Klausner seniors Gesicht ausgerutscht ist – großes Kino.

Auch hier gibt es Ähnlichkeiten zwischen Vater und Tochter – ich bin mir ziemlich sicher, Adi wäre etwas ähnlich Cleveres eingefallen. Ich mag den frischen Wind, den diese Familie in dieses Dreckskaff hier bringt. Ist auch wirklich höchste Zeit dafür.

Bloß diese eine Sache lässt mir keine Ruhe. Auch meine Eltern sind clever. Scheiße, die haben beide einen Doktortitel und haben vermutlich während der Schwangerschaft meiner Mutter jedes Buch über Pädagogik gelesen, das es gab.

Aber sie sind meine *Eltern*, verdammt. Es war *ihr* Sohn, der da in Stücke gerissen wurde. Aber sie saßen nur da, haben große Augen gemacht und einfach gewartet, bis der Sturm sich wieder verzieht. Wie sie es immer machen.

Wie ich es immer mache.

Meine Laune ist dementsprechend, als ich wieder durch das Loch krieche, durch die Hecke zurück zum Parkplatz. Dahinter liegt in einem Gebüsch versteckt mein Fahrrad. Ich werde den langen Weg nehmen. Nicht durch den Park, auch wenn ich dann mindestens eine halbe Stunde länger unterwegs bin. Spielt sowieso keine Rolle, meine Eltern glauben ohnehin, dass ich in meinem Zimmer liege und schlafe.

Davon abgesehen, bin ich mir hundertprozentig sicher, dass sie mir gegenüber kein Wort von dem erwähnen werden, was heute Abend in der Aula abgelaufen ist. Da müssen sie sich vermutlich nicht mal absprechen. Im Totschweigen sind die Kilars nämlich große Klasse, schon immer gewesen.

Familientradition und das alles.

Als ich aus dem Gebüsch krieche und gerade aufstehen will, bekomme ich mit, dass ich doch noch nicht allein auf dem Parkplatz bin. Zwei Autos stehen noch hier, und eins davon ist das von Frau Nowak. Das andere erkenne ich nicht, aber da steht ein Mann bei ihr.

Shit, denke ich und mache mich wieder klein in den Schatten, gelobt sei die Kilar'sche Familientradition. Aber die beiden bemerken mich gar nicht, sind viel zu sehr vertieft in ihr Gespräch.

Und ineinander, scheint es.

Halb erwarte ich, Pfeiffer bei ihr zu sehen. Dieses Arschloch und Frau Nowak hatten vor einiger Zeit wohl mal so was wie ein Verhältnis. Auch eins von diesen Dingen, die ich nie verstehen werde. Was will eine hübsche, intelligente Frau mit so einem hirnlosen Muskelprotz?

Aber dann sehe ich den Zigarettenrauch über ihren Köpfen. Demnach kann es nicht der Pfeiffer sein.

Mit einer routinierten Bewegung ziehe ich mein Handy aus der Hosentasche. Das hier verspricht, interessant zu werden, aber blöderweise habe ich meine Spiegelreflexkamera zu Hause liegen lassen, mit der hätte ich einen vernünftigen Zoom, wer hätte denn ahnen können, dass ich den heute Abend noch hätte gebrauchen können. Man muss eben mit dem arbeiten, was man hat. Allerdings muss ich mit dem Handy näher ran, wenn ich etwas erkennen will.

Nahe genug, um in Hörweite der beiden zu sein.

Als ich in dem Gebüsch hängen bleibe und ein Rascheln verursache, sehe ich, dass der Mann den Kopf in meine Richtung dreht. Ich bleibe wie erstarrt hocken, in einer ziemlich unbequemen Position. Er wirft nur einen raschen Blick ins Gebüsch, dann wendet er sich wieder der Nowak zu, die ihm jetzt noch ein kleines Stück näher zu sein scheint. In ihrem hübschen Sommerkleid, die Arme um ihren Körper geschlungen, als wäre ihr kalt. Dann höre ich die beiden lachen, während der Rauch über ihren Köpfen gen Himmel steigt, beschienen vom einsamen Lichtstrahl der Straßenlaterne, die in der Mitte des Parkplatzes steht. Richtig romantisch. Dann wechselt die Zigarette den Besitzer.

Vorsichtig entsperre ich mein Handy, das wie immer auf geräuschlos gestellt ist – dieses blöde Auslösergeräusch der Handykamera ist so ziemlich das Letzte, das ich jetzt gebrauchen könnte –, und mache ein paar Fotos. Ich habe Glück, denn nach einer Weile dreht der Mann sich wieder in meine Richtung, und ich knipse drauflos. Zwei Sekunden später habe ich alles auf meinem Handy – natürlich nicht in der Qualität, die ich mir wünschen würde, aber man kann den Mann auf jeden Fall gut erkennen, der da intensiv in ein Gespräch mit unserer hübschen Klassenlehrerin vertieft ist, während er sich eine Zigarette mit ihr teilt.

Es ist Adis Vater.

45

ADI Also ja, ich brauchte die Pillen und die Therapie und vermutlich auch das Körbeflechten in der Beschäftigungsgruppe, brauchte die anderen »Irren«, wie wir uns selbst nach einer Weile nannten, nur halb im Scherz. Ich brauchte irgendwas, das nicht das Draußen war. Zumindest am Anfang. Aber letztlich glaube ich, dass meine Brieffreundschaft mit Ida, diesem seltsamen, coolen Mädchen, mehr für mich getan hat als alle Pillen, Gruppentherapien und Psychologen zusammen.

Sie hat als Einzige so etwas wie Leben verbreitet, das ist mir später einmal klar geworden, an einem Ort, an dem sich alle vor dem Leben versteckt hatten. Vor dem, was draußen war. Vor einer Welt, in der du nicht allzu weit kommst mit deinen krassen Skills im Umgang mit Weidenruten, und den immer gleichen, traurigen Geschichten, von denen jeder hier drin mehr als genug parat hatte, und von denen ungefähr die Hälfte sogar wahr ist, und das ist meist die hässlichere Hälfte.

Traurig ist allerdings auch, dass man sich in so einer Klinik ziemlich schnell an diese Geschichten gewöhnt. Wenn man sie nur oft genug in der Gruppentherapie hört, zum Beispiel. Das war nur einer der Gründe, warum Ida nichts von diesen Sitzungen hielt. »Was soll es bringen, wenn sich ein Haufen Depris gegenseitig das Herz auskotzen? Wozu soll das gut sein – außer zum Erfahrungsaustausch, damit der nächste Suizidversuch dann auch wirklich gelingt?«

So war Ida. Natürlich wusste sie von den Narben an meinem Handgelenk, aber ihr einziger Kommentar dazu war: »Cool.«

Was ich ziemlich merkwürdig fand.

»Die sind eine Erinnerung, so ähnlich wie Tattoos«, sagte sie. »Sie erinnern dich daran, dass du noch lebst. Dass sie dich nicht kleinbekommen haben, trotz allem. Die haben dir einen Kratzer verpasst, mehr nicht. Scheiß drauf.«

Auch das war Ida, und ich wusste genau, wen sie mit »die« meinte.

Die da draußen, die in deiner Klasse sitzen und hinter vorgehaltener Hand über dich lästern und lachen. Die, die deine Fotos im Internet verbreiten, schneller als man sie wieder löschen kann.

Die, die, die.

Jeder in der Klinik hatte seine persönliche Variante davon und Narben, auch wenn man die nicht bei jedem sehen konnte. Aber wir hatten alle überlebt, das hat mir Ida klargemacht.

Nur darauf kommt es an.

46

JULIA

Freitag, 25. September 9:00 Uhr

Es muss wohl ziemlich heftig abgegangen sein, gestern beim Elternabend. Meine Eltern halten sich am Frühstückstisch ziemlich bedeckt – das Einzige, das ich aus ihnen herausbekomme, ist: »Diese Sache ist noch nicht zu Ende.« Und das in einem grimmigen Ton, den ich von ihnen überhaupt nicht gewohnt bin. Ich nehme an, der finstere Kommentar bezieht sich auf Kris. Mein Frühstück taste ich nicht an, mir ist jeder Appetit vergangen. Sie bemerken es nicht mal.

In der Schule erfahre ich die restlichen Details, offenbar sind andere Eltern nicht ganz so verschlossen wie meine, was die neuesten Entwicklungen an der Schule ihrer Kinder betrifft.

Norbert Klausner soll Kris ziemlich offen einer Menge Dinge bezichtigt und zumindest angedeutet haben, dass er auch gleich der Typ sein könnte, der seit einer Weile in Sonderberg umgeht und Autos zerkratzt. Na klar, wer sonst? Das sehe ich förmlich vor mir. Kris als nächtlicher Rächer, vielleicht noch mit Maske und einem schwarzen Cape und Strumpfhosen. So ein Schwachsinn! Was ihre Autos betrifft, kennen die Leute jedenfalls kein Pardon, das ist einem wie Norbert Klausner durchaus bewusst.

Ich kann mir gut vorstellen, dass seine »Vermutungen« die

Gemüter ordentlich erhitzt haben, nach der Sache mit der Meyfarth und der Waffe in Kris' Spind. Dann fällt mir ein, dass ich Adi erst vor Kurzem erzählt habe, ich hätte ihn nachts hinter unserem Haus herumschleichen gesehen. Eine Lüge, um an die Fotos in seinem Spind zu kommen, womit das alles irgendwie angefangen hat.

Meine Schuld?

Die Frage ist wohl eher, was davon *nicht* meine Schuld ist.

Bens Vater hat außerdem vorgeschlagen, die Schule in eine Art Hochsicherheitstrakt zu verwandeln, was bei einigen Eltern sofort auf rege Zustimmung stieß. Kein Wunder, nach der Vorrede, die er ihnen geliefert haben muss. Ich bin sicher, dass dabei auch die Meyfarth in den höchsten Tönen gelobt wurde. Das arme, unschuldige Opfer des üblen Superschurken Kris Kilar, na klar. Die wissen überhaupt nichts.

Offenbar haben sich unsere Eltern gestern Abend in zwei Lager aufgeteilt. Und – welch Überraschung! – die deutlich größere Gruppe wird von Bens Vater angeführt. In der anderen befinden sich Lizzies Tante Janis, Adis Vater und noch ein paar andere, die Eltern von Kris natürlich auch. Was zumindest anzunehmen ist, weil sie sich bislang dazu noch gar nicht geäußert haben, was man so hört.

Auch das ist keine Überraschung, muss ich sagen. Es geht ja nur um die Frage, ob ihr Sohn vielleicht ein potenzieller Attentäter, ein durchgeknallter Irrer und wer weiß was sonst noch ist. Aber so waren sie schon immer. Kris ja auch, irgendwie. Er hat sich nicht mal die Mühe gemacht, den Anschlag auf das Auto der Meyfarth abzustreiten, obwohl ich mir ziemlich sicher bin, dass er das nicht war.

Vielleicht hat er auch einfach das bisschen Anerkennung genossen, das ihm daraufhin mal für kurze Zeit zuteilwurde, bevor alles so richtig in die Hose ging.

Dank mir.

Ich muss nicht lange überlegen, für welches Lager sich meine Eltern wohl entschieden haben. Ehrbarer Familienvater und Stadtrat Klausner versus die durchgeknallte, ständig besoffene Hippietante des komischen Gruftimädchens (die Worte meines Vaters, nicht meine). Diese Entscheidung dürfte ihnen nicht besonders schwergefallen sein.

An diesem Morgen scheint sich die Gruppendynamik unserer Eltern dann auch komplett auf uns Schüler übertragen zu haben. Ich schätze, sie wären mächtig stolz auf uns, weil die meisten von uns für die Meinung ihrer Eltern Partei ergreifen, und das bedeutet für den Großteil der Schüler, dass sie gegen Kris sind.

Dementsprechend stehen die Leute jetzt in Grüppchen im Klassenraum zusammen und mustern die jeweils andere Gruppe mit argwöhnischen Blicken. Und dabei fällt irgendwie ständig der Begriff »Sicherheit«. Als ob irgendetwas in diesem Leben je wirklich sicher wäre. Lustig: Ich hatte zum Beispiel mal geglaubt, es wäre sicher, dass ich Ben Klausner eines Tages heiraten würde. Aber Dinge ändern sich nun mal, auch wenn das keiner wahrhaben will.

Einer fehlt heute Morgen mal wieder, aber das wundert keinen. Wenn Kris mitbekommen hat, was gestern so passiert ist, tut er vermutlich gut daran, sich heute nicht in der Schule blicken zu lassen. Ich kann es nicht fassen, dass ich so etwas denke. Dass so etwas möglich ist, aber ja: Einer der besten

Schüler bleibt heute zu Hause, weil er in der Schule vielleicht nicht sicher wäre vor all den Sicherheitsfanatikern. Paradox? Nicht wirklich. Nicht in einer Welt, wie sie sich ein Norbert Klausner vorstellt. Und all die anderen, die seine Ansichten teilen.

Als es zur Stunde klingelt, diskutieren die Schüler munter weiter, kein Lehrer ist in Sicht. Scheint richtig zum Standard zu werden in letzter Zeit. Während ich zu meinem Platz gehe, wo Adi schon sitzt und mit gerunzelter Stirn auf ihrem Handy herumtippt, frage ich mich, welches Unterrichtsfach wir eigentlich gerade haben.

In dem Moment wird meine Frage praktisch beantwortet. Die Tür geht auf, und die Meyfarth schiebt ihren massigen Körper in den Raum, dicht gefolgt vom Direx, der aussieht, als habe er eine schlaflose und ziemlich beschissene Nacht hinter sich. Oder auch gleich ein paar davon. Stimmt ja, wir haben jetzt Kunst und offenbar auch wieder eine Kunstlehrerin. Hurra.

Plötzlich verstummen die Gespräche der Schüler, noch bevor der Direx seine Worte an uns richten kann, und dann steht Leon auf und beginnt zu klatschen. *Klap, klap, klap*, drei einzelne Schläge. Eine Sekunde später ist Mark auf den Füßen und tut es ihm gleich. Einer nach dem anderen, stehen die Schüler auf und beginnen, der Meyfarth Beifall zu klatschen, wie einstudiert. Der Meyfarth! Vor ein paar Tagen wäre so etwas noch undenkbar gewesen.

Aber wie gesagt, Dinge ändern sich. Manchmal erschreckend schnell.

Ich bleibe sitzen, Adi auch und noch zwei, drei andere, während der größte Teil der Klasse die zurückgekehrte Meyfarth beklatscht und uns, die wir deutlich in der Unterzahl sind, keines Blickes würdigt, als gäbe es uns überhaupt nicht. Das zaubert sogar dem Direx ein seliges Lächeln ins sorgenvoll zerknautschte Gesicht. Mir hingegen schwant, dass das vielleicht erst der Anfang von etwas wirklich Üblem sein könnte. Ich sehe Adi an, dass es ihr genauso geht.

47

ADI

Freitag, 25. September 14:00 Uhr

Was heute in der Kunststunde passiert ist, war nur der Auftakt, da bin ich ziemlich sicher, und das Fritz ist momentan so ziemlich der letzte Ort, an dem ich sein möchte. Die Schule wirkt wie verwandelt. Als wäre jemand mit einem Pinsel herumgegangen und hätte allen Schülern einen farbigen Punkt auf die Stirn gemalt, sie in zwei Gruppen geteilt, rot und blau. Und dann bitte jeder in seine Ecke und sich bloß nicht aufeinander zubewegen! Die Anhänger von Metalldetektoren und Security-Checks auf den Schulfluren sind wenig überraschend in der deutlichen Überzahl. Und einige von denen verbreiten eine ziemlich aggressive Grundstimmung auf den Fluren und dem Pausenhof. Aggression, das habe ich mal irgendwo gelesen, ist letztlich auch nur eine Art, wie sich Angst bei manchen Menschen äußert. Und das alles wegen einer Spielzeugpistole.

So stehen wir plötzlich jeder in unseren Ecken. In Ecken, die gestern noch gar nicht existiert haben. »Wir oder die«, hat Julia mir zugezischt, als sich die Schüler erhoben und der Meyfarth Applaus geklatscht haben. Wofür eigentlich, was hat sie denn so Tolles geleistet? Ich weiß es nicht. Natürlich freue ich mich für sie, dass sie wohl offenbar doch nichts allzu Ernstes hatte und schon so bald wieder aus dem Krankenhaus entlassen werden konnte. Allerdings müsste sich jeder vernünftige Mensch angesichts dieser Tatsache wohl auch fragen, wie schwer ihr angeblicher Zusammenbruch dann eigentlich gewesen sein kann – und wie viel überhaupt dran ist an der Behauptung des Direx, man habe sie in die Intensivstation einliefern müssen.

Wegen ein paar Kratzern an ihrem Auto?

Es wäre vielleicht spannend zu wissen, was genau mit ihrem Auto passiert ist, aber auch das weiß keiner außer der Meyfarth selbst und dem Direx, der den Wagen sofort abschleppen lassen hat. Warum? Auch das ist eine sehr interessante Frage, wenn man sich vor Augen hält, was der Anblick dieses Schadens bei der Meyfarth ausgelöst haben soll.

Aber wie dem auch sei, sie ist jetzt jedenfalls so etwas wie eine Volksheldin an der Schule. Ein Symbol, könnte man sagen. Ein Symbol der Aufteilung aller älteren Schüler in so etwas wie zwei Heerlager. Fronten, die sich feindlich gegenüberstehen. Nicht mehr wie bisher in Klassen, Klassenstufen, Mädchen und Jungs. Nein, rot oder blau. Wir oder die. Entweder du bist für uns oder für Kris, den irren Beinahe-Amokläufer und Vandalen. Entweder für Metalldetektoren an den Eingängen oder für Terroristen und Bombenleger.

Nichts dazwischen.

Nur wir oder die, und keiner scheint sich daran zu stören.

Ich kann es gar nicht abwarten, bis die Schule endlich vorbei ist. Die momentane Stimmung am Fritz überschattet alles andere, plötzlich scheint nichts mehr außer diesem einen Thema wichtig zu sein, und das überträgt sich sogar auf den Unterricht. In Mathe bei Herrn Winkler mache ich ein paar üble Schnitzer, weil ich mich kaum auf den Unterricht konzentrieren kann. Der nimmt das nickend zur Kenntnis, schreibt einfach die korrekte Lösung an die Tafel und macht dann weiter, als wäre alles ganz normal. Kein: »Das kannst du aber besser, Adi!« Kein Scherz, kein Stirnrunzeln. Einfach weiter im Text.

Mit Liz habe ich auch nur kurz auf dem Klo sprechen können, nach der großen Pause war sie nirgends mehr zu sehen. Und keiner scheint sie zu vermissen. Oder Kris. Selbst die Lehrer haben alle so getan, als hätte es nie einen Schüler namens Krzysztof Kilar am Fritz gegeben.

Was zur Hölle passiert hier gerade?

Ich könnte mir sogar vorstellen, dass seine Eltern angerufen und so etwas wie eine Freistellung erwirkt haben – aus aktuellem Anlass. Und keiner fragt sich, ob das in Ordnung ist, wenn sich ein Schüler plötzlich nicht mehr in die Schule traut. Es ist richtig gespenstisch geworden am Fritz. Und das in weniger als vierundzwanzig Stunden.

All das geht mir immer noch durch den Kopf, während ich am Nachmittag nach Hause radle. Aber was mich dabei noch mehr bedrückt, ist mein schlechtes Gewissen. All das wäre nicht passiert, wenn wir nicht Kris' Spind geöffnet hätten. Wenn *ich* ihn nicht geöffnet hätte. Also entscheide ich mich dann doch nicht für den Weg nach Hause, als ich am Park vorbeikomme.

Vorher muss ich mit Kris reden, und zwar dringend.

48

KRIS
Freitag,
25. September
14:30 Uhr

»Hey Adi, alles cool?«, frage ich und versuche zu grinsen. Das tut immer noch ganz schön weh, wegen dem blauen Auge und der Schürfwunde am Unterkiefer, aber ich ziehe es trotzdem durch. Wie auch vorhin schon bei meinen Eltern, die mich am liebsten direkt ins Krankenhaus hatten fahren wollen. Dabei ist es längst nicht so schlimm, wie es aussieht. Schlimmer ist die Kamera auf meinem Schreibtisch, oder das, was jetzt noch davon übrig ist. Nicht allzu viel nämlich. Kleinteile. Bruch. Das taugt nur noch für die Tonne, wirklich schade drum. Das war es dann wohl mit dem Fotografieren für die nächste Zeit, vielleicht sogar für immer. So eine Spiegelreflexkamera ist verdammt teuer.

Aber ich kämpfe die Tränen zurück, ich darf jetzt nicht einfach losheulen wie ein kleiner Junge. Nicht vor Adi, nicht vor meinen Eltern. Nicht mal vor Liz könnte ich das.

Adi starrt mich immer noch mit offenem Mund an.

»Da fliegen Fliegen rein, wenn du ihn nicht zumachst«, versuche ich einen lahmen Scherz. Ich habe an der Tür gelauscht, als es geklingelt hat und mit angehört, wie meine Eltern versucht haben, Adi abzuwimmeln. Kann man sich das vorstellen? Vermutlich ist es ihnen peinlich, dass sie mich so sieht. Vermutlich bin *ich* ihnen peinlich. Sollen sie doch glauben, was sie wollen. All das juckt mich inzwischen überhaupt nicht mehr.

Sie klappt ihren Mund zu, schaut mich aber immer noch prüfend an, während sie zu überlegen scheint, wie sie am besten in diese Konversation einsteigen soll. Gute Frage, wie redet man mit einem Typen, der ein blaues Auge und einen angeknacksten Kiefer hat?

Meine Eltern müssen unser Gespräch jedenfalls nicht unbedingt mitbekommen, finde ich.

»Die Tür?«, schlage ich vor, und sie nickt, dreht sich um und zieht die Tür ins Schloss.

»Wie ist das denn ...«, beginnt sie. »Ich meine, was ist passiert ... mit deinem Gesicht?«

»Bin blöd gestürzt, mit dem Rad«, behaupte ich, wie auch vorhin schon bei meinen Eltern. »Dabei hab ich mir die Kamera an den Kopf geknallt. Völlig idiotisch. Aber wie du siehst, hat sie den Kürzeren dabei gezogen.«

Ihr Blick fällt auf die Kamera auf dem Tisch. Und ja, mir ist bewusst, wie erfunden meine Story klingen muss. Wenn der Kamerabody tatsächlich mit meinem Kopf kollidiert wäre, hätte wohl eher ich den Kürzeren gezogen – und lediglich ein blaues Auge davonzutragen, wäre bei dieser Begegnung auch eher unwahrscheinlich. Meine Eltern haben diese Geschichte aber ohne jeden Einwand geschluckt. So sind sie eben. Man glaubt das, was man glauben will.

»Und dann bist du noch ein paar Mal zum Spaß drübergefahren oder wie?«, fragt Adi, während sie vorsichtig ein Objektiv mit einer zerdepperten Linse anhebt, es skeptisch beäugt und dann wieder zurück auf den Tisch legt.

Dann setzt sie sich zu mir aufs Bett. Ich lege das Buch weg, in dem ich geblättert hatte, zum Lesen fehlt mir ohnehin momentan die Konzentration. Ich bin zu wütend zum Lesen, vor allem auf mich selbst.

Es ist schön, dass sie jetzt da sitzt. Und ein Privileg, das noch nicht mal Liz bisher in Anspruch genommen hat. Ob ich ihr das sagen sollte? Ob es sie überhaupt interessieren würde? Vermutlich nicht.

»Waren das welche von uns?«, fragt sie nach einer Weile leise.

»Hm?«, frage ich. »Von uns, wie meinst du das?«

»Na, Schüler vom Fritz.«

Ich schaue sie einen langen Moment an. »Ist es da so schlimm inzwischen?«, frage ich und beantworte damit gleichzeitig ihre Frage.

Sie nickt. »Wir gegen die.«

»Verstehe«, sage ich, und dann entscheide ich mich, ihr nicht weiter Komödie vorzuspielen. Soll sie doch erfahren, was so abgeht auf den Straßen von Sonderberg, wenn keiner hinsieht. Inzwischen ist mir auch das egal.

Es ist höchste Zeit, dass jemand die Wahrheit erzählt.

49

7 Stunden zuvor

KRIS

**Freitag,
25. September
7:30 Uhr**

»Heute Morgen habe ich mit aller Kraft versucht, den gesamten gestrigen Tag aus meinem Kopf zu verbannen. Was natürlich nicht funktioniert hat. Kein Wunder, bedenkt man, was gestern alles passiert ist; es war wirklich ein ziemlich vollgestopfter Tag. Ich war sozusagen sehr *busy*. Aber dieser Tag hatte durchaus auch seine lichten Momente.

Zum Beispiel bin ich *ihnen* nicht begegnet gestern. Und das, obwohl ich zweimal in die Schule und wieder zurück gefahren bin. Ein Mal davon sogar recht spät am Abend, was das Risiko nochmals erheblich erhöht, *ihnen* zu begegnen. Aller Voraussicht nach im Park, weshalb ich um diesen seit fast zwei Wochen einen großen Bogen mache. Was inzwischen sogar *ihnen* aufgefallen sein dürfte.

Bleibt die Frage, was sie als Nächstes tun werden. Werden sie anfangen, nach mir zu suchen? Mit ihren Knatterkisten die Straßen abfahren, bis sie mich gefunden haben? Mir nach Hause folgen und warten, bis meine Eltern fort sind? Vielleicht hier reinkommen, in unser Haus?

Alles Dinge, die bisher noch nicht passiert sind.

Bisher.

Hauptsächlich vermutlich deshalb, weil ich bisher gezahlt habe. Und weil ich immer ziemlich viel Geld mit mir herumtrage, für den Fall, dass ich *ihnen* begegne. Was früher oder später immer passiert. Dämlich, oder? Aber inzwischen habe ich eine ziemlich genaue Vorstellung davon, was passiert, wenn ich *ihnen* mal begegnen sollte, ohne Geld dabeizuhaben.

Und das alles, weil ich ein Mal zur falschen Zeit durch den Park gefahren bin. Durch *ihren* Park, wie sie behaupten. Dummheit? Schicksal? Der Fluch der Familie Kilar? Keine Ahnung. Vielleicht von allem ein bisschen.

»Zoll«, hat der Große gesagt, der ein bisschen älter als seine Mitidioten zu sein scheint und so was wie ihr Anführer ist. Vermutlich ein typischer Fall von wiederholtem Sitzenbleiben. Das hat nämlich weit mehr Vorteile, als viele glauben. Zum einen ist man dann immer der Älteste in der jeweiligen Klassenstufe, besonders, wenn man das ein paarmal erfolgreich durchzieht. Man kennt die Schüler aus den höheren Klassenstufen und hat einen entsprechenden Ruf als einer, mit dem man besser keinen Stress haben sollte, ohne jemals wirklich etwas dafür tun zu müssen. Und falls doch, stehen die Chancen gut, dass man tatsächlich siegreich aus der Begegnung hervorgeht. Sitzenbleiber haben oft einen ziemlich großen Umfang an Ideen und Fähigkeiten, wenn es um das Austeilen geht, ob nun verbal oder körperlich. Selten besonders originell, aber immer schlagfertig und körperlich überlegen, und darauf kommt es ja schließlich vor allem an.

Genau so ein Typ scheint der Kerl zu sein. Thomas heißt er – so viel weiß ich inzwischen, denn er hat sich mir selbst vorgestellt. Das war, als er mir seinen Schraubenzieher vor die Nase gehalten hat und mich fragte, wie es mir gefallen würde, wenn er mir damit den Buchstaben »T« in die Stirn ritzt. »T ist für Thomas, weißt du?«, hat er gesagt und mich dabei aus Augen angeschaut, in denen irgendetwas nicht zu stimmen schien. Ich bin fest davon überzeugt, dass er es wirklich durchgezogen hätte, wenn nicht einer der anderen Vollidioten in diesem Moment seine Bierdose umgeschmissen und damit für allgemeines Gelächter gesorgt hätte.

Ja, das ist Thomas. Aber immerhin kann er seinen eigenen Namen buchstabieren und kennt sogar so exotische Worte wie *Zoll*. Gut für ihn, der wird es sicher mal weit bringen.

Schlecht für mich allerdings, dass ich damals bei unserer ersten Begegnung vom Rad gestiegen bin, um den Park zu durchqueren, wie es Vorschrift ist, statt einfach einen Bogen um sie zu fahren. Vermutlich wären sie zu faul gewesen, mich zu Fuß einzuholen.

Aber ich habe das Rad geschoben.

»Ey, du da!«, waren Thomas' erste Worte. »Lass mal paar Scheine rüberwachsen, du Spast!« Vielleicht nicht besonders wortgewandt, aber dafür umso effizienter. Ein Mann, der gleich zur Sache kommt und weiß, was er will. Und offenbar auch, wie er es bekommen kann.

Also machte ich mein Portemonnaie auf und ließ rüberwachsen, was drin war. Zwanzig Euro. Geld, das ich für einen neuen Akku für die Kamera gespart hatte. Den sie noch immer nicht hat und nun allem Anschein nach auch nicht mehr braucht.

Das war vor zwei Wochen, und seitdem habe ich die Typen

alle paar Tage gesehen – und ganz bestimmt nicht, weil ich so viel Wert auf ihre Gesellschaft gelegt hätte. Sie aber anscheinend umso mehr auf meine, sie verstehen sich echt gut darauf, aus dem Nichts aufzutauchen. Meistens früh, auf dem Weg zur Schule, oder nachmittags, auf dem Rückweg. Clever, denn sie wissen, dass ich diesen Weg nehmen muss, auf die eine oder andere Weise.

Jeden Tag der Woche.

Beim vorletzten Mal waren es hundert Euro, mehr als ich jemals auf einem Haufen besessen habe, meine Eltern sind ja ziemlich knausrig mit dem Taschengeld. Das soll wohl den Charakter formen oder so was, ich nehme an, das haben sie aus einem ihrer vielen Erziehungsratgeber.

Mir blieb also nichts anderes übrig, als meine Eltern zu beklauen, wenn ich mir ersparen wollte, krankenhausreif geprügelt zu werden oder irgendwelche Vornamen in die Stirn geritzt zu bekommen. Denn dass das passieren würde, falls ich nicht mit der Kohle rüberkam, musste mir Thomas nicht erst lang und breit erklären – das habe ich von ganz allein kapiert. Ich bin schließlich kein Dummkopf.

Also, meine Eltern haben diesen Tresor in ihrem Schlafzimmer, da ist immer ein bisschen Geld drin, für den Notfall, sagen sie, und sie wissen nicht, dass ich die Kombination zu dem Safe kenne. Ich glaube, sie zählen das Geld da drin nicht mal nach, zumindest hoffe ich das. Hat vermutlich auch etwas mit Charakterbildung zu tun, keine Ahnung. Jedenfalls habe ich den Safe mal an einem Nachmittag geknackt, als mir langweilig war, das hat keine Stunde gedauert. Wer weiß, vielleicht habe ich ja doch noch eine Karriere als Krimineller vor mir, dann kann ich mich ja mit Thomas und seiner Bande zusammentun.

Als ich sie das nächste Mal getroffen habe, wollten sie zweihundert Euro, das war vor zwei Tagen.

Ich habe gesagt, dass ich so viel nicht habe und es auch nicht auftreiben kann. Sie haben mir nicht geglaubt. Und, mein zweiter großer Fehler: An diesem Tag hatte ich nur zehn Euro dabei. Zwar mein eigenes Geld, aber eben auch nur der klägliche Rest meines Taschengelds für diesen Monat, den Rest hatten sie ja schon einkassiert. Plus die hundert Euro, die ich früher von meinen Eltern gezockt hatte.

Hat ihnen nicht gefallen, das mit dem Zehner.

»Morgen«, hat Thomas gesagt und mich dabei mit einem Blick angeschaut, der wohl vermitteln sollte, dass es ihm keinerlei moralische Konflikte bereiten würde, meinen leblosen Körper unter den Rosenbüschen im Park zu verscharren, wenn er und sein Schraubendreher erst mal mit mir fertig wären.

Ich glaubte ihm.

Blöderweise habe ich dann gestern Abend vergessen, noch mal an den Tresor meiner Eltern zu gehen, und heute Morgen ging es nicht mehr. Freitags, das hatte ich vergessen, ist ihr Home-Office-Tag. Dann sitzen sie bis Mittag auf den Betten in ihrem Schlafzimmer, die Laptops auf dem Schoß, und arbeiten wie die fleißigen Bienchen, die sie nun mal sind. Und lassen den Tresor dabei natürlich keine Sekunde aus den Augen. Daran hätte ich denken sollen, aber gestern war einfach zu viel los in der Schule, da war ich ein bisschen von meinen Hauptproblemen abgelenkt, wie du dir vielleicht vorstellen kannst.

Aber natürlich konnte ich mich auch nicht zu Hause verstecken, meine Eltern sind ja da, und zum Krankspielen hat mir schon immer das Talent gefehlt. Daher habe ich einfach so getan, als wäre alles in bester Ordnung, und bin in die Schule gefahren. Wobei mir klar war, dass auch das kein Zuckerschlecken werden würde, aber ich habe immer nur an die Typen im Park gedacht und mir gesagt: Wenn du denen heute Morgen nicht begegnest, ist das schon mal die halbe Miete, und dann ist erst mal Wochenende. Wie schlimm kann es schon werden in der Schule?

Idiotisch, nicht?

Aber egal, ich war also auf dem Weg in die Schule. Und natürlich habe ich auch diesmal nicht die Abkürzung durch den Park genommen. Hätte ich mal lieber.

Denn diesmal waren sie nicht im Park.

Diesmal standen sie am Rathaus herum, und diesen Punkt kann man praktisch nicht umfahren, jedenfalls nicht mit dem Fahrrad, wenn man es noch halbwegs rechtzeitig in die Schule schaffen will. Sie müssen dort den ganzen Morgen auf mich gewartet haben. Klar, das hätte sich ja auch gelohnt für zweihundert Euro. Bloß hatte ich die Kohle eben nicht dabei.

Und das fand Thomas gar nicht gut.«

50

ADI

Freitag,
25. September
14:45 Uhr

Ich starre Kris an. Noch immer bin ich völlig schockiert und begreife nicht, wie er das alles einfach so runtererzählen kann. Als wäre es irgendwem passiert und nicht ihm. Irgendwo anders, vor langer Zeit, schon gar nicht mehr richtig wahr. Gleichzeitig bin ich fasziniert, wie er es schafft, mit ganz normaler Stimme zu reden, während ihm Tränen die Wangen herunterlaufen. Er scheint es nicht mal mitzubekommen. So als ob sein Mund und seine Augen zu zwei verschiedenen Personen gehören. Augen, von denen eines aussieht wie eine überreife Tomate.

Er folgt meinem Blick, dann legt er den Eisbeutel, den er sich vorhin gegen das verletzte Auge gedrückt hat, zurück auf das Handtuch auf seinem Nachttisch. »Wusstest du, dass das gar nichts bringen soll?«, fragt er mich. Ich starre ihn verständnislos an. »Eis gegen Schwellungen, meine ich«, sagt er. »Ist eine Art medizinischer Aberglaube, habe ich irgendwo gelesen.«

Ich nicke stumm, weiß immer noch nicht, was ich sagen soll. Damit sind wir offenbar schon zwei, denn auch er schweigt nun, schaut zum Fenster raus, mit tränenfeuchten Wangen. Seine Unterlippe zittert kaum merklich, aber immer noch hat er dieses abwesende Lächeln im Gesicht – so, als ginge ihn seine eigene Geschichte gar nichts an. So, als wäre sie jemand anderem passiert. Einer naiven Version seiner selbst, die es irgendwie auch nicht besser verdient hat.

Was ich gut nachvollziehen kann. Besser, als er ahnt.

»Daher diese Waffe in deinem Spind, oder?«, frage ich nach einer Weile. »Du wolltest sie damit erschrecken. Damit sie dich in Ruhe lassen.«

Er nickt. »Hat ja auch ganz gut funktioniert in der Schule, oder?«, fragt er, während er weiter aus dem Fenster schaut, das abwesende Lächeln unverändert. »Das mit dem Erschrecken.«

»Klar«, sage ich und versuche ein mattes Lächeln. »Sogar die Polizisten haben sie für echt gehalten, als du …«

»Das war doof«, sagt er. »Ich weiß, das hätte ich nicht machen sollen. Ich wollte das doch eigentlich gar nicht, aber …« Er scheint zu überlegen, was die richtigen Worte sind. Was eine vernünftige Erklärung sein könnte, warum er dem Polizisten die Waffe aus der Hand gerissen und sie sich an den Kopf gehalten hat. Auch wenn es nur eine Attrappe war. »Es ging mir einfach alles so auf den Sack, weißt du? Wie sie alle auf mir rumgehackt haben. Wie sie da standen, diese Fußballidioten, angeführt von ihrem Oberaffen Pfeiffer. Die haben mich festgehalten, weißt du? Einer hat mir die Brille vom Kopf geschlagen. Jemand hat sie herbestellt, damit ich nicht abhauen kann, bis die Bullen auftauchen, die der Direx gerufen hatte. Und das alles wegen dieser scheiß Fake-Knarre. Ist doch vollkommen lächerlich.«

»Und die Meyfarth?«

Sein Kopf ruckt zu mir herum, und jetzt haben seine hübschen grauen Augen nichts Sanftes oder Abwesendes mehr. »Was soll mit der sein?«

»Ich meine, das mit ihrem Auto?«, frage ich vorsichtig, halb in der Erwartung, dass er vom Bett springt und mich anfällt, oder losbrüllt, was mir einfällt, sich in seine Angelegenheiten zu mischen. Womit er ja nicht einmal unrecht hätte.

»Ich hab ihr das Auto nicht zerkratzt«, sagt er matt.

»Aber du warst auch nicht im Unterricht.«

»Stimmt, Adi. Ich wurde aufgehalten. Du weißt ja inzwischen, von wem.«

Ich nicke. Das klingt plausibel. Trotzdem, eine Sache gibt es noch, die einfach zu gut zu passen scheint – fatal gut, wenn man in Kris' Haut steckt. »Aber du hattest mit ihr Streit auf dem Flur. Du, ausgerechnet! Ich meine …«

»Du meinst, der kleine Streber Kris hatte mal aufgemuckt? Wo das doch sonst so gar nicht seine Art ist?«

Ich sage nichts dazu. Aber ja, in diese Richtung gehen meine Gedanken. Und die aller anderen vermutlich auch. Inklusive des Direktors und natürlich wusste auch Norbert Klausner längst von diesem kleinen Zwischenfall. Papa hat mir heute Morgen eine erstaunlich zutreffende Charakterbeschreibung von Bens Vater gegeben. Und den Rest habe ich ja an der Schule mitbekommen, live und in Farbe.

»Ja, es stimmt, ich hatte Streit mit der Meyfarth«, sagt Kris schließlich. »Und zwar deshalb, weil sie es gesehen hat.«

»Was hat sie gesehen?«

»Wie die Typen mich auf der Straße angemacht haben, um ihren sogenannten ›Zoll‹ einzukassieren. Sie fuhr zufällig vorbei. Und ich weiß, dass sie alles gesehen hat, ich hab ihr nämlich genau in die Augen geschaut. Sie ist sogar für einen Moment langsamer geworden, weißt du? Wollte vielleicht anhalten, aber dann hat ihr der Typ zugebrüllt, sie soll verschwinden, sonst wäre sie als Nächste dran. Da hat sie einfach Gas gegeben, Augen geradeaus, nichts hören, nichts sehen. Und natürlich nichts sagen. Wie die drei Affen.«

»Was?«, frage ich. Das kann ich nicht glauben. »Aber sie hätte die Polizei rufen müssen. Als Zeugin aussagen, dir helfen, was weiß ich!«

Er zuckt mit den Schultern. »Hat sie aber nicht. Und die Idee mit der Zeugenaussage hatte ich auch. Deshalb habe ich sie drauf angesprochen, aber sie hat steif und fest behauptet, nicht zu wissen, wovon ich da rede. Als wäre das alles nie passiert. Als würde ich mir alles nur einbilden, verstehst du?« Während er gesprochen hat, hat er sich in seinem Bett aufgerichtet, jetzt zittert er am ganzen Leib. »Aber das hier?«, ruft er und zeigt auf sein Gesicht. »Habe ich mir das hier etwa auch nur eingebildet?«

Ich hab halt gemeint, sie solle mal ihre blöde Brille aufsetzen, dann würde sie vielleicht auch mitbekommen, was um sie herum so abgeht. Das hat er damals zur Meyfarth gesagt, und jetzt ist mir auch klar, warum sie dann so ausgerastet ist.

Ein schlechtes Gewissen ist die Hölle.

51

KRIS

Freitag,
25. September
15:00 Uhr

Wie sich herausstellt, hat mir auch Adi etwas zu gestehen, und zwar etwas ziemlich Interessantes.

»Ich war das mit deinem Spind, Kris«, sagt sie, und für einen Moment starre ich sie nur fragend an, bevor es plötzlich klick macht, aber dann rutschen alle Teile des Puzzles an ihren Platz. Plötzlich ergibt das alles auf eine verdrehte Weise Sinn. »Ich habe ihn geöffnet, Kris, und die Waffe darin gefunden.«

»Du hast gesehen, welchen Code ich eingestellt habe«, sage ich. »An dem Tag, an dem wir uns die Schokoriegel geteilt haben.«

Sie nickt und schaut beschämt zu Boden. Lustig, denke ich. Vor ein paar Tagen wäre ich es noch gewesen, der sich dafür geschämt hätte, dass sie weiß, dass der Code zu meinem Spind der Geburtstag von Liz ist. Und nicht nur, weil das wirklich sagenhaft dämlich ist. Viel zu naheliegend. »Und als alle geglaubt haben, dass ich die Karre von der Meyfarth demoliert habe, hast du dem Direx gesagt, dass ich außerdem auch eine Waffe im Spind habe. Nur für den Fall, dass mein großer Racheplan an der Meyfarth noch nicht abgeschlossen ist. Und ich vielleicht auch noch mit ein paar von den Schülern weitermachen will, die regelmäßig auf mir rumhacken? Etwas in der Art?«

»Nein«, sagt sie und schüttelt den Kopf. »So was ging mir zwar durch den Kopf, ja, aber ich habe nichts gesagt. Ich habe dir das einfach nicht zugetraut.«

»Ah, verstehe«, sage ich. »Dann sollte ich wohl jetzt Danke sagen.«

»Nein«, sagt sie. »Bestimmt nicht. Und es ist völlig okay, wenn du mich jetzt hasst. In deinen Spind einzubrechen, war echt nicht in Ordnung. Von allein wäre ich auch nie auf so eine Idee gekommen. Ich habe nur … oh, Mist. Es war wegen Julia, okay?«

»Julia?«, frage ich, aber ich ahne schon, worauf das alles hinausläuft. Es ist beinahe lächerlich. Oder das wäre es vielleicht, ohne die Schmerzen in meinem Gesicht.

»Ja«, sagt sie und schaut mich wieder an. »Julia glaubte, dass du vielleicht von ihr Fotos gemacht hast. Nachts, während sie unter der Dusche stand.«

»Wie bitte?«

»Ja, sie sagte, sie hatte die Vorhänge nicht geschlossen und glaubte, eine Bewegung im Garten gesehen zu haben.«

»Julias Badezimmer ist im ersten Stock«, sage ich und schiebe dann schnell hinterher: »War es zumindest damals, als wir noch Nachbarn waren. Außerdem ist das so ein Dachfenster. Schräg. Da kann man höchstens Satellitenfotos von unserer Prinzessin machen. Und ich bezweifle, dass man darauf viel erkennen würde.«

»Was?«, fragt sie, und ich sehe ihr an, dass die Verwirrung nicht gespielt ist. »Aber sie sagte mir, in deinem Spind wären Fotos von ihr, oder vielleicht auf der Kamera, und ich habe ihr geglaubt, weil … ach, verdammt.«

»Weil die ganze Schule mich für einen perversen Spanner hält?«

Sie nickt stumm. Wieder der beschämte Blick zu Boden. Aber wenigstens ist sie ehrlich. Das weiß ich zu schätzen.

»Weißt du, ich glaube, sie hat wirklich nach Fotos von sich gesucht«, sage ich leise. »Allerdings ist sie darauf nicht unter der Dusche zu sehen. Und auch nicht allein.«

»Was?«, fragt sie, »was soll das denn nun wieder bedeuten?«

Ich überlege für einen Moment, ob ich es ihr wirklich sagen soll, aber dann halte ich mir vor Augen, was all die Geheimnisse bisher angerichtet haben: Meine Geheimnisse und die der anderen. Was das mit uns allen gemacht hat, in ein paar Tagen nur. Zwei Lager, wie Adi sagte. *Die oder wir.*

»Sie und Ahmet, oben an der Brücke«, sage ich. »Während sie noch mit Ben zusammen war.«

»Sie und …« Adi blinzelt. Unerhörte Neuigkeiten für sie. Aber klar, sie ist ja auch noch nicht sehr lange in Sonderberg. Aus irgendeinem Grund vergesse ich das manchmal.

»Ja, ich war zufällig gerade in der Nähe, und … na ja. Ich habe sie fotografiert, heimlich. Insofern, vielleicht gibt ihr das in gewisser Weise auch das Recht, in meinem Spind zu wühlen. Keine Ahnung.«

»Sie sind nicht mehr zusammen«, sagt sie. »Julia und Ben.«

»Ich weiß«, sage ich. »Und ich weiß auch, wieso. Ich habe Ben nämlich die Abzüge der Fotos gegeben. Damit er weiß, was los ist. Was seine Freundin so treibt und ausgerechnet mit seinem besten Freund. Seitdem hasse ich mich dafür. Ich *hasse* mich dafür, Adi. Aber du musst mir nachsehen, dass das im Moment nur eines von meinen vielen Problemen ist.«

Für eine Weile sagen wir beide nichts.

»Da habe ich so einiges aufgetürmt, wie?«, frage ich sie leise. »Ist wohl echt ein Talent von mir.«

Wir schauen uns lange an. Da ist Schuld in ihrem Blick und in meinem vermutlich auch. Aber dann sehe ich ihren Mundwinkel zucken und weiß, dass alles gut ausgehen wird. Irgendwie. Dass alles ins Lot kommen wird, jetzt, wo die Wahrheit raus ist. So ist das mit der Wahrheit, sie bringt die Dinge ins Lot. Und dafür sollte ich Adi dankbar sein.

Sekunden später können wir beide ein Grinsen nicht mehr unterdrücken, dann gibt es kein Halten mehr. Wir lachen, bis meine Eltern mit völlig verdutzten Gesichtern in der Tür stehen, und das bringt uns erst richtig in Fahrt.

52

LIZZIE

Freitag,
25. September
15:15 Uhr

»Bringst du mir bitte die Stumpenkerzen, Süße?«, tönt es aus dem Badezimmer, in dem Tante Janis gerade ein Vollbad nimmt. Der intensive Duft einer Blumenmischung (Tante Janis würde nie in irgendwelcher Chemie baden, wie sie normale Schaumbadzusätze nennt) vermischt sich mit dem noch eine Spur intensiveren Geruch von Marihuana. Ich nehme an, sie wird noch ein, zwei Stunden in der Wanne liegen bleiben. Bis die Haut ganz schrumpelig ist. Früher, als ich noch kleiner war, haben wir das gern gemeinsam gemacht. Ohne das Gras.

»Wo sind die denn?«, rufe ich durch die geschlossene Tür.

»In meinem Schlafzimmer. Der Schminktisch, du weißt schon. Im obersten Schubfach, glaube ich. Oder in einem der anderen. Du bist ein Schatz, Liz!«

»Okay.« Sehr hilfreich, der Schminktisch in ihrem Zimmer hat über ein Dutzend Fächer. Aber ich habe ja eh nichts Besseres zu tun. Also trotte ich hinüber und gehe vor dem Schminktisch in die Hocke, um systematisch ein Schubfach nach dem anderen zu öffnen. Als mein Blick in den Spiegel fällt, strecke ich mir die Zunge raus. Ich mag mein Gesicht nicht besonders ohne Schminke. Es kommt mir dann immer wie eine leere Leinwand vor. Langweilig. Einfallslos. Wobei ich gehört habe, dass ein Künstler mal eine komplett weiße Leinwand verkauft haben soll für ein Heidengeld. Vermutlich wollte er damit irgendeine Message rüberbringen.

Ich krame mich durch die Schubladen und finde jede Menge Slips und BHs, alles wahllos hineingestopft, außerdem eine Handvoll getrockneter Blumen, ein Feuerzeug. Einen Rest Tabak und einen kleinen Beutel Gras. Bloß keine blöden Stumpenkerzen. Also mache ich mit ihrem Schreibtisch weiter. Aber auch da entdecke ich nichts Brauchbares in den oberen drei Schubfächern. Als ich das unterste herausziehe, will ich es zuerst gleich wieder zumachen, weil es nur ein altes Buch in einem Ledereinband enthält. Doch dann schaue ich doch ein zweites Mal hin.

Es ist ein Fotoalbum.

Tante Janis hat früher viel geknipst. Noch voll analog, wofür sie Kris natürlich bewundert. Schnappschüsse von wilden Partys, die sie besucht hat, als sie etwa in meinem Alter war. Bilder von ihr und ein paar Freunden, die am Strand herumtollen oder durch irgendwelche Wiesen springen, meistens ziemlich dürftig bekleidet und mit Blumen im Haar. »Weil das ja sowieso alle von solchen wie uns erwarten«, sagt Tante Janis dann immer grinsend.

Einem Impuls folgend, nehme ich das Album heraus und schlage es auf.

Was ich sehe, versetzt mir einen heftigen Schlag in die Magengrube. In diesem Album sind keine Strandbilder oder Feierschnappschüsse von irgendwelchen halbnackten Jugendlichen.

Es ist ein Album, das ich noch nicht kenne. Das, in dem sie die Bilder ihrer Schwester gesammelt hat, meiner Mutter.

Meiner toten Mutter.

Ich bin jetzt wirklich nicht in Stimmung für so was, und außerdem will ich nachher noch zu Kris fahren, was ich nicht machen kann, wenn ich alle fünf Minuten einen Heulkrampf schiebe, also klappe ich das Album wieder zu. Dabei fällt etwas heraus, ein Zettel.

Ich hebe ihn auf, um ihn zurück in das Album zu stecken, da sehe ich, dass es ein Brief ist. Handgeschrieben, mit einem Füller. Und adressiert an meine Eltern. Eine Einladung, nur ein paar Zeilen lang, der übliche Standardtext, offenbar geht es um irgendeine Feier. Als ich sehe, wer sie unterschrieben hat, bleibt mir fast das Herz stehen.

Norbert und Lydia Klausner steht da in einer fein geschwungenen Schreibschrift. Viel zu feminin für Bens Vater, also muss wohl Bens Mutter, besagte Lydia, die Einladung geschrieben haben, damals, als sie noch im Haus der Klausners gewohnt hat.

Was?, denke ich, und dann noch mal: *Was zur Hölle*?

Ich blinzle, starre auf das Briefpapier in meinen Händen, das jetzt zu zittern begonnen hat und vor meinen Augen verschwimmt. Scheiße, damit hat sich der Besuch bei Kris für heute wohl doch erledigt.

Ich begreife das nicht. Was haben meine Eltern ausgerechnet mit den Klausners zu schaffen? Was für eine Feier soll das gewesen sein, und wieso hat Tante Janis diese Einladung aufgehoben – und vor allem: Wieso habe ich dieses Stück Papier noch nie zuvor zu Gesicht bekommen?

Nachdem ich eine Weile auf dem Boden gesessen habe, unfähig, mir eine vernünftige Antwort auf all diese Fragen zusammenzureimen, wische ich mir die Tränen aus den Augen. Dann sehe ich auf das Datum rechts oben in der Ecke, ebenfalls handgeschrieben. Und da setzt der Schock so richtig ein, denn es ist ein Datum, an das ich mich mein Leben lang erinnern werde.

Das Datum des Tages, an dem meine Eltern gestorben sind.

53

ADI

Freitag,
25. September
15:30 Uhr

»Aber das bedeutet, dass du das Auto der Meyfarth nicht demoliert haben kannst«, spreche ich das Offensichtliche aus. Wobei es mir noch um etwas ganz anderes geht. Soeben ist mir ein Gedanke gekommen. Vielleicht könnte der alles verändern.

»Natürlich nicht!«, entrüstet sich Kris. »Hast du mir vorhin denn nicht zugehört? Das war dieser Thomas …«

»Um sicherzustellen, dass sie weiterhin niemandem erzählt, was sie gesehen hat.«

»Genau. Und offenbar hat es ja auch prima funktioniert. Sie ist einfach umgekippt. Ich wüsste zu gerne, was er ihr auf die Motorhaube geritzt hat, um das hinzukriegen.«

»Ich auch, aber Kris – begreifst du denn nicht, was das bedeutet?«

Er schaut mich verständnislos an. »Nein«, sagt er schließlich. »Offenbar nicht, außer, dass der Kerl sich aufführt wie ein Mafiaboss, der Zeugen einschüchtert und sie so zum Schweigen bringt.«

»Es bedeutet, dass sie sich kennen müssen«, platze ich heraus. »Thomas und die Meyfarth. Es bedeutet, dass sie ihn aus dem Auto heraus erkannt hat, und – was noch wichtiger ist – er hat auch *sie* erkannt. Er weiß, dass sie eine Lehrerin am Fritz ist. So konnte er ihr Auto so schnell wiederfinden und sichergehen, dass sie sehr genau weiß, von wem diese Botschaft stammt.«

»Verdammt!«, ächzt Kris. »Du hast recht. Daran habe ich noch gar nicht gedacht. Woher sonst hätte er wissen sollen, wo sie ihren Wagen parkt?«

»Und woher, glaubst du, kennt er sie wohl?«, fahre ich fort, breit grinsend. Wir sind beide völlig aus dem Häuschen. Das Jagdfieber ist erwacht, könnte man sagen, und diese neue Energie ist ein sehr wohltuender Anblick in Kris' lädiertem Gesicht.

Dann kapiert er, worauf ich hinauswill. »Oh, verdammt«, ächzt er. »Der Kerl war selbst mal ein Schüler am Fritz!«

Ich nicke.

»Und das bedeutet, ich hatte recht mit meiner Sitzenbleibertheorie. Thomas war am Fritz und er hatte Unterricht bei der Meyfarth. Und ich nehme an, dass er ihr schon damals ganz schön Angst gemacht hat. Sie weiß, wozu der Kerl fähig ist, und daran hat er sie erinnern wollen.«

»Das glaube ich allerdings auch«, sage ich. »Und jemand, der es schafft, die Meyfarth in Angst und Schrecken zu versetzen, dürfte auf jeden Fall seine Spuren in den altehrwürdigen Archiven des Fritz hinterlassen haben, meinst du nicht auch?«

»Archive?«, fragt er stirnrunzelnd. »Wie meinst du das, Adi?«

Also erkläre ich es ihm.

54

Befragungsprotokoll, Zeuge: Daniel R., arbeitssuchend

Man hat euch gesehen, Daniel, und was unser Zeuge beschreibt, wirft kein gutes Licht auf euch.
Scheiße.

Ich muss dich bitten, dich zusammenzureißen. Und nur auf meine Fragen zu antworten. Was ihr da abgezogen habt, muss nicht von dir kommentiert werden, klar?
Äh ja, klar. Scheiße, tut mir leid… ich meine… oh, Mann.

Okay, wie ist das also genau abgelaufen im Park, Daniel? Und ich rate dir, dich genau zu erinnern, immerhin haben wir schon eine ganz gute Vorstellung von der Szene. Und die Details sollten sich mit deiner Darstellung decken, klar? Sonst wären wir gezwungen, es als eine gemeinschaftlich begangene Straftat anzusehen, und ich muss dir wohl nicht erklären, was das für jemanden mit deinen Vorstrafen bedeuten könnte.

Nee, schon klar. Also, er hat diesen Jungen angehalten. So 'ne Brillenschlange halt. Nur so aus Spaß. Hat ihm was zugerufen von wegen das wäre sein Park, und dass es was kostet, den zu benutzen. Wollte wohl sehen, ob der wirklich stehen bleibt und vielleicht was rausrückt, schätze ich. Und das hat der Idiot… äh, ich meine, der Junge hat dann angehalten, und da haben wir ihm halt erklärt, dass er so was wie Zoll abdrücken muss, wenn er durch den Park will.

Dir ist schon klar, dass du damit den Strafbestand der Erpressung einräumst, ja?
Was räum ich ein? Aber… ich meine, das war doch alles die Idee von Thomas, wir haben nur 'n bisschen mitgemacht. Aber dann…

Ja?
Na, irgendwann wurde es dann richtig komisch. War irgendwie gar nicht mehr so richtig lustig. Ich meine, den Kleinen ein bisschen verarsch… ich meine, veräppeln, das ist eine Sache. Halt nur so 'n blöder Scherz. Aber irgendwie hat Thomas den dann richtig aufs Korn genommen. Man hat's irgendwie in seinen Augen sehen können, die Brillenschlange hatte der richtig gefressen. Vielleicht auch gerade deswegen – weil der alles mit sich machen hat lassen, keine Ahnung.

Er hat euch das Geld bezahlt, einfach so?
Nee, erst, wie Thomas ihm seinen Schraubendreher gezeigt hat. Ist ja auch ein Riesending, keine Ahnung, wieso er den ständig mit sich herumschleppt.

Hat er ihn damit verletzt?
Nee, aber… also ehrlich, in dem Moment hab ich echt kurz geglaubt, der würde ihm ernsthaft was antun. Wir haben dann gesagt, er soll ihn mal weiterziehen lassen, und dass wir jetzt ja auch Kohle haben, ein paar Bier zu kaufen und bisschen Feier zu machen. Darauf hat er schließlich gehört. Aber erst, nachdem er dem Jungen diesen scheiß Schraubendreher ganz dicht vors Gesicht gehalten hat. Scheißgruselig war das, ich hab ihn gar nicht wiedererkannt. Und der Junge hat geheult, wie er weitergefahren ist. Konnte einem richtig leidtun.

Also dann fasse ich das mal zusammen: Zwei von euch schauen in aller Ruhe zu, wie ein völlig harmloser Junge bedroht und ausgeraubt wird, und keiner von euch beiden Jammergestalten hat die Eier, dem großen Anführer entgegenzutreten, weil der ein bisschen mit seinem Werkzeug herumfuchtelt. Das ist echt erbärmlich, Daniel. Hättet ihr auch tatenlos zugeguckt, wenn er sich entschieden hätte, seine Drohung in die Tat umzusetzen? Darüber solltest du mal in Ruhe nachdenken.

55

Mitschnitt der Paartherapeutin Dr. Annelies Krumer, Klienten: Diana und Ralf Berger, Eltern von Adriana

Einzelgespräch mit Diana Berger

»Wir hatten ja in unserer letzten Sitzung vereinbart, dass Sie einmal in sich gehen wollten, was die momentane Distanz zu Ihrem Mann betrifft. Ob es Ihnen vielleicht gelingt, einen konkreten Auslöser zu benennen. Einen Punkt, an dem wir ansetzen können. Sind Sie in dieser Richtung weitergekommen?«
»Ich glaube schon, ja.«

»Interessant, Diana. Das ist sehr gut. Bitte erzählen Sie!«
»Es muss ein Montag gewesen sein. Der Montag nach dem Elternabend, zu dem ich Ralf nicht begleiten konnte. Wo es um diese Waffe ging, die sie im Spind eines Schülers gefunden hatten.«

»Ja, ich erinnere mich an diesen Vorfall.«
»Jedenfalls war das am frühen Vormittag, Adriana war schon in der Schule, und ich wollte noch eine Maschine mit Wäsche anstellen, be-

vor ich zur Arbeit ging. Ralf saß wie üblich in seinem Arbeitszimmer, ich wollte ihn bitten, später die Maschine auszuräumen. Während ich die Schmutzwäsche sortierte, fiel mir eins von seinen Hemden in die Hände, ich glaube, es war das, das er auch am Abend der Elternversammlung getragen hat, aber da bin ich natürlich nicht hundertprozentig sicher. Wenn Ralf gerade in ein Buch vertieft ist, trägt er schon mal die ganze Woche dasselbe Hemd.«

»Ich verstehe, fahren Sie fort.«
»Es war der Zigarettenrauch. An seinem Hemd. Nur ganz leicht, kaum wahrnehmbar eigentlich, aber als ich dann am Stoff des Kragens gerochen habe … Das ist peinlich, oder? So hinter dem eigenen Mann herzuschnüffeln, im wahrsten Sinne des Wortes.«

»Machen Sie sich keine Gedanken, niemand verurteilt Sie hier. Erzählen Sie einfach, was dann passiert ist.«
»Nicht viel, offen gestanden. Es ist nur so, dass Ralf das Rauchen aufgegeben hat, als ich mit Adi schwanger wurde. Er wolle ein gutes Vorbild sein, sagte er, von Anfang an. Seitdem hat er seine letzte Schachtel Zigaretten ungeöffnet im Schank, sogar die Schutzfolie ist noch darum. Die dürfte inzwischen höchstens noch historischen Wert haben. Und … ich habe später nachgesehen. Sie war immer noch ungeöffnet.«

»Also hat er geraucht, vielleicht im Anschluss an den Elternabend, glaubten Sie?«
»Ja, so muss es wohl gewesen sein. Keine große Sache, oder? Vielleicht mit einem der anderen Väter. Es muss wohl ziemlich heiß hergegangen sein dort, und vielleicht haben sie anschließend noch ein

bisschen weiterdiskutiert. Ralf wurde ja in dieses Komitee gewählt, aber …«

»Ja?«

»Ich hatte halt so ein mulmiges Gefühl, keine Ahnung. Eine Intuition oder so etwas, ich kann es nicht beschreiben. Also habe ich mir das Hemd geschnappt und bin zu seinem Büro gegangen. Nur, um es klarzustellen.«

»Und was hat er gesagt?«

»Ich bin nicht reingegangen. Die Tür war angelehnt, er hat telefoniert, mit einer Frau, das habe ich an seiner Stimme gehört. Er war charmant, sie haben viel gelacht. Und ich stand auf dem Flur und habe meine Finger in den Stoff seines verrauchten Hemdes gekrallt. Und bin mir wie der größte Dummkopf aller Zeiten vorgekommen.«

56

JULIA

Montag,
28. September
12:30 Uhr

Wir sind ein reichlich ungewöhnliches Trio, überlege ich, als ich wie verabredet zu den Spinden am anderen Ende des Flurs hinübergehe, wo Adi schon steht und ins Gespräch mit Kris vertieft ist. Es sind außer uns nicht viele Schüler auf dem Flur. Ein paar nicken oder lächeln mir zu. Manche scheinen mich gar nicht zu beachten. Auch das ist definitiv eine neue Erfahrung für mich. Offen gestanden keine allzu schlechte, ich könnte mich daran gewöhnen – und nach meiner Trennung von Ben, so habe ich das Gefühl, werde ich das wohl auch müssen.

»Hi«, sage ich zu Kris, der mir flüchtig zunickt und dann hastig den Kopf wieder senkt. Aber ich habe trotzdem das abklingende Veilchen um sein linkes Auge gesehen, auch, wenn das jemand ziemlich geschickt mit Abdeckstift zu verhindern versucht hat, vermutlich Adi oder Liz. Für einen Moment verspüre ich einen kleinen Anflug von Eifersucht, was absolut lächerlich ist, immerhin ist es Jahre her, dass wir als Nachbarskinder miteinander gespielt haben. Dann tut er mir einfach nur leid, wie er da so steht, mit seiner unförmigen Brille und dem geschwollenen Auge. Das sollte er wohl auch, immerhin bin ich nicht ganz unschuldig an seiner jetzigen Situation, vielleicht sogar noch mehr als Adi.

Im Gegensatz zu mir bekommt Kris nämlich so einige Aufmerksamkeit am Fritz im Moment, aber keine von der guten Sorte. Allmählich schwingt da ein ziemlich aggressiver Unterton mit, der mir gar nicht gefällt. Die Sache mit der Waffe in seinem Spind ist noch lange nicht ausgestanden, das spürt man deutlich.

Die Schüler sind noch immer in zwei Gruppen aufgeteilt, was man an dem Getuschel merkt, wenn Kris nicht in der Nähe ist. Über die Waffe in seinem Spind wird da gesprochen und über das Veilchen. Und dann ist da noch die Tatsache, dass Kris momentan vom Kunstunterricht komplett freigestellt ist. Jeder scheint plötzlich eine Theorie zu dem Thema Meyfarth und Kris zu haben, und ich frage mich, woher diese völlig aus der Luft gegriffenen Einfälle auf einmal kommen. Ich bin mir außerdem ziemlich sicher, dass dieses Gerede nicht nur auf den Pausenhof beschränkt ist, sondern sich im Lehrerzimmer und dem Büro des Direktors fortsetzt. Kris ist zu so etwas wie einer stillen Zielscheibe geworden, und wenn wir nichts unternehmen, ist es vermutlich nur eine Frage der Zeit, bis das Gerede völlig außer Kontrolle gerät.

Und dann vielleicht nicht nur das Gerede.

Ich glaube, wenn Kris bisher nicht so ein Musterschüler gewesen wäre, hätte man ihn schon längst beurlaubt, vielleicht sogar für immer von der Schule verwiesen. Der Direx hat in seiner Ansprache in der Aula heute Morgen ziemlich deutlich gemacht, dass ihm gerade die Muffe geht. Dass er befürchtet, dass jemand von der Presse davon erfahren könnte, und was das für den Ruf der Schule bedeuten würde, *seiner* Schule. Ich habe das Gefühl, dass auch Norbert Klausner im Moment öfter über solche Sachen nachdenkt und jetzt vielleicht schon die Visitenkarte irgendeines Journalisten in den Händen hält. Vielleicht wartet er nur auf den geeigneten Zeitpunkt.

Oder darauf, dass etwas richtig Ernstes passiert.

Aber im Moment gibt es Wichtigeres zu tun. Es geht darum, etwas geradezurücken, das ich verbockt habe. Das wir verbockt haben, wie es Adi netterweise ausdrückte. Aber ich war es schließlich, die sie gebeten hat, Kris' Spind zu öffnen, und damit die Dinge ins Rollen gebracht hat.

Unschöne Dinge.

Und ich war es auch, die sie belogen hat, damit sie das tut.

Adi hat mir allerdings versichert, dass Kris alle digitalen Originale und die Abzüge einer ganz bestimmten Fotoserie inzwischen vernichtet hat. Meine gescheiterte Beziehung mit Ben ist eine Sache, aber diese Fotos von Ahmet und mir eine ganz andere. Doch das ist ja nun geklärt. Hoffentlich.

»Also«, frage ich. »Wie sieht der Plan aus?«

Kris hebt den Kopf. Sein Blick huscht über mein Gesicht, dann zu Adi, dann wieder zurück zu mir, bevor er auf die Digitaluhr an seinem Handgelenk schaut. Dann beginnt er, mir zu erklären, was ich tun soll.

57

KRIS
Montag,
28. September
12:40 Uhr

Julia macht ihre Sache nicht mal schlecht. Fast, als hätte sie Übung im Schauspielern, aber das ist ungerecht. Ich sollte jetzt nicht so von ihr denken, immerhin hat sie sich sofort bereiterklärt, uns zu helfen, und im Moment können wir ihr Schauspieltalent gut gebrauchen.

Sie erklärt der Steinhauser gerade mit leicht gequältem Gesichtsausdruck, dass sie ihren Rucksack im Zimmer des Direktors vergessen hat, obwohl dieser in Wirklichkeit gerade im Spind von Kris liegt. Dabei läuft sie neben der Sekretärin des Direx her, die es – wie jeden Tag um diese Uhrzeit – sehr eilig hat. Mittagspause, das bedeutet Essenszeit, und die dürfte wohl so etwas wie den Höhepunkt im Tagesablauf dieser Frau darstellen. Man sieht ihr ziemlich deutlich an, dass sie unter keinen Umständen auf eine Mahlzeit verzichtet. Auch das ist natürlich Teil unseres Plans, ebenso der Umstand, dass Julia eine Musterschülerin, Liebling aller Lehrer und natürlich die reine Unschuld in Person ist – besonders, nachdem sie mich erst kürzlich beim Direx verpfiffen hat.

Die Steinhauser bleibt stehen, sieht auf die Uhr. Wirft einen leicht genervten Blick zurück zu dem Büro, aus dem sie gerade gekommen ist, dann wendet sie sich wieder Julia zu. Diese macht ihr prompt den Vorschlag, dass sie den Rucksack auch selbst holen könnte.

Die Steinhauser überlegt.

Meine Fingernägel bohren sich schmerzhaft in meine Handflächen, und ich sehe, dass auch Adi den Atem anhält.

Das ist der entscheidende Moment.

Julia sagt, dass es nur fünf Minuten dauern wird, höchstens, und sie ihr dann den Schlüssel direkt an den Tisch in der Kantine bringen wird. *Guter Einfall*, denke ich.

Wo der Rucksack denn steht, will die Steinhauser wissen.

Mist, denke ich, denn auf diese Frage haben wir Julia nicht vorbereitet. Aber wie sich zeigt, ist Julia ein echter Vollprofi, was das Lügen betrifft.

»Im Vorzimmer«, sagt sie sofort. Das ist, wo die Schüler warten, bis sie ins Büro des Direktors gerufen werden. Damit suggeriert sie der Steinhauser, dass sie das Büro des Direx nicht einmal betreten müsste, um ihren Rucksack zu holen. Sehr gut, denn offenbar zerstreut das nun die letzten Bedenken der Sekretärin. Die Steinhauser seufzt, zieht einen kleinen Schlüsselbund aus ihrer Handtasche und gibt ihn Julia.

»Fünf Minuten!«, sagt sie nachdrücklich und bohrt ihren dicken Zeigefinger in die Luft vor Julias Nase, dann stöckelt sie hastig davon. Sicher gibt es heute einen besonders leckeren Nachtisch.

Julia dreht sich zu uns um, hält den Schlüssel hoch, mit einem Gesichtsausdruck irgendwo zwischen Triumph und Bestürzung über das, was sie gerade getan hat.

Dabei war das der leichteste Teil des Plans.

58

ADI
Montag,
28. September
12:50 Uhr

Wir haben fünf Minuten. Vermutlich weniger. Und es gibt jede Menge Unwägbarkeiten in meinem hastig zusammengewürfelten Plan. Zum Beispiel könnte der Direktor früher von seiner Mittagspause zurückkommen oder gar nicht erst hingegangen sein. Nicht auszudenken, was passiert, wenn er Kris und mich in seinem Büro antrifft. Besonders Kris. Dann hätte er wohl endlich einen wirklichen Grund, ihn loszuwerden, und mich wahrscheinlich gleich mit.

Dann würde er früher oder später auch erfahren, dass wir nur in das Büro gekommen sind, weil Julia der Steinhauser den Schlüssel abgequatscht hat, und das hätte dann wohl auch ernsthafte Konsequenzen für Julia und die Steinhauser, die nun gar nichts mit der Sache zu tun hatte.

Kollateralschäden, denke ich seufzend.

Da muss man durch.

Aber nun ist es sowieso zu spät, noch einen Rückzieher zu machen. Wir sehen uns auf dem Flur um, stellen fest, dass wir allein sind, dann schließe ich auf, und wir schlüpfen in das Vorzimmer der Steinhauser.

Sofort umfängt uns der eigentümliche Geruch von Kreidestaub, altem Tafellappen und dem nervösen Schweiß ganzer

Schülergenerationen, die in diesem Vorzimmer darauf gewartet haben, dass der Direx sie in sein Büro ruft. Rechts steht eine unordentliche Reihe Besucherstühle, links der Schreibtisch der Steinhauser – säuberlich aufgeräumt, alles im rechten Winkel zueinander angeordnet, vom Tischkalender über einen Taschenrechner bis hin zu einem Plastiklineal, auf dem ein paar bunte Dinos herumtollen. Ob sie das wohl von einem ihrer Kinder hat oder vielleicht von einem Schüler einkassiert?

Ich muss nervös grinsen, als wir an der Tür zum Büro des Direx' lauschen. Unwahrscheinlich, dass die Steinhauser ihn eingeschlossen hat, während sie zum Essen geht, aber wer kann das schon so genau wissen? Vielleicht hat er seinen Stuhl zurückgelehnt und macht gerade, die Beine auf der Tischplatte, ein Mittagsschläfchen, wer weiß?

So oder so, jetzt werden wir es herausfinden. Ich schaue Kris an, der mir entschlossen zunickt, dann drücke ich die Klinke nach unten. Die Tür öffnet sich mit einem leisen Knarren, ich luge in das Büro des Direktors hinein.

Es ist leer, kein schlafender Bachmann, keine Füße auf dem Tisch, kein »Was zum Teufel macht ihr denn hier?«

Jetzt oder nie.

Die Jalousien sind wie immer halb heruntergezogen, in dem Raum herrscht ein schummeriges Halbdunkel, vielleicht ist Herr Bachmann ja besonders lichtempfindlich. Uns kommt das gelegen, weil es verhindert, dass uns jemand, der zufällig von draußen durch das Fenster in sein Büro schaut, entdecken könnte. Andererseits macht es dieses Schummerlicht nahezu unmöglich, die Rücken der Bücher zu entziffern, mit denen das Regal auf der linken Seite des Raumes vollgestopft ist.

Dem gegenüber steht nur ein flacher Aktenschrank, der uns im Moment aber nicht interessiert.

Kris wendet sich dem Buchregal zu, dann flüstert er: »Okay, hab sie!« und macht sich ans Werk. Seine Aufgabe sind die Jahrbücher, über die er sich auch sofort hermacht. Nachdem er mit zusammengekniffenen Augen die Jahreszahlen an den Rücken der kunstledergebundenen Bände entziffert hat, zieht er vorsichtig ein paar heraus. Während er sich mit den Jahrbüchern beschäftigt, widme ich mich dem Computer des Direktors, womit ich vermutlich die schwerere Straftat begehe.

Meine Hoffnung sinkt allerdings sofort, denn der Bildschirm ist schwarz. Ich schnappe mir die Maus und bewege sie ein paar Mal über das vergilbte Mauspad auf dem Schreibtisch. Es wirbt für einen Hersteller von Lehrmaterialien, der vermutlich schon in den Neunzigern pleitegegangen ist. Der Bildschirm erwacht zum Leben.

Keine Bildschirmsperre, kein Passwort, wie Kris prophezeit hatte. Na klar, warum auch? Wer wäre denn schon verrückt genug, tagsüber in das Büro des Schuldirektors einzubrechen? Außer uns beiden, natürlich. Dafür tut sich ein völlig mit Dateien und Verzeichnisordnern vollgepfropfter Desktop-Bildschirm vor mir auf.

Es ist das pure Chaos. Offenbar gehört Herr Bachmann zu den Computernutzern, die nie gelernt haben, wie man einen Explorer benutzt oder eine Verzeichnisstruktur anwendet, und dass es auf dem Rechner auch noch andere Bereiche gibt als den Desktop.

Mein Vater ist übrigens genauso, er zieht jede Datei einfach dorthin, wo noch Platz ist, und behauptet dann einfach, damit hätte er immer den Überblick.

Dazu hat der Direx ein Wallpaper eingestellt, das wohl die Familie Bachmann bei irgendeinem Ausflug in eine Küstenstadt zeigt, sofern sich das hinter all den Datei- und Ordnersymbolen sagen lässt. Vermutlich dient das nur dazu, alles noch ein bisschen unübersichtlicher zu machen.

Hastig überfliege ich die Verzeichnisse, während mir allmählich der Schweiß auf die Stirn tritt, kann aber natürlich in diesem Chaos nicht das finden, was ich suche. Es ist völlig hoffnungslos.

59

KRIS
Montag, 28. September 12:52 Uhr

Es dauert nicht lange, bis ich das richtige Jahrbuch gefunden habe. Die Dinger stehen alle fein säuberlich im mittleren Regal des Schranks an der linken Wand und haben im Laufe der Jahre ganz schön Staub angesetzt. Na klar, ich kann mir auch nicht vorstellen, dass Herr Bachmann diese Bücher manchmal hervorzieht und zum Vergnügen darin herumblättert. Er wird sich nicht freiwillig an all die Schüler erinnern wollen, mit denen er sich gottlob nicht mehr beschäftigen muss. Besonders nicht mit Kandidaten wie demjenigen, nach dem ich in den Jahrbüchern suche.

Wenn Adis Theorie stimmt, sollte es nicht schwer sein, den Kerl zu finden. Er dürfte nämlich in den Jahrbüchern *diverser* Klassen auftauchen, wenn auch nicht unbedingt in dem der Abschlussausgabe. Außer er hat die Schule vorzeitig ohne Abschluss verlassen, was ich mir durchaus vorstellen kann.

Hastig blättere ich durch die Seiten. Endlich – da ist er, im Jahrbuch einer achten Klasse. Theoretisch hat die schon vor drei Jahren den Abschluss am Fritz gemacht.

Thomas Wendler, in all seiner abstoßenden Pracht. Aus dem Gruppenfoto sticht er ziemlich heraus, weil er der Einzige ist, der nicht lacht oder wenigstens lächelt, und deutlich älter aussieht als alle anderen. Stattdessen umspielt seine Lippen diese ganz spezielle Mischung aus Dummheit und Grausamkeit, die mir inzwischen bestens vertraut ist.

Ich zücke mein Handy, fotografiere das Foto und den Eintrag darunter ab. Auf der Suche nach weiteren Informationen blättere ich um und finde noch etwas Interessantes. Trotz der Anspannung und der Tatsache, dass ich mir gleich vor Nervosität in die Hose mache, schleicht sich ein Grinsen auf meine Lippen.

Da steht ein kurzer Eintrag zu jedem Schüler. Der von Thomas Wendler betrifft seinen Berufswunsch. Er möchte offenbar Automechaniker werden, steht da, genau wie sein Vater.

Interessant.

Sehr interessant.

Hastig fotografiere ich auch das. Wir haben dich, Thomas, denke ich, und hoffe inständig, dass Adis Plan auch weiterhin aufgehen wird. Es wird nämlich höchste Zeit, wieder aus Bachmanns Büro zu verschwinden.

»Shit!«, zischt es vom Schreibtisch, wo Adi derweil am PC unseres Direktors herumhantiert. Offenbar hatte sie bei ihrem Teil des Plans weniger Glück.

60

ADI

Montag,
28. September
12:55 Uhr

»Shit!«, zische ich. »Ich kann hier überhaupt nichts finden, es ist das reine Chaos.«

Kris kommt zu mir herüber, nachdem er die Jahrbücher wieder zurück ins Regal gestellt hat – hoffentlich in der richtigen Reihenfolge.

»Ich weiß, wie er heißt«, verkündet er flüsternd. »Und wo er wohnt oder zumindest sein Vater, der hat eine Autowerkstatt oder so was in der ...«

»Toll!«, unterbreche ich seinen nervösen Redefluss. »Das kannst du mir ja dann alles später erzählen. Aber jetzt wäre ich dir erst mal sehr verbunden, wenn du mir suchen helfen würdest. Wir haben es nämlich ein bisschen eilig, weißt du?«

Er wirft einen Blick auf seine Uhr, dann stößt er einen leisen Fluch aus und beugt sich über die Tastatur. Mit einer Tastenkombination startet er den Datei-Browser und dann die Suche nach Bilddateien, dem Datum nach. Mist, darauf hätte ich auch kommen können.

Es dauert nur ein paar Sekunden, dann hat er etwas gefunden.

»Ich glaube, das ist es«, sagt er. »Mach den Stick dran!«

Ich stecke einen USB-Stick an den Rechner, und er kopiert die Dateien darauf, während wir sie flüchtig anschauen. Keine

Frage, das auf den Fotos ist eindeutig der Wagen der Meyfarth. Auf den meisten Bildern sieht der Schaden gar nicht mal so schlimm aus, nur die Reifen sind platt, und zwar alle vier.

Aber dann sehen wir das Foto von der Motorhaube. In den dunkelblauen Lack hat jemand mit ungelenken, aber dennoch gut lesbaren Buchstaben eine Botschaft geschrieben, quer über die komplette Motorhaube. Manche der Kratzer sind so tief, dass man das blanke Metall darunter hervorschimmern sieht. Die Botschaft selbst ist sozusagen der endgültige Beweis, dass Kris nicht der Täter sein kann.

Dort steht:

HALT DIE KLAPE!

Natürlich, denke ich. Nach dem Vorspiel, das sich Kris mit der Meyfarth geliefert hat, kann man diese Botschaft durchaus falsch verstehen. Sie soll ihre Brille benutzen, sie soll ihre Klappe halten, ihn in Ruhe lassen. Ist doch klar, dass sich da alle ganz schnell auf Kris als möglichen Täter eingeschossen haben.

Bloß, dass diese Botschaft in Wirklichkeit etwas gänzlich anderes bedeutet, nämlich eine sehr deutliche Drohung, was passiert, wenn die Meyfarth ihr Schweigen brechen und als Zeugin gegen Thomas Wendler aussagen sollte. Wenn sie irgendwem erzählt, dass sie drei ältere Jungen dabei gesehen hat, wie sie Kris bedroht haben. Und einfach weitergefahren ist.

Und der vielleicht wichtigste Beweis: Kris hätte sich niemals einen solchen Rechtschreibfehler geleistet. Nicht mal bei so etwas. Wenigstens das hätte der Direx doch bemerken müssen. Und irgendetwas sagt mir, dass er das vielleicht auch hat. Aber offenbar hielt auch er es für angeraten, die »Klape zu halten«. Deshalb hat er auch den Wagen sofort abschleppen lassen, nicht mal Kris, als angeblicher Täter, hat diesen zu Gesicht bekommen. Nicht, dass das irgendwas geändert hätte.

Nein, diese Botschaft ist ein ganz anderes Kaliber. Für einen Moment muss ich an die Katzenbilder auf dem Platz der Meyfarth im Lehrerzimmer denken und an den Schraubendreher, den der Kerl laut Kris immer dabeihat. Den, mit dem er den Lack auf der Motorhaube vom Auto der Meyfarth zerkratzt hat. Und nicht nur das, wie mir in diesem Moment mit Bestürzung klar wird.

Der dunkelblaue Golf unserer Kunstlehrerin war demnach nicht das erste Auto, das dem Schraubendreher von Thomas Wendler zum Opfer gefallen ist. Was auch immer jemanden dazu treibt, nächtens durch die Straßen von Sonderberg zu streifen und die Wut über das eigene Versagen an den Autos anderer Leute auszulassen, ihn hat es jedenfalls so richtig gepackt. Ich bekomme ein richtig mulmiges Gefühl, wenn ich mir diesen Ausbruch von sinnloser Zerstörungswut ansehe.

Es sieht aus, als habe jemand jegliche Selbstbeherrschung verloren.

Dann sind die Bilder endlich auf den Stick kopiert. Kris schließt hastig alle geöffneten Fenster auf dem Bildschirm, und wir machen endlich, dass wir aus dem Direktorzimmer kommen.

61

ADI

Montag,
28. September
13:00 Uhr

»Nie wieder mache ich so was!«, ächzt Kris und greift sich schwer atmend an die Brust. Nachdem wir Julia, die offenbar auch schon kurz vor einem Nervenzusammenbruch stand, den Schlüssel der Steinhauser wieder in die Hand gedrückt haben, sind wir den ganzen Weg nach unten auf das stillgelegte Schulklo gerannt, um die letzten paar Minuten der Pause zu nutzen, unseren Puls wieder einigermaßen in die Nähe der Erdumlaufbahn zu bringen.

»Das war verdammt knapp!«, stößt Kris hervor, aber ich sehe seinem Gesicht an, dass er den Adrenalinrausch mindestens so sehr genossen hat wie ich. Zumindest ab dem Moment, in dem wir aus dem Vorzimmer des Direktors auf einen zum Glück menschenleeren Flur getreten sind.

Wie wir da so stehen, schnaufend wie zwei Dampfloks, bricht auf einmal alles aus uns heraus, und wir kriegen beide einen üblen Lachflash.

»›Klape‹!«, presst Kris zwischen Lachsalven hervor. »Dieser verdammte Idiot hat's echt drauf mit der Rechtschreibung!«

Er hat recht, das ist wirklich zum Schießen, trotz allem. Wir lachen noch weiter, aber schließlich verebbt es in Glucksern und Schnaufen.

»Okay«, sagt Kris, nachdem er seinen Stammplatz am Fenster eingenommen hat und nachdenklich nach draußen auf den Schulhof schaut. »Und jetzt? Wir wissen, dass die Meyfarth Bescheid weiß, dass sie aber nichts sagen wird, weil sie Angst vor Thomas Wendler hat. Das ist doch Erpressung oder so was, nicht? Mal abgesehen von der Sachbeschädigung an ihrem Auto. Da könnte sie ihn doch anzeigen.«

Ich schüttle den Kopf. »Ich glaube nicht, dass die Meyfarth Thomas Wendler anzeigen wird, sonst hätte sie das längst getan«, sage ich. »Und wir können auch nicht zur Polizei gehen damit, denn dann würden wir erklären müssen, wie wir an diese Fotos gekommen sind und an die Information, wer dieser Thomas ist und wo er wohnt.«

»Stimmt«, sagt Kris. »Daran habe ich noch gar nicht gedacht. Aber dann war doch alles umsonst, Adi. Oder brauchtest du nur einen Beweis für dich selbst, dass ich es wirklich nicht war?«

»Nein«, sage ich. »Das habe ich nie geglaubt. Aber ich habe da noch eine andere Theorie, die ich gern überprüfen würde. Was machst du heute Nachmittag?«

62

ADI

Montag,
28. September
17:30 Uhr

»Hältst du das wirklich für eine gute Idee?«, flüstert Kris. »Was, wenn er uns nun entdeckt? Seine Kumpel ruft?«

»Pssscht!«, zische ich, während ich hinter dem Auto hervorluge, hinter dem wir in die Hocke gegangen sind. Auf der anderen Straßenseite, dort, wo sich die Einfahrt zu »Autoteile-Wendler, Reparaturen, Ersatzteile und Lackiererei« befindet, gibt es gerade ein paar überaus interessante Dinge zu beobachten, denn ein paar Minuten nach unserem Eintreffen ist auch Thomas Wendler eingetroffen, man hat seine Knatterkiste aus ein paar Hundert Metern Entfernung hören können. Das kommt daher, dass er in den Schalldämpfer ein Loch gebohrt hat, wie mir Kris erklärt. Damit es lauter klingt. Was für ein Schwachsinn!

Vor der Einfahrt würgt er den Motor seines aufgemotzten Mopeds ab und steigt vom Sattel wie ein Cowboy. Den Helm hängt er betont lässig an den Lenker, dann schlendert er auf die Einfahrt zu. Ein großer, eher schlaksiger junger Mann. Nicht gerade durchtrainiert, aber man braucht ja auch nicht viele Muskeln, um anderen das Leben schwerzumachen. Nur ein paar Freunde. Und einen großen Schraubendreher.

»Ey, du Idiot!«, brüllt eine tiefe Stimme von jenseits des

Zaunes, der die Einfahrt begrenzt – so laut, dass auch wir zusammenzucken. »Stell die Scheißkiste nicht direkt vor die Einfahrt, das hab ich dir schon tausend Mal gesagt! Wie soll da die Kundschaft auf den Hof fahren, verdammt noch mal?«

Schlagartig verwandelt sich der große und furchteinflößende Thomas Wendler in etwas ganz anderes. In jemanden nämlich, der anstatt wie vorher lässig durch die Gegend zu schlendern, jetzt zu seinem Motorrad zurückhastet und es eilig aus der Einfahrt schiebt. Er sieht sich um, als befürchte er Zeugen dabei, wie er vor seinem alten Herrn kuscht. Seine Freunde vielleicht, vor denen er sich sonst immer als der große Zampano aufspielt, wenn es darum geht, Schwächere herumzuschubsen. Immerhin habe ich nun eine Ahnung, wo er das gelernt hat, aber eine Entschuldigung ist das in meinen Augen nicht. Nicht für die Erpressung, das blaue Auge und die kaputte Kamera.

Aber außer uns ist niemand sonst auf der Straße. Der große Schraubendreherschwinger bemerkt uns nicht, während er jetzt durch die Einfahrt auf den Hof der Werkstatt tritt, wo hinter einem Maschendrahtzaun ein halbes Dutzend frisch lackierter Autos in der Nachmittagssonne glänzen.

Nach einer Weile treten er und sein Vater auf die Straße und ziehen das Rolltor vor die Einfahrt, welches der Vater dann mit einem Vorhängeschloss verschließt. Anschließend gehen die beiden durch die Vordertür in das Haus neben der Werkstatt. Offenbar ist für heute Feierabend bei den hart arbeitenden Wendlers.

»Okay«, sage ich. »Dann seh ich mich mal dort drüben ein bisschen um.«

»Was?«, schnappt Kris. »Aber wenn er dich nun sieht?«

»Wird er nicht«, verspreche ich, dann richte ich mich auf und gehe ein Stück die Straße entlang, bis ich außer Sichtweite der vorderen Hausfenster bin. Ich schlage einen Bogen und überquere die Straße. Als ich an dem Maschendrahtzaun vorbeikomme, der den Werkstatthof umgibt, hole ich mein Handy aus der Hosentasche und tue so, als würde ich eine Nachricht lesen, während ich heimlich Fotos von den Autos auf dem Hof mache.

Ich habe vorhin einige Zeit damit verbracht, auf der Website der Sonderberger Polizei alle Berichte zum »nächtlichen Autovandalen« zu lesen und dazu noch ein paar aus den Onlineausgaben des *Sonderberger Stadtboten*. Dabei ging es mir vor allem um die Automodelle, welche dem Vandalen zum Opfer gefallen sind – ausnahmslos neue und ziemlich kostspielige Fahrzeuge. Polizei und Presse gehen deshalb davon aus, dass es sich bei den Tätern um Jugendliche handelt, die mit diesen Aktionen ihre Verachtung für materielle Güter oder so was zum Ausdruck bringen wollen. Die Marken der Fahrzeuge waren nicht in jedem Fall angegeben, aber wenn, dann handelte es sich um die üblichen Verdächtigen in der Riege der Oberklassewagen: Zwei BMWs, ein Audi und ein Mercedes Sportcoupé. Hinzu kommt das Auto der Meyfarth, das allerdings ganz schön aus dem Rahmen fällt. Irgendwie hätte der Sonderberger Polizei da schon auffallen müssen, dass ein klappriger alter VW Golf nicht wirklich in das Muster der angeblich gesellschaftskritischen Vandalen passt, von denen sie laut den neuesten Presseberichten immer noch ausgeht.

Nachdem ich lange genug geknipst habe, gehe ich bis zum Ende der Straße und kehre in einem weiten Bogen zu Kris zurück. Er hockt immer noch hinter dem Auto und späht zum Haus hinüber.

»Was sollte das denn jetzt?«, zischt er mir zu, und ich reiche ihm wortlos mein Handy rüber, wo er sich durch die Fotos wischt, die ich soeben durch den Zaun gemacht habe. Den Audi und den BMW, beides Opfer der jüngsten Anschläge des mysteriösen Vandalen, erkennt man ziemlich gut. Natürlich kann es ein Zufall sein, dass Farbe und Modell genau übereinstimmen, solche Autos gibt es schließlich nicht nur ein Mal in Sonderberg.

»Sind das …?«, fragt Kris, als er es kapiert.

Ich nicke.

»Aber das heißt …« Auch diesen Satz beendet er nicht, sondern sieht mich nur aus großen Augen hinter seiner Brille mit dem leicht verbogenen Gestell an. »Du meinst, dass … er und sein Vater? Also, dass der ihn losgeschickt hat, um …«

»Ich weiß nicht«, sage ich ehrlich. »Aber ich habe da so ein Gefühl, dass Herrn Wendlers Reparatur- und Lackierservice gerade richtig boomt.«

Kris nickt. Offenbar ist Wendlers Sohn Thomas inzwischen voll ins Familiengeschäft eingestiegen. Aber beweisen können wir noch immer rein gar nichts davon.

63

Montag,
28. September
23:30 Uhr

Er huscht aus dem Gebüsch auf den Fußweg, geht neben dem Auto in die Hocke. Sieht sich ein weiteres Mal um, aus dem Schatten heraus, den der Wagen auf den Fußweg wirft. Niemand ist hier, die Straße ist vollkommen menschenleer.

Sein Moped steht immer noch vor dem Haus seines Vaters, die Kiste wäre zu laut für Einsätze wie diesen, weshalb er mit dem Rad durch die nächtlich stillen Straßen Sonderbergs gedüst ist. Das Rad hat er zwei Straßen weiter im Gebüsch versteckt und sich dann durch das Grundstück eines leerstehenden Hauses angeschlichen, damit ihn niemand von der Straße aus sehen kann. Das alles hat er bereits Tage zuvor ausgekundschaftet, wie auch sein heutiges Ziel.

Dieser Wagen ist etwas Besonderes. Ein silberfarbener Porsche Carrera, schon ein etwas älteres Modell, aber gerade diese werden von ihren Besitzern besonders liebevoll gepflegt. Da scheut man keine Kosten, hat ihm sein Vater erklärt. Selbst schuld, findet er, wenn man so ein Teil dann auf der Straße stehen lässt, anstatt es in eine Garage zu stellen.

Da kann schließlich alles Mögliche passieren.

Die Werkstatt seines Vaters hat einen guten Ruf in Sonderberg. Saubere Arbeit, faire Preise, keine langen Diskussionen.

Und immer noch wesentlich günstiger, als es beim Vertragshändler machen zu lassen, wie sein Vater nicht müde wird, jedem zu erklären, der in Hörweite ist. Eben ein richtiger Geschäftsmann. Was er allerdings nicht jedem verrät, ist, wie er so günstig an die Lacke gekommen ist, dass ihn das Ausbessern eigentlich nur die paar Stunden Arbeit kostet, die er sich dann aber fürstlich bezahlen lässt.

Im Moment läuft das Geschäft prächtig, und es ist seine Aufgabe, dafür zu sorgen, dass das auch weiterhin so bleibt. Eine Aufgabe, die sich mit wenig Zeitaufwand erledigen lässt und ihm nebenher jede Menge Spaß macht. Fast so viel wie die Nummer mit dem kleinen Klugscheißer, den er inzwischen so weit hat, dass er ihm schon sein Gespartes hinterherträgt.

Ja, die Geschäfte laufen wirklich gut im Hause Wendler, es könnte gar nicht besser sein.

Er sieht sich noch einmal in beide Richtungen auf der Straße um. Keine Bewegung im Licht der wenigen Straßenlampen, alle Häuser liegen still in tiefer Dunkelheit. Als er den Schraubendreher zückt, blitzt die Klinge auf, und ein seliges Lächeln schleicht sich auf sein Gesicht.

Jetzt ist die Bonzenkarre dran.

Die Schäden an den letzten Autos waren ziemlich heftig, sogar sein Vater hat den Kopf darüber geschüttelt, wie sehr er sich da ausgetobt hat. Gesagt hat er aber nichts, umso mehr Arbeit gab es schließlich zu tun, und letztlich bezahlt ja sowieso alles die Versicherung, also was soll's?

Es macht ihm sichtlich Mühe, den Blick von dem faszinierenden Funkeln der Klinge zu lösen. Er streicht ein letztes Mal mit den Fingerspitzen über den unberührten Lack.

Dann setzt er die Spitze des Schraubendrehers an, als es hinter ihm im Gebüsch knackt. Er fährt so heftig herum, dass er vom Schwung seiner Bewegung getragen, auf dem Hintern landet und der Schraubendreher ihm entgleitet. Geräuschvoll schlägt das Werkzeug auf dem Pflaster auf und dreht sich ein paar Mal wie ein Kreisel um die eigene Achse, verursacht dabei schabende Geräusche auf dem Beton und bleibt schließlich liegen.

Zwischen zusammengepressten Lidern starrt er intensiv ins Gebüsch, doch dort ist nichts als Dunkelheit. Nichts bewegt sich. Er ist so konzentriert, dass er nicht mal mitbekommt, wie in einem der Nachbarhäuser das Licht angeht. Erst das Geräusch einer quietschenden Haustür reißt ihn aus seiner Starre.

»Hey!«, ruft eine Stimme, als er nach seinem Schraubendreher grapscht und sich eilig auf die Beine rappelt. »Hey, du da! Stehen bleiben! Hey!«

Doch da rennt er schon die Straße entlang, so schnell ihn seine Füße tragen, während der Mann auf die Straße läuft und hinter ihm in weiteren Häusern entlang der Straße das Licht angeht.

64

ADI

Montag, 28. September 23:40 Uhr

Verdammt, verdammt, verdammt!, schießt es immer wieder durch meinen Kopf, während ich mich im Gebüsch zu einem kleinen Ball zusammenkauere. *Wieso habe ich nicht noch eine Minute warten können?*

In meinem Eifer, ein vernünftiges Foto des Autovandalen auf frischer Tat zu schießen, bin ich auf einen blöden Ast getreten und habe damit alles vermasselt. Die Fotos, die jetzt auf meinem Handy sind, nützen überhaupt nichts, denn bei der Entfernung und den miserablen Lichtverhältnissen zeigen sie nicht mehr als einen Schatten, der sich über ein silbernes Auto beugt. Und auch wenn ich dem Besitzer des Porsche damit vielleicht eine kostspielige Reparatur erspart habe, wird der mir kaum zum Dank die Hand schütteln, wenn er mich jetzt hier im Gebüsch entdeckt, sondern mich höchstens für eine Komplizin halten.

Die ganze Straße ist in Aufruhr, überall sind Lichter angegangen. Jetzt kommt der Mann, der den Vandalen vorhin beinahe erwischt hätte, mit einer Taschenlampe aus dem Haus und umrundet langsam seinen Porsche, während er ihn eingehend auf Lackschäden untersucht.

Andere Leute gesellen sich dazu, und der Mann sagt immer wieder, dass er sicher sei, dass dies eben der Vandale war, der gerade dabei gewesen ist, seinen Wagen zu demolieren. *Hundert Punkte, Sherlock*, denke ich, *und könntest du dann vielleicht bitte wieder zurück ins Haus gehen oder so? Es ist kaum anzunehmen, dass Thomas Wendler nach dieser Beinahe-Entdeckung heute Nacht noch einmal hierher zurückkommen wird.*

Der Mann schwört noch ein paar Mal allen Nachbarn, die neugierig genug sind, aus ihren Häusern zu treten, dass er ihn gesehen hat, einen jungen Kerl, und einen Schraubendreher habe der dabeigehabt, er sei ganz sicher.

Erkannt hat er ihn natürlich nicht, das wäre ja auch zu schön gewesen. Innerlich seufzend, versuche ich mich geräuschlos in eine halbwegs erträgliche Position zu begeben und stelle mich auf eine lange Nacht ein, von der ich nur einen sehr kurzen Teil in meinem Bett verbringen werde.

Und dabei hätte ich ihn fast gehabt.

65

ADI
Dienstag,
29. September
1:00 Uhr

Wie unsagbar dämlich meine nächtliche Aktion gestern tatsächlich war, wird mir erst im Laufe der Nacht so richtig bewusst. Ich liege auf meinem Bett, starre die Decke an und kann nicht einschlafen.

Ich habe bestimmt noch mindestens dreißig Minuten im Gebüsch verbringen müssen – wenigstens hat es nicht noch angefangen zu regnen –, bevor es wieder ruhig in der Straße wurde und ich es wagen konnte, durch den Park zurück zu meinem Rad zu schleichen. Dabei fürchtete ich die ganze Zeit, aus dem Gebüsch angesprungen zu werden. Entweder von einem entrüsteten Porsche-Besitzer oder von Thomas Wendler höchstpersönlich. Reichlich Adrenalin für eine Nacht – und dabei leider ausgesprochen dürftige Ergebnisse.

Abgesehen von den enormen Schwierigkeiten, in die mich meine unüberlegte Nacht- und Nebelaktion hätte bringen können, habe ich nun für zusätzliche Komplikationen gesorgt. Thomas Wendler ist gewarnt – man hätte ihn um ein Haar ertappt, und das dürfte sogar einem Holzkopf wie ihm eine Lehre sein und zumindest eine Zeit lang für sorgen, dass er auf das nächtliche Demolieren von Autos verzichtet. Gut für die Autobesitzer, aber andererseits bedeutet es eben auch, dass die

Chancen, ihm nochmals auf frischer Tat nahe genug für ein Beweisfoto zu kommen, nunmehr fast null betragen dürften.

Auch wenn ich mich nun davon überzeugt habe, dass Kris' Erpresser tatsächlich auch hinter den Sachbeschädigungen der Autos steckt, nützt mir dieses Wissen allein herzlich wenig. Ich bräuchte Beweise. Am besten welche, deren Zustandekommen ich der Polizei auch plausibel erklären kann. Dabei betrete ich schon allein dann dünnes Eis, wenn ich auf die Frage antworten soll, wie ich ausgerechnet auf Thomas Wendler komme.

Vielleicht glauben sie mir ja sogar, wenn ich sage, ich hätte eine nächtliche Eingebung gehabt. Dass die Polizei daraufhin allerdings etwas unternehmen wird, ist äußerst fraglich, und solange keiner der Wendlers die Nerven verliert, würde die ganze Sache aus Mangel an Beweisen wohl auch nicht besonders weit führen. Ich habe genügend Krimiserien gesehen, um zu wissen, wie das läuft.

Ohne Beweise bringt das alles gar nichts.

Womit wir gleich bei Problem Nummer zwei wären. Auch Kris habe ich mit meiner Aktion nicht wirklich geholfen. Für die Erpressung durch Thomas Wendler und seine Bande gibt es auch jetzt keinerlei Beweise außer der Aussage von Kris. Aber vielleicht würde er die nicht mal machen. Ihm dürfte genauso klar sein wie mir, wie das endet, zumal er den Polizisten seit dieser kleinen Episode mit der Waffe in seinem Spind ziemlich deutlich in Erinnerung geblieben sein dürfte, und zwar in keiner allzu positiven.

Es gibt also nur noch eines, was ich jetzt tun kann. Ein letzter verzweifelter Strohhalm, an den ich mich nun klammern muss.

66

ADI
Dienstag, 29. September 10:00 Uhr

»Adriana«, sagt Frau Meyfarth und lächelt mich an, während sie mich über den Rand ihrer Brille mustert, welche sie heute mal tatsächlich auf der Nase trägt. »Was kann ich für dich tun, meine Liebe?«

Offenbar hat sie heute gute Laune. Ihr Lächeln wirkt echt, als sie die Hände vor ihrem gewaltigen Busen faltet, als wolle sie gleich ein Gebet anstimmen. Ich habe nach dem Unterricht gewartet, bis alle Schüler aus dem Raum gegangen sind, und sie dann angesprochen. Sie hat jetzt eine Freistunde, das weiß ich. Günstige Voraussetzungen, wie ich hoffe.

»Es geht um Kris«, platze ich heraus und verfluche mich selbst für diesen reichlich uneleganten Gesprächseinstieg. Im Gesicht der Meyfarth zuckt es unmerklich, dann hat sie sich wieder unter Kontrolle. Aber die gute Laune ist jetzt merklich geschrumpft.

»Krzysztof Kilar«, sagt sie. Ich glaube, sie ist physisch nicht in der Lage, Schüler anders als mit ihrem vollen Namen anzusprechen.

»Ja«, sage ich und stürze mich dann auf ein naheliegendes Thema. »Ich finde, er sollte wieder am Kunstunterricht teilnehmen. Ich meine … das mit der Pistole, also, das war ja nun wirklich nur ein dummer Scherz, und was er zu Ihnen gesagt hat – also ich bin sicher, das hat er nicht so gemeint.«

»Ach nein?«

»Nein, ganz sicher nicht. Er hatte halt einen schlechten Tag, wissen Sie? Und er hat mir gesagt, das Ganze tut ihm echt leid.«

Selbstverständlich hat Kris nichts dergleichen gesagt, aber ich versuche gerade verzweifelt, jedes bisschen Diplomatie zu bemühen, das ich gegenüber jedermanns neuer Lieblingslehrerin aufbieten kann.

»Und findest du nicht, dass Krzysztof dann hier stehen und sich entschuldigen sollte und nicht du, Adriana?«, fragt sie. Okay, da hat sie vermutlich einen Punkt, zumindest aus ihrer Perspektive.

Ich nicke und senke den Kopf. Da sagt sie zu meiner großen Überraschung: »In Ordnung, ich werde diesbezüglich mit Herrn Bachmann reden. Vielleicht hat er ein Einsehen. Schließlich liegt es in niemandes Interesse, wenn Schüler wichtigen Unterrichtsstoff versäumen, nicht wahr?«

»Danke!«, sage ich und versuche, mir Kris' Reaktion auf diese »tollen Neuigkeiten« nicht vorzustellen. Die Meyfarth zieht die Augenbrauen hoch und nimmt ihre Brille ab, ein deutliches Zeichen, dass sie das Gespräch für beendet hält.

»Es geht noch um etwas anderes«, sage ich hastig und denke: *Jetzt oder nie.* Aber immerhin hat sie mich bis jetzt noch nicht zum Teufel gejagt, sondern sich regelrecht kooperativ gezeigt. Dass ihr die Schüler bei ihrer Rückkehr aus dem Krankenhaus applaudiert haben, hat ihr bestimmt ziemlich geschmeichelt. Unglaublich, wenn man sich vor Augen hält, wodurch sie sich diese Anerkennung in Wahrheit verdient hat.

»Was denn, Adriana?«, sagt die Meyfarth und gibt sich jetzt keine Mühe, ihre Ungeduld zu verbergen.

»Kris hat mir erzählt, Sie hätten gesehen, wie er nach der Schule einmal Ärger hatte, mit ein paar älteren Jungs.«

Sie schiebt die Unterlippe vor und zuckt mit den Schultern. Sieht mich fragend an. *Keine Ahnung, wovon du da redest, Adriana.* Aber ihr Blick hat sich verdüstert, darin ist jetzt keine Milde mehr zu lesen oder auch nur ein Anflug dessen, was ich vorhin für gute Laune hielt. Das hier ist einfach hundert Prozent Meyfarth, und sie weiß verdammt genau, wovon ich rede, davon bin ich überzeugt.

»Sie haben beobachtet, wie er von älteren Jugendlichen bedroht wurde und nichts dagegen unternommen, Frau Meyfarth.« Ich hoffe, dass sie das Zittern in meiner Stimme nicht mitbekommt.

»Was?«, ruft sie leise. Ganz die entsetzte Überraschung. Wenn ich es ihr nur glauben würde. Aber das tue ich nicht. Kein bisschen.

»Sie sind einfach weitergefahren. Der Anführer dieser Bande ist ein ehemaliger Schüler des Fritz und …«

»Adriana Berger!«, fährt sie mich an, und ich zucke zusammen. Ihr Gesicht ist tiefrot angelaufen, und als sie sich zu mir herunterbeugt, hoffe ich inständig, dass ich nicht gerade ihren nächsten Zusammenbruch verursache. Was habe ich mir nur dabei gedacht?

»Ich habe keine Ahnung, wovon du redest«, zischt sie, Speicheltröpfchen fliegen von ihren Lippen, und einer davon landet in meinem Gesicht, aber ich kann sie nur wie gebannt anstarren, diese tiefrote, wütende Erscheinung. »Und ich würde dir davon abraten, irgendwelche Leute mit erfundenen Lügengeschichten zu verleumden. Insbesondere dann, wenn diese aus dem Mund eines Krzysztof Kilar stammen.«

Dann stehen wir einander gegenüber, sagen beide nichts, ihr zitternder Zeigefinger hängt zwischen uns in der Luft, während sie mich aus verkniffenen Augen über den Rand ihrer Brille anstarrt und ich aus nächster Nähe betrachten kann, wie ihr wabbeliger Hals abwechselnd von Rot in Weiß übergeht. Ein Trick, den auch Kris beherrscht, was aber auch schon alles ist, was diese beiden verbindet.

»Das ist meine erste und letzte Warnung, Adriana«, sagt sie. »Und das solltest du auch Krzysztof klarmachen, wenn er nicht doch noch der Schule verwiesen werden möchte. Was vielleicht nicht die schlechteste Idee wäre, meiner bescheidenen Meinung nach.«

Und damit dreht sie sich um und stapft einfach davon.

67

LIZZIE
Dienstag,
29. September
17:00 Uhr

»Okay, Süße, was ist los?«, fragt Tante Janis und schaut mich mit ihrem patentierten Mir-kannst-du-es-doch-sagen-Blick an. Und das kann ich tatsächlich oder konnte ich. Zumindest habe ich das bisher angenommen. Aber dann habe ich das Fotoalbum mit dem Zettel darin gefunden, und seitdem bin ich mir nicht mehr sicher, bin mir kaum noch irgendeiner Sache sicher. Fühle mich, als hätte mir jemand den Boden unter den Füßen weggezogen und ich würde fallen, in ein endlos tiefes Loch, das keinen Boden hat, und doch rechne ich jeden Moment mit dem Aufprall.

»Ich hab deine Unterschrift gefälscht«, sage ich.

Wie könnte man ein Gespräch auch besser beginnen? Ach, verdammt.

»Okay«, sagt sie. Nichts weiter, nur okay. Sie nimmt einen tiefen Zug aus ihrer Zigarette. Eine normale diesmal, kein Gras. Aber trotzdem sind die Dinger giftig. Auch das macht mir manchmal ganz schön Angst.

»Ich konnte heute nicht in die Schule gehen«, versuche ich zu erklären, doch dann stocke ich. Sie nickt, sagt gar nichts. Lässt mich zu Wort kommen. Vermutlich glaubt sie, dass es mit Kris zu tun hat und der Pistole, die sie in seinem Spind gefunden haben. Was ja auch irgendwie stimmt, aber das ist nur ein kleiner Teil meiner momentanen Sorgen.

»Wünschst du dir manchmal, dass ich nicht da wäre?«, frage ich. Kann nichts dagegen tun, es platzt einfach aus mir heraus. Und gleichzeitig kommen die Tränen. Verdammt.

Janis steht auf, kommt zu mir herüber, hockt sich hin und nimmt mich in die Arme. Wie man das mit einem kleinen Mädchen tun würde. Und plötzlich kann ich doch loslassen. Den Tränen freien Lauf lassen, denn jetzt ist es raus, jetzt ist es gesagt. Der Boden des Loches schon in Sichtweite.

»Wie kommst du auf so was, Süße?«, fragt sie. Ich rieche ihr Parfum und den Duft ihres Haarwaschmittels, den Zigarettenrauch und all das andere. Fühle mich geborgen. Oder beinahe.

»Du wolltest nie eigene Kinder haben, oder?«, flüstere ich mit tränenerstickter Stimme zurück. »Und jetzt hast du einen Freak.«

Lange Zeit sagt sie gar nichts, drückt mich nur einfach an sich, streicht mir über das Haar.

»Du bist ein Geschenk, Lisbeth«, sagt sie. Ich kann mich nicht erinnern, wann sie mich das letzte Mal mit meinem vollen Vornamen angesprochen hat. »Ich würde dich für nichts auf der Welt wieder hergeben. Und wenn überhaupt, dann sind wir beide Freaks, okay? Und daran ist absolut nichts Verwerfliches. Freaks sind besser als der Durchschnitt, verstehst du? Besser.«

Ich kann spüren, wie ihr Körper bebt, offenbar weint sie jetzt auch. Das habe ich ja großartig hinbekommen.

»Ich habe dich lieb, Süße«, sagt sie. »Und ich werde dich immer liebhaben, klar? Daran darfst du keine Sekunde zweifeln.«

Ich nicke, und für eine Weile heulen wir beide, während wir uns umarmen.

»Ich verbiete dir als deine Tante, jemals an meiner Liebe für dich zu zweifeln, Lisbeth Kellermann«, sagt sie, und das bringt mich zum Lächeln, trotz aller Tränen. »Du bist die beste Tochter, die man sich wünschen kann, und lass dir nichts anderes einreden, klar? Von niemandem.«

Ich nicke.

»Du Freak«, sagt sie, und dann kichern wir beide, während die Tränen reichlich weiterfließen. Das hilft. Ich spüre, wie sich die Anspannung löst, wie meine Zweifel verschwinden. Aber eins muss ich sie noch fragen, und ich glaube, jetzt wäre ein guter Zeitpunkt dafür.

»Ich habe das Fotoalbum gefunden«, flüstere ich, noch immer an sie gepresst. »Und den Brief, die Einladung.«

Sie löst sich vorsichtig von mir, bleibt aber vor mir hocken, hält meine Hände in ihren. Ihr Make-up ist verlaufen, dicke schwarze Streifen auf ihren Wangen, wie Kriegsbemalung. Ich sehe vermutlich noch schlimmer aus. »Hm?«, fragt sie.

»Das Album von Mama. Darin war eine Einladung zu einer Feier bei den Klausners.« Ihre Augenbrauen heben sich. »Tut mir leid«, sage ich rasch. »Ich habe nicht geschnüffelt, ich wollte nur … ich bin zufällig draufgestoßen, und da ist es rausgefallen und ich habe mich gefragt …«

»Pssscht!«, macht sie und legt ihren Zeigefinger auf meine Lippen. »Erstens, ich habe keine Geheimnisse vor dir. Mein Haus ist dein Haus, Liz, und du kannst von mir aus jedes Schubfach durchwühlen. Das weißt du, ja?« Ich nicke. »Und was diese Einladung betrifft …«

Sie stockt, und ich komme mir wieder unsäglich dumm vor, das Thema überhaupt angesprochen zu haben. Immerhin war Mama ihre Schwester. Habe ich vielleicht geglaubt, ich wäre die Einzige, die von ihrem Tod getroffen worden ist? Ich sehe, wie neue Tränen in Janis' Augen treten, aber sie lächelt tapfer und redet weiter. »Du hast recht, diese Feier fand an dem Abend statt, als ... als es passierte. Auf dem Rückweg, Liz. Es gab ein furchtbares Unwetter, und später hat man festgestellt, dass sie getrunken hatten, beide ... und ...«

Sie wischt sich die Tränen weg, aber es kommen sofort neue. Auch bei mir.

»Es ist einfach das Letzte, was ich von ihr habe«, sagt sie leise, und dann umarmen wir uns wieder. »Eine Erinnerung.«

»Ich wusste nicht, dass sie die Klausners kannten«, sage ich.

»Sie hat in seinem Maklerbüro gearbeitet«, erklärt mir Tante Janis. Natürlich. Das ist so naheliegend, dass ich auch allein hätte draufkommen können. »Nur ein Jahr oder so, als Sekretärin, bevor du dann kamst.«

Ich nicke an ihrer Schulter, und irgendwann lösen wir uns wieder voneinander, auch ich stehe auf.

»Schau uns beide an, hm?«, sagt sie. »Was für Heulsusen.«

»Danke«, sage ich. »Für alles.«

Sie nickt. Lächelt. »Liebend gern, Süße. Liebend gern.« Dann schleicht sich ein verschmitzter Ausdruck in ihre Züge. »Hey, ich habe eine Idee«, sagt sie. »Komm mal mit.«

Dann packt sie mich an der Hand und zieht mich ins Haus, in die Küche. Sie stellt sich an die Spüle und sagt: »Hey, sei mal ein Schatz und gib mir den Whisky aus dem Kühlschrank.«

»Okay«, sage ich stirnrunzelnd. Das war eigentlich auch

noch so ein Thema, über das ich dringend mal mit ihr reden wollte. Andererseits kann ich es verstehen, wenn sie jetzt etwas zum Runterkommen braucht, nach dieser gemeinsamen Heulorgie. Doch als ich ihr die Flasche gebe, schraubt sie den Verschluss auf und kippt den Inhalt in den Ausguss.

»Was?«, schnappe ich. Das ist ziemlich teures Zeug, wie sie mir erklärt hat.

Doch sie lächelt nur und sagt: »Bringst du mir noch den Wein aus dem Schlafzimmer, Liebes?«

68

ADI

Dienstag,
29. September
19:30 Uhr

Bald werden wir wieder zusammen sein, Adriana. Diesmal für immer.

Ich falle in ein Loch, als ich diese Worte auf dem Display meines Handys lese. Für einen Moment bin ich unfähig, irgendetwas zu denken, ich schaffe es einfach nicht. So, als hätte mir die Nachricht jede Kraft entzogen, körperlich wie geistig. Erinnerungsfetzen sausen wahllos in einem völligen Durcheinander durch meinen Kopf, die Narben an meinen Handgelenken pulsieren heiß. Sie fühlen sich an wie frische Wunden.

Doch gleichzeitig ist alles seltsam fern, als wäre nicht ich es, der das jetzt passiert. Als wäre ich nur zu Gast in diesem Körper, in diesem Kopf. In diesem fremden Mädchen, das so anders ist als ich.

Und dann höre ich Idas Stimme.

Sie sagt, dass ich loslassen kann. Dass es okay ist. Okay ist, Angst zu haben, vor Angst nicht zu wissen, ob ich laut schreien oder mich verkriechen soll oder ins Badezimmer rennen, mich einschließen und …

Nein, sagt Ida, *nicht das*. Das ist nicht, wofür wir gekämpft haben. Nicht das. Nicht diese Genugtuung für ihn. Nicht noch einmal. Nie wieder, das hatten wir uns versprochen. Ihre

Stimme ist wie ein Licht in einem endlos langen, finsteren Tunnel und jetzt gehe ich darauf zu.

Langsam beruhige ich mich wieder, lasse das Handy aus meinen Fingern gleiten und höre der Stimme des Mädchens in meinem Kopf zu, dem ich manchmal Briefe schreibe. Jeder hat seine Art, mit Extremsituationen umzugehen, und ich schätze, das ist eben meine. Ida ist das Mädchen, das ich sein muss, in diesen Situationen. Dann übernimmt sie die Kontrolle, handelt rational, überlegt, wenn ich dazu nicht mehr in der Lage bin.

Ida ist ein Geheimnis, *mein* Geheimnis. Niemand an der Klinik weiß davon, keine der anderen Patientinnen und Patienten, nicht die Ärzte oder Therapeuten und auch meine Eltern nicht. Niemand weiß von den Dutzenden Briefen in meinem Versteck unter der untersten Schublade meines Nachtschränkchens.

Und jetzt brauche ich das Mädchen. Um den Kopf nicht zu verlieren. Weil *er* natürlich immer noch nicht wissen kann, wo ich jetzt wohne. Weil er mir gruselige Nachrichten schreiben kann, bis er schwarz wird. Weil er nie wieder Macht über mich haben darf.

Weil ich stärker sein muss als *er*, für meine Eltern, für meine Freunde. Richtige Freunde, so wie Kris und Lizzie. Also schnappt sich Ida das Handy vom Bett und verschiebt die Nachricht in den Mülleimer.

Einfach so, als hätte es sie nie gegeben.

Kein *für immer, Arschloch.* Nicht heute Nacht.

Wir haben Wichtigeres zu tun.

Dann beginne ich, selbst ein Dutzend WhatsApp-Nachrichten zu schreiben, die erste geht an Ben. Wir gründen eine neue

Gruppe. Die zweite Nachricht schicke ich an Liz, welche sofort an der Gruppe teilnimmt, dann kommt Julia dazu, dicht gefolgt von Leon und Mark. Eine halbe Stunde später bin ich gefühlt mit der ganzen Klasse in Kontakt. Und das ist der Moment, in dem ich feststelle, dass das Mädchen Ida verschwunden ist und ich es wieder bin, die mein Handy in den Händen hält, die die Kontrolle übernommen hat.

Dass ich heule, bemerke ich erst, als eine Träne auf das Display fällt und auf der glatten Glasoberfläche zerplatzt.

Ich wische sie fort und tippe weiter.

69

KRIS
Mittwoch,
30. September
17:30 Uhr

Als ich Thomas und seine beiden Kumpels auf der Bank sitzen sehe, wird mir klar, wie unsagbar dämlich es war, auf Adi zu hören.

Bis auf uns und die drei sind nirgends im Park Menschen zu sehen, wir sind praktisch allein. Seit der Kinderspielplatz in der Nähe der Bank demoliert wurde, kommt kaum noch jemand in den Park, offenbar auch niemand von der Stadtverwaltung, die das Gelände seit Jahren ziemlich verwildern lässt. Wer weiß, vielleicht haben ja auch deren Mitarbeiter keine Lust auf eine Begegnung mit dem Kerl dort drüben und seinen beiden schief grinsenden Kumpels.

Ich merke, dass ich feuchte Handflächen habe.

Die drei haben ihre Mopeds neben der Bank, auf deren Lehne sie sitzen, nebeneinander abgestellt. Vermutlich soll es an die aufgereihten Harleys vor einem Bikerschuppen erinnern, wie man das in Filmen immer sieht. Wenn mir das Herz nicht jetzt schon bis zum Hals schlagen würde, könnte ich diese armseligen Gestalten regelrecht für ihre Einfallslosigkeit bedauern. Im Moment liegen die Dinge aber wohl eher so, dass ich gleich reichlich Gelegenheit bekommen werde, meine eigene Dummheit zu bedauern.

Das hier kann nur schiefgehen.

Ich hätte es besser wissen müssen.

Insbesondere eine dieser armseligen Gestalten hat nämlich in letzter Zeit mehrfach eindrucksvoll bewiesen, dass ich kein Gegner für ihn bin, was ihn freilich bisher nicht davon abgehalten hat, die nonverbale Konfrontation mit mir zu suchen, wie meine Eltern es vermutlich ausdrücken würden, und mir seine mangelnde Streitkultur eindrucksvoll zu demonstrieren.

Dass Adi jetzt hier ist, macht es auch nicht besser.

Dann hat Wendler nämlich gleich noch ein Publikum.

»Ach nee«, sagt Thomas Wendler und springt von der Lehne der Bank, dann bleibt er grinsend stehen, ganz lässig steckt er seinen Daumen durch die Gürtelschlaufe seiner schmutzigen Jeans. »Hast du heute deine Leibwächterin mitgebracht, Arschgesicht?«

Wir gehen einfach weiter, also auf die Bank zu, vor der Wendler jetzt steht und auf deren Lehne seine beiden Kumpane immer noch sitzen.

»Hey, Arschgesicht«, ruft er und kommt grinsend auf uns zugeschlendert.

Offenbar hat er sich neuerdings richtiggehend in dieses wenig originelle Schimpfwort verliebt. Eigentlich ist auch das ziemlich lächerlich, ich bin schon weit Schlimmeres genannt worden, unter anderem von ihm. »Hey, ich hab dich was gefragt, Pisskopf!«

Na, sieh an.

Also bleiben wir stehen, und ich strenge mich nach Kräften an, etwas zu erwidern. Als ich es schließlich schaffe, kommt meine Stimme ekelhaft dünn und hoch aus meinem Mund. Das Zittern darin kann man mit Sicherheit deutlich heraushören. »Ich werde euch nichts mehr bezahlen«, sage ich, wozu ich meinen ganzen Mut zusammennehmen muss.

Adi sagt gar nichts.

Wendler bricht in wieherndes Gelächter aus, die anderen beiden werfen sich kopfschüttelnd amüsierte Blicke zu. Einer senkt den Kopf und murmelt in seine Bierdose: »O Mann, das hättest du nicht sagen sollen, Kleiner.«

»Da hat er allerdings recht«, sagt Thomas Wendler, und plötzlich ist der Schraubendreher in seiner Hand, wie aus dem Nichts aufgetaucht. Aus der Nähe sieht das Ding verdammt lang und gefährlich aus. Irgendwo im Park beginnt ein Vogel zu tschilpen, ich glaube, es ist ein Blauhäher, er verstummt wieder, als habe auch er den Schraubendreher bemerkt und beschlossen, lieber »die Klape zu halten«.

Unvermittelt richtet Wendler das Ding auf Adi.

»Also, ich denke, du überlegst dir erst mal eine gute Entschuldigung, während ich mich ein bisschen mit deinem kleinen Anhängsel hier beschäftige. Hast sicher nichts dagegen, Kleiner, oder? Ihr seid doch nicht zusammen oder so was? Hm, Pickelgesicht? Sag mal!«

Schnaubendes Gelächter von den Bänken.

»Lass sie in Ruhe!«, rufe ich. Interessanterweise zittert meine Stimme jetzt kaum noch, aber Wendler ignoriert mich trotzdem komplett.

»Also«, sagt er, an Adi gerichtet, »wie heißt du denn, Kleine, und was bringt dich dazu, mit so einem Loser rumzuhängen wie dem da?«

Doch Adi steht einfach nur da und schaut den Wendler an. Irgendwie neutral, aber ich glaube, auch sie hat jetzt ein bisschen Angst. Immerhin hat der Kerl ein gefährlich aussehendes Werkzeug in der Hand. Falls das stimmt, verbirgt sie es ziemlich gut.

Dann beginnt sie zu lächeln.

»Er hat dich gesehen, weißt du?«, sagt sie seelenruhig, und im ersten Moment kapiere ich genauso wenig wie irgendeiner der anderen Anwesenden, worauf sie hinauswill. »Der Typ mit dem silbernen Porsche«, erklärt sie. »Er hat dich erkannt. Oder das wird er jedenfalls, sobald er ein bestimmtes Foto in seiner Post findet. Mit schönen Grüßen aus einer ganz bestimmten Lackiererei.«

Wendler hält inne. Muss das verdauen. Dann kapiert er, worauf sie hinauswill, und wird weiß wie ein Laken. In diesem Moment scheint alles außer Adi für ihn an Bedeutung verloren zu haben, ja überhaupt nicht mehr zu existieren. Nicht seine Freunde auf der Bank, nicht der Park, nicht der ferne Blauhäher.

Nicht mal ich.

Aber ich sehe *ihn*. Sehe den Blick, den er jetzt in den Augen hat und der mich an den erinnert, den er draufhatte, als er mir die Kamera kaputtgeschlagen und mir ein Veilchen verpasst hat. Dieser Blick, irgendwie halb schockiert über das, was er da gerade getan hatte, wie ein Comicheld, der soeben seine Superkraft entdeckt hat. Und dem gefällt, was er damit anrichten kann. Ich sehe, dass sich seine Faust jetzt so dicht um den Griff des Schraubendrehers krampft, dass die Knöchel seiner Finger weiß hervortreten.

Oh, shit.

Adi lächelt immer noch, und in diesem Moment weiß ich

mit Bestimmtheit, dass das hier richtig übel schiefgehen wird. Dass ich von Anfang an recht hatte und es eine verdammt dumme Idee war herzukommen. Wir hätten rennen sollen, als wir noch die Chance dazu hatten. Vielleicht wären sie ja zu faul gewesen, uns durch die Wildnis des Parks zu folgen.

»Was hast du da gerade gesagt?«, zischt der Kerl, und plötzlich drückt er die Spitze seines Schraubendrehers gegen Adis Kehle. Die lange Klinge zittert, und einer seiner Kumpel ruft: »Hey, die Kleine ist doch nur 'n Kind, die weiß überhaupt nichts, Mann! Entspann' dich mal!«

Doch Thomas Wendler ist jetzt in seiner ganz persönlichen *Twilight-Zone*, wie es in dieser uralten Fernsehserie heißt, in einer Zwischenwelt, in der er nichts hören oder sehen kann außer Adi. Und Adi schaut ihm weiter mit diesem trotzigen Lächeln ins Gesicht, ignoriert den Schraubendreher an ihrem Hals komplett, genau wie er alles um sich herum vergessen hat. Ich frage mich, ob das noch Mut ist oder schon etwas anderes, dessen Ursprung ich vielleicht gar nicht so genau wissen möchte. Nur für den Fall, dass ich später noch Gelegenheit bekommen sollte, sie danach zu fragen.

»Das hast du nicht getan«, flüstert Wendler. »Ich mach dich fertig, du kleine Schlampe, hörst du? Ich ...«

»Lass sie in Ruhe!«, brüllt etwas in mir und bricht dann aus meinem Mund heraus, und mein Körper übernimmt die Kontrolle, ohne dass ich etwas dagegen tun kann. Ohne darüber nachzudenken, was ich da eigentlich tue, hole ich aus und trete mit voller Kraft zu. Ich erwische Wendler dort, wo es richtig wehtut, auch wenn das reiner Zufall ist. Er geht brüllend in die Knie, der Schraubendreher fliegt in hohem Bogen durch die

Luft wie in Zeitlupe und plumpst dann irgendwo hinter ihm mit einem dumpfen Geräusch auf den Rasen.

Wendlers Augen treten aus ihren Höhlen, während er versucht, sich wieder aufzuraffen. Sein Gesicht ist schmerzverzerrt, aber irgendetwas in ihm ist nicht im Mindesten bereit, sich diesen Schmerz einzugestehen, als er sich brüllend auf mich stürzt.

Da wird mir klar, dass der Kerl vollkommen irre ist.

Die beiden anderen Jungs springen von der Bank, und für einen Moment gebe ich mich der verzweifelten Hoffnung hin, dass sie mir zu Hilfe kommen werden. Dass sie den irren Blick in seinen Augen ebenfalls gesehen haben und ihn jetzt davon abhalten wollen, hier jemanden ernsthaft zu verletzten. Für einen Moment bin ich mir ziemlich sicher, dass sie sich genauso vor diesem Blick fürchten wie ich, und vielleicht tun sie das auch.

Und dann begreife ich in einer plötzlichen Eingebung, dass genau diese Angst der Grund ist, aus dem sie uns nicht zu Hilfe kommen oder versuchen werden, ihn aufzuhalten. Adi wollte ihn erpressen, damit er mich in Ruhe lässt. Aber inzwischen ist mir klar, dass man einen wie Wendler nicht erpressen kann.

Wahnsinnige sind jenseits der Angst vor Konsequenzen, und ich glaube, dass Thomas Wendler diese Grenze längst überschritten hat, als er taumelnd wieder auf die Füße kommt und mit ausgestreckten Armen auf mich zutorkelt, während ich dastehe wie ein Reh, das auf einer nächtlichen Landstraße in ein Paar heranrasender Scheinwerfer starrt und mich keinen Millimeter von der Stelle rühren kann.

Diesmal wird Wendler Ernst machen, denn ihm ist soeben klar geworden, dass er nun nichts mehr zu verlieren hat, und er braucht ganz sicher keinen Schraubendreher, um mich fertigzumachen. Irgendwo am Rande meiner Wahrnehmung ertönt ein Pfiff, und dann ist Wendler über mir.

Adis Bluff ist komplett nach hinten losgegangen.

70

BEN

Mittwoch,
30. September
17:40 Uhr

Als Adis Pfiff ertönt, rennen wir los. Überall um mich herum springen Schüler des Fritz aus den Büschen und hinter Bäumen hervor wie Soldaten einer bestens trainierten Eliteeinheit und rennen zur Wiese hinüber, auf der die Parkbank steht, auf welcher gerade noch die beiden älteren Jungs gesessen haben.

Wendler, der Typ mit dem Schraubendreher, macht sich gerade daran, Kris auseinanderzunehmen, aber damit wird er nicht weit kommen. In dem Moment, wo er zum Schlag ausholt, kriegt er mit, dass sie plötzlich nicht länger allein mit ihren Opfern sind. Sein Kopf ruckt herum, dann sieht er uns, sein Blick ein Ausdruck abgrundtiefer Verwirrung, während sein Kopf von einem Schüler zum nächsten zuckt. Er begreift offenbar noch immer nicht, was hier abgeht, aber selbst in seinem trägen Hirn scheint sich jetzt langsam die Erkenntnis breitzumachen, dass es nicht gut für ihn aussieht.

Ein knappes Dutzend Schüler aus dem Fritz und jeder davon mit einer Handykamera bewaffnet. Wir haben alles aufgezeichnet, von Anfang an, so wie es uns Adi gestern in der WhatsApp-Gruppe erklärt hat. Auch, wie er Adi mit dem Schraubendreher bedroht hat, was ein Moment war, bei dem ich beinahe zu früh losgestürmt und damit die ganze Aktion vermasselt hätte. Adi war jedoch ganz cool, und dann hat Kris den Typ in die Eier getreten, und zwar ordentlich, was ich ihm nie zugetraut hätte. Ich beneide ihn fast ein bisschen um diese Erfahrung.

Aber das Entscheidende sind die Kameras. Die Beweise, die wir jetzt haben, wie die Kerle Kris bedroht haben. Nun wird man ihm glauben und für mich war das auch eine einleuchtende Erklärung für die originalgetreue Waffenattrappe in seinem Spind. Er wollte einfach, dass die Kerle ihn in Ruhe lassen, und hat dann keine andere Möglichkeit mehr gesehen, sie sich vom Hals zu halten als mit diesem Ding. Und auch das hätte verdammt schiefgehen können, wie mir in den letzten paar Minuten klar geworden ist. Wenn er Wendler damit vor der Nase herumgefuchtelt hätte und dieser sich bedroht gefühlt oder den Bluff durchschaut hätte – ich will mir das gar nicht ausmalen.

Klar, die Handykameras sind wichtig, aber auch etwas anderes: Wir sind in der deutlichen Überzahl. Sie können uns nicht alle niederschlagen – was sie allerdings gern mal bei mir und Leon und Mark, die natürlich auch hier sind, probieren können. Ich bin richtig stolz auf die beiden Blödmänner, dass sie sich ebenfalls genau an Adis Schlachtplan gehalten haben. Ungewöhnlich für sie.

Wendler sitzt immer noch auf Kris und glotzt ausgesprochen blöde in die Gegend. Kris hält sich nach wie vor die Hände abwehrend vors Gesicht. Ich muss ein bisschen grinsen. Nicht gerade die beste Kampftaktik. Aber auch er hat Mut bewiesen, und zwar eine ganze Menge.

»Runter von ihm«, sagt Adi.

Ganz neutral, sie erhebt nicht mal die Stimme, aber Wendler

reagiert sofort. Leise ächzend steht er von Kris auf, macht ein paar Schritte rückwärts, auf die Bank zu, wo er seine Kumpels vermutet, die jedoch schon sehnsüchtig zu ihren Knatterkisten schielen. Dann beginnt einer von ihnen plötzlich loszulaufen, über die Wiese, auf das Ende des Parks zu. Der andere stürzt hinterher, ihre Mopeds scheinen sie gar nicht mehr zu interessieren.

Dann ist Wendler allein und wir sind viele.

Schön, denke ich, dann weiß er jetzt auch mal, wie das ist. Er macht noch einen Schritt auf die Bank zu, dann zischt er, an Kris gewandt: »Dafür mach ich dich fertig, du kleiner Scheißer, ich mach dich …«

Sein Kopf ruckt wieder hoch, dann zuckt sein unsteter Blick zu uns, huscht von einem Gesicht zum anderen, von einem vorgereckten Handy zum nächsten. Wir sagen gar nichts und schließlich begreift er es.

Nein, er wird Kris nicht fertigmachen. Nie wieder. Er wird ihm höchstens eilig aus dem Weg gehen, falls er ihm noch einmal zufällig irgendwo begegnet. Weil sonst zwölf Handyvideos bei der Polizei landen werden, zusammen mit den Aussagen von zwölf Zeugen. Aus dem Augenwinkel bekomme ich mit, dass Liz zu Kris rennt und ihn auf die Füße zieht, bevor sie ihm einen freundschaftlichen Knuff versetzt. Sie strahlt ihn an, voller Stolz, und Kris wird wieder rot.

»Warte«, sagt Adi, als Wendler sich umdrehen will. Der Kerl verharrt mitten in der Bewegung und dreht sich wieder um. »Schuldest du Kris nicht etwas?«

»Was?«, schnappt Wendler. »Ich … einen Scheiß tu ich, ich …«

Doch dann verstummt er. Wortlos zückt er sein Portemonnaie, das an einer Kette an seiner Gürtelschlaufe befestigt ist, öffnet es und zieht ein paar Geldscheine heraus. Von hier sieht es so aus, als wären es alle, die drin waren. Dann lässt er sie vor sich ins Gras fallen, dreht sich um und rennt den anderen beiden Idioten hinterher, die inzwischen schon das Ende des Parks erreicht haben.

In diesem Moment beginnt Leon zu klatschen, ausgerechnet. Sofort fallen die anderen ein, und kurz darauf sind Adi, Kris und Lizzie von jubelnden Schülern umringt, die ihnen auf die Schulter klopfen und ihnen die Hände schütteln. Irgendjemand sammelt das Geld vom Rasen auf und drückt es Kris in die Hand, der immer noch völlig verdattert in der Gegend herumsteht, bis ihn Mark und Leon schließlich auf ihre Schultern hieven und unter tosendem Applaus und Gelächter durch die Gegend tragen. In dem Moment weiß ich wieder, warum ich so gerne mit diesen beiden Blödmännern herumhänge.

Ich grinse Adi an, die kopfschüttelnd die Augen verdreht, und dann umarme ich auch sie. »Das war verdammt leichtsinnig«, sage ich und drücke sie an mich, was sie erwidert. »Ziemlich sexy, Supergirl.«

Und das meine ich im vollen Ernst. Während sie ihren Körper an mich drückt, rieche ich das Shampoo in ihren Haaren und bin für einen Moment wieder auf der Brücke. Als sie sich einfach neben mich gesetzt hat. Als es perfekt war, für einen Moment, mitten im tosenden Chaos. Und für einen Moment frage ich mich, ob es vielleicht wieder so sein könnte – ob da nicht doch etwas zwischen uns ist, das wir beim ersten Mal vor lauter Aufregung übersehen haben, und ob es sich vielleicht lohnt, noch einmal danach zu suchen. Als ich die Augen öffne, sehe ich gerade noch, wie Julia schnell woanders hinsieht. Aber sie lächelt dabei ein bisschen.

Als ich mich von Adi löse, kommt es mir so vor, als wären wir plötzlich das Zentrum der allgemeinen Aufmerksamkeit, als würden uns alle grinsend anstarren und schauen, was als Nächstes passiert. Wenn ich das nur wüsste, denke, ich, während ich ihr hinterherschaue, wie sie zur Bank geht, auf die Sitzfläche steigt und in die Runde grinst. »Danke, Leute«, sagt sie. »Euch allen. Ohne euch hätte das nicht funktioniert.«

Mag sein, denke ich, während die beiden Blödmänner jetzt endlich genug davon haben, Kris herumzutragen und ihn neben Adi auf der Bank abstellen wie einen übergroßen Pokal. Aber der Plan stammte ganz allein von Adi und er ist fantastisch aufgegangen. Ich habe ein bisschen mitgeholfen, als es darum ging, den anderen zu erklären, was wir vorhaben. Und den Rest haben wir alle zusammen gemacht, die ganze Klasse.

Alle zusammen.

71

KRIS
Donnerstag, 1. Oktober 9:00 Uhr

Kunst bei der Meyfarth, na toll. Aber ich schätze, an einem Tag wie heute werde ich sogar das ertragen können. Heute Morgen hat mich unser Direx auf dem Flur abgefangen, und einen schrecklichen Moment lang habe ich geglaubt, dass ich nun tatsächlich von der Schule fliegen würde. Dass er weiß, dass wir uns in seinem Büro umgesehen haben und auf seinem Rechner. Immerhin war das verdammt leichtsinnig, ich meine, vielleicht hatte er da eine W-Lan-Kamera versteckt oder … Aber es war nichts in dieser Art.

Vielmehr war es eine Entschuldigung oder doch zumindest beinahe.

Bachmann teilte mir in aller Förmlichkeit mit, dass sie – wobei er offenließ, wen genau er mit *sie* meinte – zu dem Schluss gekommen sind, noch einmal Gnade vor Recht ergehen zu lassen und über die Aufregung hinwegzusehen, welche mein dummer Streich, wie er es nannte, in den letzten Tagen am Fritz verursacht hat. Er hat ja recht, dumm war das tatsächlich. Aber eben auch nicht allein meine Schuld, wie ich finde.

Man würde auf weitere Konsequenzen verzichten, sagte er, weil ich doch ansonsten immer so ein vorbildlicher Schüler bin und das alles. Und dann, dieses kleine Bonbon hatte er sich bis zum Schluss aufgehoben, darf ich ab sofort wieder am Kunstunterricht teilnehmen. Hurra. Ich hielt es für besser, Bachmann nicht darauf hinzuweisen, dass ich nie um dieses Privileg gebeten habe. Stattdessen sagte ich brav danke und dann durfte ich gehen.

Die Tür geht auf und die Meyfarth betritt das Zimmer. Würdevoll schreitet sie zu ihrem Tisch, zufrieden vor sich hingrinsend, dann dreht sie sich zur Klasse um und ruft: »Guten Morgen!«

»Morgen«, rufe ich halblaut und stelle fest, dass ich der Einzige bin, der ihren Gruß erwidert. Alle anderen schweigen. Die Meyfarth runzelt die Stirn, ihr Grinsen bröckelt, dann sinken ihre Mundwinkel herab, in ihre Normalposition »mürrische Skepsis«.

»Vielleicht habt ihr mich nicht gehört«, sagt sie, diesmal in scharfem Ton. »Ich sagte: ›Guten Morgen‹.«

Wieder antwortet keiner.

Ich höre das Rücken von Stühlen und drehe mich um. Einer nach dem anderen stehen die Schüler auf und drehen sich zur rückwärtigen Wand des Zimmers. Drehen der Meyfarth demonstrativ den Rücken zu.

Auch Adi und Julia, einfach alle.

Und dann kapiere ich es.

Das ist für mich und wegen ihrer Feigheit. Ein stummer Protest, eine kleine, aber sehr wirkungsvolle Geste, die bedeuten soll, dass sie jetzt alle Bescheid wissen – und was kann ein Lehrer schon gegen *alle* unternehmen?

Die Meyfarth schnappt sich ihre Tasche und stürmt aus dem Zimmer, ohne ein weiteres Wort zu verlieren. Wir sehen sie an diesem Tag nicht wieder. Als sich die Schüler wieder umdrehen und sich hinsetzen, als wäre nichts gewesen, lächelt Adi mir zu.

Und ich lächle zurück.

72

Liebe Ida,

so endete also die Sache mit der Meyfarth und Kris, und nein, die beiden sind später nicht beste Freunde geworden oder so. Stattdessen sind sie wohl ziemlich gut darin geworden, sich gegenseitig aus dem Weg zu gehen, was übrigens auch auf einen gewissen Thomas Wendler zutrifft. Kris wird in der Kunststunde nie drangenommen, und wenn wir Arbeiten schreiben, kriegt er einfach eine Eins wie eh und je.

Für einen Moment hatte ich geglaubt, dass die Meyfarth an jenem Morgen vielleicht mit dem Direx zurückkommen würde, aber was hätte sie dann schon vorgefunden außer ein paar Schülern, die brav an ihren Plätzen sitzen und darauf warten, dass der Unterricht beginnt?

Und was hätte sie Bachmann überhaupt erzählen sollen? Dass die Schüler ihr grundlos den Rücken zugekehrt haben? Sie wusste sehr wohl, was das zu bedeuten hatte, und ich denke, das ist der wahre Grund, aus dem sie aus der Klasse gerannt ist.

Nachher tat sie mir sogar ein bisschen leid. Aber nur, bis ich wieder an das Veilchen von Kris denken musste. Man kann vielleicht nicht sagen, dass jeder jetzt glücklich ist, aber immerhin sind jetzt alle voreinander sicher.

Die Handyvideos haben wir bisher nicht der Polizei übergeben – manche Dinge klärt man besser wohl ohne die Einmischung der Behörden. Aber ich habe später noch den Schraubendreher aufgehoben und ihn in eine Plastiktüte gesteckt. Den, der voller Fingerabdrücke von Thomas Wendler ist, nur für den Fall, dass ich ihn später noch mal brauchen werde. Aber ich habe das ziemlich sichere Gefühl, dass die Sonderberger Bürger und ihre Autos in nächster Zeit Ruhe vor irgendwelchen nächtlichen Vandalen haben werden, auch wenn das vermutlich eine bedauerliche Umsatzeinbuße für Wendlers Lackierwerkstatt bedeutet. Alles in allem also doch ein Happy End?

Beinahe.

Ich habe mich entschlossen, Kris und Lizzie einzuweihen. Ihnen die letzte WhatsApp-Nachricht von ihm zu zeigen und ihnen zu sagen, was in denen stand, die ich gelöscht habe. Ihnen die ganze Geschichte zu erzählen. Ein bisschen deshalb, weil ich glaube, dass Kris und seine Computerkenntnisse vielleicht noch ganz nützlich sein könnten bei dem, was ich vorhabe. Vor allem aber deshalb, weil sie meine Freunde sind. Und Freunden muss man vertrauen können, findest du nicht?

Es klingelt, das sind sie, ich muss Schluss machen.

Aber ich umarme dich ganz fest,

deine Adi

73

KRIS

Donnerstag,
1. Oktober
16:40 Uhr

Irgendwie komisch. Es ist das erste Mal, dass wir Adi besuchen, und dann hat sie uns gleich beide eingeladen. Auf ihre Eltern muss das natürlich wirken, als wären Liz und ich ein Paar. Andererseits ist das ja sowieso schon, was die ganze Schule denkt – also die paar, die uns überhaupt als Mitschüler wahrnehmen. Wobei sich in dieser Hinsicht so einiges geändert hat, seit der Sache im Park.

Nicht, dass ich es drauf angelegt hätte, dass Mark und Leon mich auf ihren Schultern herumtragen. Ich bin mir sogar sicher, dass das unheimlich dämlich ausgesehen haben muss. Aber irgendwie fällt es mir inzwischen ziemlich schwer, von den beiden weiterhin nur als Idioten und Holzköpfen zu denken. Eigentlich sind sie sogar ganz in Ordnung – wenn man ihnen nur die Chance dazu lässt.

»Noch da, Kilar?«, fragt mich Liz, während wir die Tür zum Haus erreichen, und knufft mich in die Seite. Es ist ein hübsches kleines Reihenhaus. Hübsch und absolut identisch mit all den anderen Häusern links und rechts daneben.

»Äh, ja …«, sage ich. »Klar.«

»Na, wollen wir dann?« Sie deutet auf die Klingel. Also klingle ich und ein paar Minuten später geht die Tür auf. Ich stehe dem Mann gegenüber, den ich ein paar Tage zuvor dabei beobachtet habe, wie er sich lachend mit Frau Nowak eine Zigarette geteilt hat. Auf dem Parkplatz, aus den Büschen heraus. Scheint wohl eine Art Spezialität von mir zu sein, denke ich, während mir die Fotos von Julia und Ahmet wieder in den Sinn kommen, Leute aus Büschen heraus heimlich zu beobachten – ob ich das dann jeweils will oder nicht.

»Hey, ihr zwei«, sagt Adis Vater und hält Liz die Hand hin. »Ich bin Ralf. Kommt rein.«

»Hi, Ralf«, sagt Liz ganz lässig, ignoriert die Hand und fällt ihm um den Hals. »Ich bin Liz.« Okay, denke ich, aber so ist sie eben. Hat sie wohl von ihrer Tante. Ich muss grinsen. Ich denke, Ralf wird sich schon dran gewöhnen.

Adis Vater, den der plötzliche Umarmungsangriff wohl ebenfalls ein bisschen verwirrt hat, schenkt mir ein fragendes Lächeln, was ich mit einem Schulterzucken beantworte, dann schütteln wir uns die Hände, und ich sage, wie ich heiße. Ich mag ihn irgendwie sofort, er scheint ein cooler Typ zu sein. Besonders, nachdem ich zugesehen habe, wie er in der Aula Norbert Klausner die Stirn geboten hat. Dazu noch auf eine ziemlich clevere Weise, was Klausner ziemlich dumm dastehen lassen hat. Ich denke, damit könnte er sich einen Feind auf Lebenszeit gemacht haben – und in diesem Fall kann ich ihn dazu nur beglückwünschen. Außerdem wirkt er wie jemand, der mit so etwas umgehen kann.

Ich schließe die Tür hinter uns, und Adis Vater geht uns in den Flur voran, wo er die Treppe hinaufdeutet. »Sie ist oben«, sagt er. »Zweite Tür auf der linken Seite. Wollt ihr was trinken oder so?«

Wir schütteln synchron die Köpfe.

»Okay«, sagt er. »Falls doch, die Küche ist hier drüben, bedient euch. Also, wir sehen uns, Leute.«

»Danke«, sage ich.

»Wir sehen uns, Ralf«, sagt Liz und schenkt ihm ihr spezielles Lächeln, wobei sie eine Augenbraue hochzieht. Meine Güte. Er dreht sich leise lachend um und geht. Jep, definitiv ein cooler Typ. Dann gehen wir nach oben, wo uns Adi schon erwartet.

Wir umarmen uns, dann folgen wir ihr in ihr Zimmer. Statt irgendwelcher Poster hat sie richtig gerahmte Bilder an den Wänden hängen. Kunstdrucke. Kandinsky, glaube ich, und ein Bild von Jackson Pollock. Nicht unbedingt das, was man in einem Jugendzimmer erwarten würde. Außerdem hat man von hier einen tollen Blick in den Garten.

»Also, Süße«, sagt Liz. »Mal abgesehen davon, dass es echt langsam Zeit wurde, dass wir dein kleines Reich mal kennenlernen, warum sind wir nun hier? Du klangst ein bisschen … besorgt?«

Adi nickt langsam, dann wendet sie sich an mich. »Kris, wie gut kennst du dich mit WhatsApp-Nachrichten aus?«

Ich sehe sie nur fragend an, irgendwie kapiere ich nicht, worauf sie hinauswill.

»Ich meine, kannst du herausfinden, wer sie gesendet hat, wenn sie von einer unbekannten Nummer stammen und so was?«

»Klar«, sage ich. »Vermutlich schon. Ich meine, kommt drauf an. Aber müsstest du dem Absender nicht erst mal deine Nummer geben, damit er dir was schicken kann?«

»Normalerweise schon«, sagt sie. »Und auch, was das betrifft, habe ich ein paar Fragen.«

»Okay«, sage ich. »Geht es vielleicht ein kleines bisschen konkreter?«

Sie atmet tief durch. Das, was sie dann tut, scheint ihr unheimlich schwerzufallen. Aber gleichzeitig habe ich den Eindruck, als löse sich damit ein riesengroßer Stein von ihrem Herzen, weil sie es endlich jemandem erzählen kann. Jemandem, dem sie vertraut. Mir. Uns.

Sie nimmt ihr Handy von ihrem Schreibtisch, entsperrt es und reicht es mir. Liz schaut über meine Schulter ebenfalls auf den Bildschirm.

»Boah«, sagt sie leise, als sie die Nachricht gelesen hat. »Das klingt irgendwie … gar nicht gut, Adi. Wer ist der Typ denn?«

Was da steht, ist: *Bald werden wir wieder zusammen sein, Adriana. Diesmal für immer.*

Und ja, das klingt tatsächlich nach einem Typen mit ernsthaften Problemen. Und mir fällt auf, dass die Nummer, von welcher die Nachricht stammt, erstaunlich lang ist. Keine Vorwahl aus Deutschland, so viel steht mal fest. Dann macht es klick. Der Typ muss irgendein Proxy-Relay benutzt haben, um diese Nachricht anonym an Adi zu schicken. Ziemlich ausgefuchstes Verfahren.

Und *das* ist ganz bestimmt kein gutes Zeichen. Der Kerl weiß offenbar recht gut, was er da tut. Und er hat nicht vor, sich erwischen zu lassen.

»Wer zur Hölle ist das, Adi?«, fragt Liz. »Was will denn dieser Spinner von dir?«

Adi sagt: »Ich habe das noch nie jemandem erzählt, Leute.

Und ich bin mir immer noch nicht sicher, ob ich das überhaupt will. Ob ich es *kann*, versteht ihr? Aber vielleicht muss ich es. Weil ich sonst …«

Sie muss den Satz nicht beenden. Liz und ich nicken synchron und Liz legt Adi sanft eine Hand auf den Unterarm. Erst zuckt sie zurück, doch dann schiebt sie einfach nur ihren Ärmel nach oben und dreht den Arm so, dass wir jetzt die Innenseite ihres Unterarms sehen können. Die Narben darauf. *Weil ich sonst …*

»Oh, Süße«, flüstert Liz.

Ich habe keine Ahnung, was ich sagen soll. Also höre ich einfach zu, während Adi mit stockender, leiser Stimme zu erzählen beginnt.

Danksagung

Ich freue mich, dass du Adi und ihre Freunde nun schon zum zweiten Mal begleitet hast. Ich hoffe, du hattest beim Lesen ebenso viel Spaß wie ich beim Schreiben. Lass mich gern wissen, wie dir das Buch gefallen hat und was du noch über Adi und ihre Freunde in den nächsten Büchern dieser Reihe erfahren möchtest. Du erreichst mich über die E-Mail auf meiner Website Alex-Pohl.de oder auf Instagram @alexpohl.autor

Ich freue mich immer über Kontakt zu meinen Lesern.

Auch diesmal danke ich dem tollen Team von cbj, allen voran Susanne Krebs, und meinen wunderbaren Lektorinnen Birte Hecker und Regine Teufel für ihren unermüdlichen Adlerblick. Außerdem meinem Literaturagenten Markus Michalek und dem Team der AVA, sowie – last but not least – meiner Lebensgefährtin Kristin, welche mir wie immer mit einem offenen Ohr zur Seite stand.

Und vor allem danke ich dir, liebe Leserin und lieber Leser, und hoffe, dass wir gemeinsam noch viele Leseabenteuer erleben werden!

Wir lesen uns!

Herzlich,
Alex Pohl

DER AUTOR

Alex Pohl hatte jede Menge Jobs, bevor er mit seinen Bestsellern das große Publikum eroberte. Nach abgeschlossenem Studium hielt er es nur wenige Jahre in einem Ingenieurbüro aus. Anschließend tourte er als Berufsmusiker durch die Lande, arbeitete in Tonstudios und in der Werbebranche, bevor es ihn erneut an den Schreibtisch zog, diesmal allerdings als Schriftsteller. Alex Pohl lebt und arbeitet in Leipzig, dem Schauplatz einiger seiner Bücher. »Forever, Ida« ist seine erste Krimireihe im Jugendbuch. Mehr zum Autor auch auf alexpohl.de und auf Instagram @alexpohl.autor

Wenn du Probleme hast, dich fühlst, als wärest du in einer ausweglosen Situation, und Hilfe brauchst, dann kannst du dich an die Nummer gegen Kummer (https:www.nummergegen kummer.de Rufnummer 116111, Mo – Sa von 14 bis 20 Uhr), an die Telefonseelsorge (http://www.telefonseelsorge.de; kostenlose Hotline 08 00-111 0 111 oder 08 00-111 0 222) oder an JUUUPORT (https://www.JUUUPORT.de) wenden. Dort erhältst du Unterstützung von Beratern, die schon in vielen Fällen Auswege aus schwierigen Situationen aufzeigen konnten.